GAEA

GAEA

姓司武的都得死

譚劍——著

姓司武的都得死

目錄

聲明

本故事純屬虛構，並無影射成分。

姓氏「司武」、地名「西嶼」和「樂景灣」都爲杜撰。

西嶼警署並不存在。所有涉及警隊的情節均經過戲劇化處理，並不反映實際狀況。

關於「丁權」

新界小型屋宇政策（New Territories Small House Policy），俗稱「丁屋政策」，指香港新界男性原居民的男性後人（即「男丁」）年滿十八歲，即可申請一次於認可的私人土地範圍內建造一座最高三層（上限二十七英呎／八．二二公尺高），每層面積不超過七百平方呎的丁屋，毋須向政府補地價。

此政策自香港殖民地時期的一九七二年沿用至今。

一九七三年制訂的《差餉條例》規定在鄉村範圍內的屋宇，包括丁屋，可獲豁免繳交差餉。

——取自《維基百科》

啊呀！凡人的子孫啊！
你們的生命，我看什麼也算不上。
有誰，有誰的幸福，
不只是一個影子，
眼前一晃消失了？

啊，不幸的俄狄浦斯啊，
你的命運，你的命運告誡我，
不要稱任何凡人「幸福的」。

——索福克勒斯（Sophocles）《俄狄浦斯王》（*Oedipus Rex*）

司武志信事後想起，
如果有人在這事發生後兩星期內能猜到眞相，一定有嚴重犯罪傾向。

序章

阿東不喜歡在墳場裡談生意。從踏進墳場開始，他腳底便生疙瘩。雖然這裡非常僻靜，但四周的墓碑如鋸齒起伏，似乎都在警戒，他們這行不能粗心大意也不容失手，否則，你不是被人做掉，就要送自己上路。

這裡是跑馬地墳場，建於十九世紀，為香港開埠早期成立的墳場之一，安葬涵蓋本港自開埠以來的各式人等。

開闢殖民地的歐洲士兵的墓碑殘缺不堪。

傳教士的墓碑頂上有十字架。

明治時代的日本商人和娼妓的墓群裡種了一株株半枯萎的櫻花。

清末革命分子的碑上不刻名字。

華人富商和議員的墓碑設計講究。

二戰時抵抗日軍的英軍墓上有頌讚英勇的銘文。

墓園其他住客還有抗英愛國分子、電視和電影的導演和演員，及其他社會精英。

這些曾經在殖民地時代登台的人，如今長埋黃土。不管生前擁有哪個身分，但死後只分成兩種：有人拜祭和被人遺忘。

阿東每次去的園區都屬於後者，裡面的墓碑都爬滿青苔長滿雜草，沒人打理，功能就只剩下證明逝者曾經存活於世。

阿東打從心底認為，被人遺忘不盡是壞事，他們這行被記著才是他媽的大麻煩。

在這個陽光燦爛的九月下午，墓園裡沒有一點風，悶熱得能把人蒸乾到只剩下骨頭。他的視線範圍裡除了兩個在樹下乘涼抽煙的清潔工外，就只有頂著陽光向他走來的中介董小姐，跟幾千座墓碑和幾千個鬼魂。即使它們聽到交易內容，也無法道出半點風聲。

董小姐年過四十，永遠白衣黑褲，臉容雖然永遠保持肅穆，老實說他覺得她風韻猶存，也是他喜歡的類型。

和他空手而來不一樣，她每次來都手持菊花，分贈到不同墓碑。

他懷疑董小姐的先人葬在這裡，但從來不過問。如果她要說，就會主動提出，所以他們之間的談話只圍繞生意，連問候對方的閒聊也沒有。

他喜歡這種冷漠和抽離帶給他的心境平和，沒有多餘的感情羈絆，否則他和董小姐就算沒糾纏不清，而只是對她單方面的愛慕，也難免會影響和她的合作，影響對她的判斷。和這種長得出眾但背景複雜的女人走在一起，他很有可能無福消受，不得善終。

他靜靜看著她。她分完手上的花後才開口直入正題。

「所有司武家的人都得死，這是客戶的要求。」

阿東沒聽過司武這個姓氏，但對百家姓有點常識。

很多姓氏都可以追溯到春秋戰國。古人的姓和氏分屬兩樣不同的概念。姓從母，是母系社會的產物，所以姬、姒、嬀、姚、姜和嬴等上古姓氏都是女字部或有女字。氏從父。後來姓氏才合併，有些是地方名（趙、周），或立功獲皇帝賜姓（李、趙、朱），或姓名取自官職（史、司馬），或因逃避追殺而改變（由譚變覃）。

就算再冷僻的姓，一千多年來，人數不會少到哪裡去，你怎能殺光？

這次的order未免太強人所難了。

阿東沒有把想法表現出來，否則只會顯得自己無能。

「這個『所有』是多少人？」

「司武這個姓氏出自大嶼山西嶼一個圍村，人丁單薄，子孫不多，就算加上外嫁女成員的家人，現在全世界加起來只有五十多個成員，從四歲到七十八歲。」

這人數還比較像樣。

「分散在世界各地的話，這個行動的規模——」

「司武家每三年舉辦一次家祭，到時所有海外家族成員都會回來香港。不過，因為疫情，家祭同春秋二祭都停辦了兩年，只要政府取消入境隔離政策，下次家祭就會在一個月內舉辦。」

「家祭表示有宴會，對嗎？」

「沒錯，我到時會給你指示。」

「那些外嫁女成員的後人並不是姓司武，須要幹掉嗎？」

「當然，女成員的孩子也有司武家的基因。」

「冚家剷」這句罵人全家死光的髒話他常掛嘴邊，但從沒想過有人會提出這種要求。不過，在他們這個行業，只要客人付得起令人滿意的費用，就沒有不合理的要求。

墳場外有車突然響起刺耳警號，引起幾十隻鳥同時從樹上飛起，繞樹鳴叫，像暗示這次行動一定驚天動地。

他不是YouTuber，不須要刷流量，愈低調才愈安全，所以希望除了圓滿成功，也可以全身而退。

第一部

第一章／宴會前兩星期

1

下午一點二十五分，六十七歲的昌叔用患風濕的腿踏下油門，汽車加速駛離東涌，沿指示牌開上高速公路，前往大嶼山最西南端的西嶼。窗外山峽禿峭，海岸蕭瑟。這種在無邊山海間奔馳的感覺像開往世界盡頭。

大嶼山是香港特別行政區裡最大的離島，面積幾乎是政經核心的香港島兩倍大，雖然北部坐擁東涌新市鎮、香港國際機場和迪士尼樂園，但包括七成土地面積屬於郊野公園，只用於保育和休閒用途。

西嶼位於大嶼山之西，以前沒有公共交通工具直達，直到公共屋邨西嶼邨落成後，才有班次稀疏的巴士往來。昌叔在YouTube上看過西嶼邨的影片。那裡商店少，生活機能不便，大部分香港人習慣城市生活也不會開車，根本不會考慮搬過去過像被流放的生活。

其實昌叔討厭這次遠征西嶼的工作，二十多年前第一次為司武家準備宴會，就覺得那裡太過偏遠和荒涼，這輩子不會再去。不料，他兩個星期前接到電話，司武家要委託他再準備一次家宴，偏偏他的生意被疫情打擊得血流成河，銀行戶口只剩下慘淡的五位數結餘，這意味司武家這個潛在客戶就算遠在月球，他也要前去拜訪。

昌叔經過西嶼邨後，要再開二十分鐘車才會抵達司武家的老巢，沿途不見其他車輛，公路上的指示牌和汽車愈來愈少。經過「禁區／有通行證者不在此限」的路牌後，他放慢車速。司武家的祕書阿德提醒他，就算沒有「大嶼山封閉道路通行許可證」也沒關係，萬一被警察截查，只要說是前往拜訪司武家就可以過關。如果警方不信，就叫對方直接打電話找他。

司武家的村口有個上書「輅南指一」四字的大牌匾，後面除了三座過百年歷史的建築物外，其他都是方方正正、三層高、外表平平無奇也就是沒有個性的村屋，像一個個密不透風的鳥籠。屋頂上有魚骨天線，和其他地方村屋不同的是，這裡沒有僭建天台，非常守法。

這本應令昌叔安心，但即使事隔二十多年，他始終不喜歡這個四周荒涼的鬼地方，只想盡快談完生意就離開。

2

司武文虎坐在窗邊，凝視窗外藍天和在高空盤旋的麻鷹。牠們在空中翱翔，肆意嬉戲。觀賞麻鷹讓他心情放鬆，看整天也不厭，否則難以度過兩年多失去自由的疫情生活。

新冠肺炎無預警爆發，影響遍及全球。疫苗面世後，西方國家採取「與病毒共存」的策略，不再封城，廢除口罩令，讓國民鬆綁，希望國民生活重拾正軌，振興經濟。港府緊隨中國政府的「動態清零」防疫策略，除堅守口罩令外，市民進入餐廳和指定場所須使用「安心出行」[1]行動應用程式掃描QR Code，記錄行蹤。香港對外亦處於半封關狀況，不管香港人回港或外國人來港，都要在酒店長時間隔離，並接受密集的核酸檢測。

經過兩年半的嚴厲入境限制，港府終於宣布入境不必再接受隔離，司武家的家祭停辦兩年後，終於可以再舉辦。

四點前五分鐘，一台白色豐田出現，開進司武家大宅前的空地。

阿德揮手指導司機停在指定位置後，開車門讓那個六十七歲的老人下車，再帶他上去主屋的會客室。

昌叔是香港碩果僅存不到五間的筵席專家[2]的老闆，是這個夕陽到不能再夕陽的行業的老行尊，接受訪問時說自己不是老行尊而是這行的「老而不」。

1 安心出行：為香港政府在二〇二〇年十一月推出的病毒風險通知APP，已於二〇二三年一月停止運作。

司武文虎教家傭準備茶水招待客人。即使司武家才是光顧筵席生意的客人，但他認為，除非是入屋行竊的小偷，否則只要過門就是客。

司武文虎握住昌叔的手，感覺到他手上的老繭和傷疤。

「司武先生，我二十多年前見過你。那天下大雨，也是在這個會客室。你二十多歲，陪尊翁和我談家宴菜單。那天你頭髮還是濕的，穿的是黑色運動鞋配紅色鞋繩。」

昌叔開口的第一句話讓司武文虎很意外。他下意識看了一下自己的皮鞋，也記得穿那雙氣墊運動鞋走起路來有讓人想跑步的衝動。

「你的視像記憶超乎尋常。」

「我不知道什麼像記憶。」昌叔不以為然。「要開一個多小時車來到西嶼這裡，很難不教我印象深刻。我的工作不只須要記得香味和味道，也要記得其他大廚的擺盤。」

「好廚師當然像你這樣，記憶是色香味俱全。」

「不，這是職業病。你這邊以前就只有不到十間屋，現在起碼多了一倍，是個小村落。」

「現在這裡有十七間屋，住了八十人左右，十分之一居民是外國人，疫情前有三分之一，但人數再多，西嶼始終是山旮旯的偏僻地方，其實你不用特地開車山長水遠進來，在電話上談就可以，或者用Zoom。」

昌叔搖頭。「我們這種『老而不』只用傳統的面對面方式談事情。」

「怎麼你老說自己是老而不？」

「倫叔只比我大一年，半年前被肺炎感染走了，不然也輪不到我接你們這生意。」昌叔停了一陣再接口：「我是個粗人，容我直接說。我看到倫叔為你們準備的菜單就人感不妙。自年頭開始，各款食材都大幅漲價，員工薪水也加了，同一個價錢，一年前能微賺十巴仙，現在要倒蝕十巴仙。就算加價十巴仙，這場家宴只能不賺不蝕打個和，沒有多少利潤。要加價到二十巴仙以上，我和伙計才能生活，度過經濟寒冬。」

司武文虎點頭。如果昌叔投胎到司武家，以他的聰明才智，人生必定非常成功，無奈以他的出身，這輩子只能成為廚師，並在疫情期間備受打擊。「一命二運三風水」這句老話一點也沒有錯。

「現在世情艱難，我們家族依賴收租這種被動收入，在疫情期間也大受打擊，目前不管商舖和辦公室租金都沒有回到疫情前的水平。有些商舖甚至閒置了超過一年。家宴每三年辦一次，但辦起來就要像樣。這次我們拖了好幾年，一定要隆重其事。如果我出二倍的價錢，你們能準備怎樣的菜式？」

2 筵席專家：即台灣的總鋪師，但兩地辦桌文化不同，禁忌與規定也不一樣。

「你真的說三倍嗎？」昌叔雙目放光。

「對。共度時艱不是大家一起勒緊肚皮，而是我們這種手頭稍微鬆動又幸運的人，伸手幫助——容我直接說——運氣沒我們好的人。我爺爺他生前教一個教我終身受用的道理：『積善之家，必有餘慶』。」

「司武先生你的人真好。」昌叔站起來，伸出雙手和司武文虎熱情地相握。「我們羅致了幾個著名的大廚，能端出媲美大酒樓水準的名菜。」

「太好了。你要花多少時間準備？」

「我們非常靈活，就算一個星期內也可以。在香港辦這種宴會，最難找的不是食材，而是場地。你們這裡可以擺上至少十圍。」

「我們只需要五圍，但如果變成六圍的話，你就能請多至少一個伙計，對嗎？」

「對。開多一圍可以坐得鬆動，但我尊重客人的想法。一圍的人數多，會比較熱鬧。」

「不，我們寧可坐鬆動點，六圍吧！」

昌叔朗聲道謝後，從背包裡取出紙筆寫菜單。他的鋼筆字蒼勁有力。「沒有人看出是小學也沒有畢業的廚房佬。」昌叔在接受訪問時自嘲，也非常自豪。

昌叔一邊算錢一邊寫菜單。他在行內風評很好，客人多付的錢不會全部跑進他口袋裡，吃到的材料和付出的錢會成正比。

昌叔滔滔不絕地描述他所準備的菜單：以芙蓉雞開場，之後是八寶豆腐，接著是佛跳牆和櫻桃肉。司武文虎聽得口水直流。

「你們吃蛇嗎？」昌叔問。

「吃呀！」

「那就太史五蛇羹。」

「但蛇已經是極限，其他野味就不行了。」

「放心，我也不做果子狸和穿山甲那種野味。你們有沒有興趣試揚州菜三套鴨？香港沒有多少酒樓會做。」

「我好久前好像吃過，但忘了怎樣做。」

「把肥家鴨去骨，板鴨亦去骨，填入家鴨肚內蒸，這道菜非常精緻，本來只有酒樓才會供應，但那些大廚失業後來了我這裡做僱傭兵。」

司武文虎揚起眼眉。「好，我們家很有興趣。」

「我要提醒你，有些客人會說三套鴨上桌時，看到一隻家禽塞進另一隻家禽裡面很噁心。你們能接受嗎？」

「我們司武家的人什麼都吃，接受能力很強。謝謝你的細心。」

昌叔接下來介紹的每道菜，文虎都點頭，沒有反對，但聽到最後一道時卻猛然叫停。

「『金龍吐珠』就是炸河豚，你們有興趣嗎？」

「你們有廚師會處理河豚？」文虎抬頭問。

「沒有。不過，司武先生，世界不一樣了。」昌叔笑著解釋。「河豚在海裡什麼都吃，毒素積聚在肝臟和卵巢，所以有毒。人工培殖的河豚被隔離在無毒的環境裡，可以安全食用，『拚死吃河豚』這句話早就成為絕響。」

「原來這樣，我真是大鄉里（鄉巴佬）。」司武文虎尷尬地笑道。

「『金龍吐珠』是我們另一位大廚的名菜。你可以等家人吃完才告訴他們吃的是河豚，嚇他們一跳。」

□

司武文虎目送車子沿林蔭道悠悠駛去，不久志慧便返家，直接走回房間，不必傭人代提書包。

這是司武謝舞儀的規矩，她認為就算是七歲的小孩子，也無法事事都依賴他人，所以從小就培養他要有自理能力。

這天她身穿黑白相間的連身碎花洋裝，外披咖色外套。怎看也不像剛過四十三歲。司武文虎不准她用人工方法抗衰老，否則就會像那些年老色衰的女明星般頂著一張死人般的蠟像臉。

「我看阿德在家族WhatsApp群組發的通知了。恭喜你終於決定好日期。」她向他道賀，但臉上沒有相應的喜悅。

「算是有個日期吧，但就算是三年來第一次舉辦家宴，最後有多少人會出席，要那天才知道。」

他們邊說邊走進宅邸。司武謝舞儀在玄關旁邊的椅子坐下脫鞋時仰首。

「我嫁進司武家十二年了，不是第一天踏進司武家的家門。你們家的麻煩親戚多不勝數，情況不會因為疫情而改變，這跟辦公室政治一樣，你的仇家不會因為放了長假回家就和你握手言和。」

「幸好我沒上過班。」司武文虎露出一副幸災樂禍的表情。

「親朋戚友比同事難纏百倍。不喜歡同事，可以辭職閃避，除非山水有相逢不幸在另一間公司再碰到，親戚卻有家族羈絆。你們家更糟糕，很多還住在這，想避也避不掉。」

「我們司武家人丁單薄，需要互相幫助。那些外嫁的親戚三年多沒見過面，要好好坐下來一起吃飯聯絡感情。」

「我一直覺得你們家的家宴，重點是分豬肉和派利是（發紅包），讓司武家的男人透過這種儀式找到男性尊嚴。」

他嗅到她話裡的怨氣。雖然抱怨，卻不會反對。

「你會叫那個人回來嗎？」她問。

「妳是指一個而不是兩個嗎？」

「我不喜歡志愛，但不到討厭的地步。」

她話是這樣說，表情卻一臉厭惡。這表示她其實討厭志愛，但可以忍受志愛的出現。

「ＯＫ，我不懂妳們女人之間的關係，但志義是每個月都領司武家生活費的司武家成員，不能缺席家宴。」

她站起來，雙手扠腰。

「我討厭那傢伙。他帶不同女人回來就不說了，我可以眼不見為淨，但他真的很吵，嘴巴又不乾不淨，會讓志慧學壞，我聽到他的聲音就討厭。」

「我知道。」文虎雙手搭在她肩上盡力安撫。「我特別訂多一桌，教他坐在最遠的位子，背向我們，妳也看不到他。司武家的家宴不能漏掉任何一個成員，再壞的子孫，也是司武家的人。要諄諄善誘，讓他們回到正道。這是我爺爺教我的，另外，那個早就自我放逐妳也沒見過的志信，我也會找回來。」

司武謝舞儀甩開他的手，提起手袋上樓。「隨你的便。」

她有話想說，卻說不出口，只說一句不痛不癢的話。文虎看透了她，司武家的女人向來如此。

3

面前的女人有一張網紅臉，顧不得連鎖咖啡店裡人來人往，不在乎四周的咖啡機嘎嘎運轉聲和其他客人的交談聲，聲淚俱下，淚痕弄花了漂亮的妝容。

「……你可以幫我找我的狗狗嗎？」

司武志信等這句話像煙般在壓抑的空氣中消散後，才從手機螢幕上抬起視線。妝容花掉的女人教他想起以前做記者時某個飽受校園霸凌的中學生。

「一萬酬勞，錢到手我就開始找。」

女人一時反應不過來。

「我聽說你有時接案開價很低，每接五宗無趣卻賺大錢的工作，就會接一宗有趣的案件，有時也不計較賺多少，為什麼要我付那麼多錢？」

即使她說得很有禮貌，司武志信還是聽出批評的意味。

「小姐，妳這案就是無趣的工作。我會用妳的酬勞去補貼那些投胎時沒妳幸運的人。」

「為什麼？」她改變語氣。「你不覺得狗狗找不到主人很可憐嗎？」

司武志信的焦點跳到鄰桌的戴帽女人臉上，很快又跳回來。

「和狗無關。妳會查我，我也會查妳。妳給我的姓名都是假的，我在網路上見過妳的訪問，有文字，也有影片。妳並不是妳說的一般ＯＬ，而是一間科技公司的共同創辦人，目前擔任市場總監。」

她花了點時間整理自己的容貌和心情。「你怎會認出我來？」剛才的哭腔也消失。

「妳這種美貌的女性在科技產業裡不多，給我留下很深刻的印象，對，我第一次看到妳的訪問時就被妳電到。妳在美國讀完大學，在當地工作兩年後回流，和兩個朋友一起創業，雖然不是第一次就成功，但第三間成立的公司在行內站穩陣腳，幾個政府部門都是你們的客戶。」

「政府招標是『價低者得』，我們沒賺到多少錢，只是讓公司profile變漂亮點。」她的聲調變回在商界打滾的那種字正腔圓，而且帶著理性的力量。

「妳在ＩＧ上貼出香港管弦樂團的年票，說買最貴的門票坐最好的位子，有時又去歐洲聽音樂會再去米其林餐廳吃大餐，我只能在家聽串流和光顧只要三十六塊錢的兩餸飯。妳的收入比我和大部分香港人都要高出很多，付我較多的酬勞，讓我賺錢和幫其他付不出調查費但需要幫忙的人，不就是社會正義嗎？」

鄰桌的戴帽女人笑出來。

「被你發現了。我請你去半島吃飯可以嗎？」她很快改變戰術，換上打情罵俏的表情。「你幫我，讓我成為你的track record。」

司武志信搖頭。

長得漂亮高學歷能夠在競爭激烈的社會裡出人頭地的人，一般來說都不好應付。外貌、才華（或學問）、財富和同理心這四樣東西互相衝突，一個人頂多只擁有其中三樣，擁有四樣並不存在。如果有這樣一號人物的話，就是那張面具戴得很久很舒服，忘了脫下來或者還沒被人發現。他這天的經歷是又一證明。

女人身上的香味向他侵襲，那個名牌香水不知要花多少錢？

「我被妳電到，但電力不能當飯吃，連幫手機充電也做不到。妳的臉再漂亮，也不會改變這個案件和妳本人都很無趣的事實。妳公司雖然贊助過慈善活動，但目的是拍大合照和收割人脈，而不是真的去幫助弱勢社群。像妳這種隨隨便便吃一餐也要過千塊錢的人，為什麼付合理報酬好像要妳去死那樣困難？妳覺得這樣公平嗎？如果我答應妳，不只我會餓死，那些沒有好處可以給我的人也永遠無法獲得幫助。」

「你真是混蛋，浪費我時間。」她站起來開口罵道，聲音的冷意如碎冰般刺骨鋒利，聲量高到引起整個咖啡店的人注意。「我是給你機會幫我。」

司武志信一向覺得自己脾氣很好，這時也受不了要爆發。他站起來看這個本身已經一百七十五公分，穿上高跟鞋後幾乎和他平頭的女生，用只有她才聽到的音量道。

「只要一個人有不能見光的祕密，我就能夠挖出來。」他用咬牙切齒的語氣說。「妳不在五秒內離開，我就用尋找失蹤人口的力氣去挖妳的祕密。」

這句話有效，她馬上挽起價值過萬的真皮名牌手袋（沒有logo，但他認得出來）急步離去，走時幾乎被一條連接筆電的電線絆倒。司武志信大嘆可惜，否則就能用手機拍下來。

司武志信離開咖啡店後，鼻子依稀捕捉到女人香水的氣味，但沒有依依不捨。他去鄰近酒店，在大堂的沙發上坐了下來。一分鐘後，剛才在咖啡店的戴帽女人出現。司武志信確認她沒有被人跟蹤後，和她一起鑽進電梯。

「你剛才的話太狠了吧！」她對著牆身鏡整理帽子。

「就是她這種功利又玩裙帶關係的人數量過於龐大，令低下階層無法上流，製造貧富懸殊和社會矛盾。」

「你不就自找麻煩嗎？為什麼不談電話或者用Zoom聊而出來見面？」

「我就是想和美女喝咖啡，為沉悶的工作找點調劑。」他輕描淡寫地說，不當剛才的衝突是一回事。

電梯門打開，兩人步出，長長的走廊上沒有人。司武志信觀察四周，生怕遭人察覺。

「你說我嗎？」她走在前面，用門卡打開2019的房間。

「妳不是調劑，而是生命的必需品。」

房間的落地大窗對著維多利亞公園，陽光充足。他打從心底覺得和別人的老婆偷情不該來這種地方，光明磊落得像兩夫婦玩staycation一樣，但誰教她老公遠在地球的另一端？

女人站在床邊，緩緩地、一顆一顆地解開貂米色過膝外套上的釦子。最後外套滑落，露出紅色短裙下的修長美腿。

她再脫下帽子，撥亂了將近肩膀的鬈髮，一縷一縷地在指間流過。

司武志信的視線裡不只她的正面，還有她在長鏡裡的倒影。後者讓他像獵人般窺視不知自己身處危險的獵物，教他難以壓抑內心的衝動，驅使著他把她推倒在雪白的床褥上。

「要拉上窗簾，我不是來表演。」她想爬起來，卻被他緊緊壓住。

「沒人會看到，但我要把妳看清楚。」他壓低聲說，鼻息間全是她髮間和頸間散發的芳香。

「討厭！」她吃吃地笑出聲，不再掙扎。「等我把手機關掉，別讓那些陰魂不散的廣告電話打擾我們。」

4

司武志愛在大學飯堂吃飯時，家族的WhatsApp群組忽然跳出家宴訊息，吃到一半的三明治和沙拉馬上變得難吃起來。

這天終於來臨。

她討厭被逼回司武家吃飯，討厭被長輩們的視線上下打量，像要打探她身上所有祕密。

和親友聚會從來不教她感到溫暖或親切，餐桌上只有一張張令人討厭的嘴臉。「什麼時候交男友？」「什麼時候結婚？」「妳一個小女孩唸碩士有什麼用？」

在他們心目中，二十四歲的她仍然只是一個不聽話、不懂事的小女孩。

他們只會和她聊她不感興趣的話題：「我光顧了壽司之神那間『數寄屋橋次郎』。」「我參加了地中海郵輪假期。」「我去了北歐看北極光和吃鯨魚肉。」

全部話的開頭都是「我」，不只和她的生活無關，也和香港人的生活無關。他們活在香港，卻也不在香港。

「可以不去嗎？」她私訊媽媽，也發出求救訊號。

幾分鐘後，她收到毫不意外的回應。

「妳每個月都領司武家的錢。如果沒有家裡的金援，妳可以無後顧之憂讀妳的社工學碩士嗎？」

志愛小時以為所有小孩子每個月都會領到同樣數字的零用錢，過和自己同樣的生活：出入有司機開私家車接送、有花不完的錢、每年寒暑假都出國旅行。

等她上到中學，才知道自己過的是和其他同學不同的生活方式。她說不出香港大部分地區的名字，要瞞著家人讓同學偷偷帶她搭乘巴士、渡輪、電車、地鐵等公共交通工具，在茶餐廳和陌生人搭枱，去公共體育館打羽毛球。第一次去公共圖書館教她大開眼界，但沒有借書，以免被家人發現。

「為什麼妳家這麼有錢卻不送妳去國際學校？」有個同學問，但她直到上大學才想出答案。

家人怕她接受西方教育的薰陶後，不會再屈服於司武家的各種家規，而是擁抱自由的想法，勇於追求自我，也不再聽話，質疑大家族裡各種傳統價值觀。

她們怕她能獨立生活，就不再須要依賴這個家，甚至批評。

她討厭上大學後，發現自己沒有最基本的煮食能力，連煮即食麵也由同學指導，過程被拍成影片在同學之間流傳。雖然同學沒對著她面前說，但她覺得自己只是個家有貲財的廢物。

所以，她的成長和其他人不一樣，不只是自我探索，還要了解自己和同學的差異，也理所當然地，大學讀社會學，碩士論文題探討華人社會的家庭結構。她打算在論文的扉頁印上西班牙畫家哥雅（Francisco Goya）的《農神吞噬其子》（*Saturno devorando a un hijo*）去釋題。

家人一直分不清社會工作和社會學的差別，覺得她是讀社工，她也懶得糾正他們。反正他們即使活到二十一世紀仍然認為，女子無才便是德，讀書沒用，不管讀多少書和去做什麼工作，也不及家族靠租金賺到的收入豐厚和輕鬆。

「還有，妳要想辦法叫志信去家宴。」她媽在另一則短訊裡道。

「他不是小孩子，有自己的想法。」

志愛一直覺得，家裡長輩一直死性不改覺得只要輩分小過自己的都是小孩，要聽長輩的話，尊敬長輩。她很想提醒媽媽，志信已經三十五歲，不只有自己的想法，也非常固執，就算颱風也無法動搖。

長輩們不斷提醒她，她是靠家裡的錢才能一直唸書不用工作，所以回到家裡也要聽話。她們要她重視外表、學好化妝、穿裙子、留長頭髮、講話時要放輕，不准她講髒話，做一個淑女，讓男人追求、保護和照顧。

志愛不是討厭做淑女，而是討厭人家教自己做什麼，決定她的人生。

她須要選擇權。

司武家就像一個巨大的鐵籠，她自出生姓司武那天開始，就被關在鐵籠裡。

要像志信那樣掙出鐵籠，須要她所沒有的能力和勇氣。

5

司武志信和方雨晴身穿浴袍，坐在酒店大床上，享用三層高的英式下午茶。

吃到一半時，司武志信已經停口，不是覺得飽，而是保持健康，但方雨晴仍吃個不停。

「妳怎吃也不胖，肯定教很多女人羨慕。」

「因為我喜歡做運動。」方雨晴答得爽快。

「特別是床上——」他答，不料他的手機發出短訊通知鈴聲。

他抓起手機看。

司武志愛：「故事很長，方便通個電話嗎？」

司武志信不喜歡被打擾，但志愛不常提出通電話的要求。

他不是早就退出司武家的WhatsApp群組，而是從來沒加入過。他唯一保持聯絡的親友就是表妹司武志愛。

他無法不喜歡這個小自己十歲的表妹。當他還住在司武家時，只有他們兩個視家裡的唐狗吉仔是玩伴，而不是單純看家護院的動物。只有他們會因為吉仔去彩虹橋而傷心，一起抱頭痛哭，而不是跟其他人一樣「只不過死了一隻狗而已」，因此感情非常深厚。

司武志信本來就討厭司武家，討厭這個奇怪的姓氏，就連他父母也討厭這個家族。十多年前父母就是和其他親友吵架後，去日本東北旅行，不幸遇上三一一東日本大地震，在仙台市酒店和他通網路電話幾個小時後就下落不明。

他從此更加討厭司武家，和他們斷絕來往。志愛成為他在司武家的臥底，會把家裡的大小事務向他報風報信，像司武文虎前幾年買了個博士學位回來，重新印過名片，要外人稱呼他博士。

又像幾星期前，司武文虎的兒子志慧，聽從老師建議參加基因分析了解自己的基因成分，本來這是不錯的教學活動，但司武家族的人就像發現新大陸般，前仆後繼去玩無聊的基因測試。其實同一家的人基因都差不多，用不著全部人去玩。最可笑的是那些報告全部不能用作醫學用途。用基因分析性格就像用科技包裝的占星術，含糊其詞，無法證明對錯。幸好一家之長的司武文虎頭腦清醒沒玩。

但他再討厭司武家，也無法否定，自己血液裡有司武家的基因。司武文虎的老爸死於癌症，加上家族遺傳的糖尿病和心臟病，逼他幾年前就戒掉含糖分的飲料和其他不健康的食物，所以對基因測試並不排斥，希望可以找出家裡還有什麼遺傳病基因，但等志愛轉告結果就夠了。

「我要打個電話。」他告訴方雨晴，不是徵求她同意。

「給另一個女人？」她問。

「我表妹。」

「你有多少個表妹？」她問得不懷好意。

「這個和我真的有血緣關係。」

他走進洗手間打電話，很快接通。

「文虎說下星期六舉行家宴，你會回來嗎？」她問。

「開什麼玩笑？我說過，寧願餓死也不會回去。妳要記得，嚴格來說，我已經不再是司武家的人。」

「但你是姓司武的。」

「我和妳一樣，司武不是父系基因，而是母系基因，是父親入贅才跟著姓司武。」

「不管父系或母系，我們血液裡都有司武家的基因。」

「是這樣說沒錯，但我不會回去。我討厭司武這個姓氏。」

「那你爲什麼身分證不改姓？」

「我還沒時間去更改。」

司武志信的父親入贅改姓前本姓劉，可「劉」姓太過普通，和「陳」、「李」、「張」、「黃」、「何」等大姓般，顯得像路人甲乙丙的姓氏，毫無個人特色。他不喜歡姓「司武」，卻貪心地想要保留這個獨特的姓氏。如果「物以稀為貴」這說法能應用到姓氏上，「司武」就像貴族一般尊貴。

司武志信對這個姓氏實在又愛又恨，想到這點，連他也不得不討厭自己。

自從他脫離司武家後，家裡就不再每月給他幾萬塊錢生活費。如果你要追求獨立，強勢的家族會用各種力量逼你違反你的自由意志，逼你就範，要你向惡勢力低頭。

阿姨們拋出諸如「你生是司武家的人，死是司武家的鬼」、「離家出走，有失孝道，對不起列祖列宗」等情緒勒索，但仍然無法教他屈服。

「萬一你須要任何器官捐贈去救命，我們都不會伸出援手。」大姨媽祭出終極一擊。

「如果真有那一天須要你們幫忙才能活下去，我寧願跳入維多利亞港自盡。」他狠狠回應。

回力鏢的現眼報快得驚人。三個月後大姨媽發現自己得血癌，須要獲得骨髓捐贈才能活命，但司武家裡沒有一個人和她吻合，只能眼睜睜看着她死去。

司武志信沒出席她的葬禮，不是怕她在火化前從棺材裡爬起來，而是不管她是死是活也不想再見。

「文虎要我轉告你。如果你回來，等於破冰，認祖歸宗——」志愛又道，語調非常不尋常地機械化。

司武志信聽到這句話，只覺得胃裡一陣翻江倒海。

他也明白為什麼她會這樣說。

「夠了，我受夠了。」他幾乎用吼的說。「姓『司武』並不可怕，可怕的是我們那些長輩，用大家族的名義逼後輩言聽計從。可怕的是大家族的繁瑣規矩，家祭時要後輩向前輩下跪。老天！現在二十一世紀了，我以為自己還活在清朝、腦後有條辮子。現在姓『司武』的不到二十人，要拉其他外戚充數灌水到五、六十人去充當大家族，妳說可不可笑？」

在華人社會，男人不只要承受繼後香燈的壓力，也不容易放下自己的尊嚴和姓氏入贅女家讓子女從母姓。雖然司武家的入贅女婿每個月都可以領比上班族薪水要高的生活費，但家規繁瑣，大部分女性成員都是獨身一輩子。就算入贅女婿，孩子也是一個起兩個止，使家族成員人數始終無法大幅增加。

到了他爺爺那代，不再堅持入贅，女性成員開始容易嫁出去。現在的家宴要把外嫁的司武家女成員的家人召回來撐場面，但人數也不多。他們平日和家規甚多的司武家沒有來往，只在三年一度的家宴時才亮相。他們既不是姓司武，血液裡的司武家基因也被沖淡得愈來愈少。

每想到這點，司武志信就覺得身為獨子的老爸做入贅女婿，好像沒有骨氣，但又想，父親為了和母親在一起，在人生上做出巨大的犧牲。

也許只有他這種父母早早就離世的人，才能自由決定自己的命運。

「剛才那些話都是我媽逼我講的。她剛走了。」志愛放軟口氣，隔了一陣又道：「你不去的話，我就要一個人去應付那些三姑六婆的盤問，你知道她們多麻煩。」

志愛的話讓司武志信一陣心軟。那些親戚總是聒噪地嘮叨著。他不應該讓志愛一個人去應付她們，但他相隔十多年後再次現身，只會給自己平靜的生活添加麻煩。

「志義會出現嗎？他去就行。」

司武志信起碼有十年沒見過志義了，但那吊兒郎當的傢伙就算燒成灰他也認得出來。

志義是司武家裡最不受寵愛的一個，一派輕佻的作風，和大家族的傳統價值觀格格不入。

「我很久沒見到他，但不懷念他。」志愛答。「司武家沒人喜歡他。」

司武志信同意，但志義不知是豁達，或臉皮比牆還厚，從來不計較人家喜不喜歡他。

「為什麼妳們這樣對待志義？他是司武家不可分割的一分子，體內流的是司武家的血。你們不是常說血濃於水嗎？」

「血濃於水」這個司武家成員常掛在口邊的「四字成語」，並不是出自中國古籍或傳統智慧，而是源於英國諺語「Blood is thicker than water」。眾人雖以此理由維持家族的凝聚力，但同時又漠視著不合群的志義，讓司武志信覺得荒謬可笑。

志愛斷線，大概在詛咒他。

司武志信打開洗手間的門，方雨晴就站在門口阻擋他離開。

「劉先生，原來你姓司武，很獨特的姓氏。」

司武志信不打算讓方雨晴知道他的真實姓氏，沒想到她竟然偷聽他和志愛的對話。

「太獨特了，做我這行業的人不管名字和長相都不能給人留下印象，所以我名片上印的是假名。」

司武志信故作輕鬆地答道，掩飾自己的慌張，不希望她知道自己的家庭背景。

「合法嗎？」她跟他回到床邊坐下。

「當然合法，就和明星用藝名一樣，也和妳我的關係一樣，就算妳先生會很不高興，我們並不犯法。」

司武志信將問題導開，企圖轉移她的注意力。

「也跟我先生在外面包養女人一樣。」

司武志信舉起盛滿香檳的高腳杯，「對，為這時不知道在哪個女人床上的馬先生乾杯。」

6

男人看了一眼短訊內容後，把手機放回床頭櫃上一字排開的杜蕾斯和潤滑液旁邊。

這酒店雖然位於尖沙咀鬧市，但非常適合staycation。

他過的是日夜顛倒的生活，即使來到下午一點半，他也只睡了五個小時，仍想繼續睡下去。

躺在旁邊這個他不知道本名的女子應該也一樣。昨晚他們的運動很激烈，消耗了不少卡路里。她的床上功夫非常厲害，教他難以招架，不知道她從哪裡學來。現在的女人真不能小覷。

他的動作驚醒了她。她連忙拉高冷氣被遮掩自己的裸體。

「妳怕我用手機偷拍嗎？」他笑問。

「開玩笑，有哪個女人不怕？」她的粉拳敲到他的胸口上。「你敢亂來的話，看我敢不敢讓你的小弟弟和你分家？」

「別這樣凶惡？只是我家人叫我回去吃飯。妳要不要看那個訊息？」

「當然要。」

他把手機拿給她看。她沒戴上隱形眼鏡，不得不把手機拿到鼻尖前才看得清楚，再把手機還給他。

「太好了，我已經很久沒有回去見家人。」

「我也是，但我的家人並不想我回去。」

「為什麼？」

「說來話長。就像妳不會告訴我妳的家事，我也不會告訴妳。」他輕輕拍了拍她的臉頰。「不過，既然我的家人不想看見我，我就出現吧！」

疑惑爬上她的臉龐，但很快就被笑容取代。「好像很好玩的樣子。可以帶我去嗎？」

「可以呀，到時我叫妳吧！」

「不要騙我呀！」

「當然不會，但我帶妳去吃飯前，妳是不是要告訴我妳的真名，而不是『藍色的貓』？」他快速掀開薄被，盯著她的裸體看。「妳身上沒有一個地方是藍色的。」

她很快從他手上搶回薄被遮掩自己。「我準備紋一隻藍色的貓在手臂上。」

「但妳打算讓我向家人介紹妳叫『藍色的貓』嗎？」

「我和你就只是ＮＳＡ，有必要讓你家人認識嗎？」

「要有名字才能報名，英文名也可以。」

她想了一陣。「Angel。你呢？」

「Justice。」

他收起笑容，但她卻笑出來。

「你是法官嗎？」

「是正式的英文名，印在身分證上，蠢的不得了。」

「有原因嗎？」

「我們家裡有所謂族譜，我屬於『志』字輩，然後我們家族的老大讀過天主教學校，所以我們這一輩人的名字第三個字取自天主教的信（faith）、義（justice）、愛（charity）、智（wisdom）、望（hope）之類。」

「可以這樣中英夾雜取名嗎？」她失笑。「我第一次聽。」

「名字取得亂七八糟，反映那些人的想法也亂七八糟。有時我懷疑我這種人生過得亂七八糟的基因也是遺傳。」

他突然翻身，把她壓在下面。

「你做什麼？現在是大白天。」

「昨晚妳讓我死去活來，現在換妳死去活來吧！」

他的雙手在她身上到處點火。她的手也不甘示弱，猛烈地回擊。

兩人的戰場很快移到浴室，從淋浴間到浴缸，也不再提起吃飯的事。

第二章／宴會前一星期

7

幾個月前，司武志信在大廈樓下的公園跑步時，見到一隻巴哥犬。牠從遠處用四條短短的腿快速地奔向他，嗅了嗅他，直到聽到放牠出來散步的傭人高聲呼喊「Leo，回家吃飯！」後，才順從地跑回去。

司武志信後來又見過Leo好幾次，也摸過牠的頭。他常看見小朋友圍著Leo玩，賞賜食物，Leo也毫不客氣全部吃光。雖有四條腿，但Leo也是社區的一分子。

然而某天，司武志信在屋苑的臉書群組看見有居民發帖為兩歲半的Leo尋求領養——也就是被棄養。

年輕的狗主聲稱要單人匹馬移民英國，但這種扁平臉的狗種被很多航空公司禁運，怕牠們在高空猝死。他只好忍痛棄養，在屋苑群組裡向人求助，如果沒人要的話，就送牠去香港愛護動物協會。

在移民潮下，愛協早已經狗滿為患，Leo下場很有可能就是人道毀滅。

司武志信相信「摸過頭就是朋友」，因此無法接受朋友去送死，就私訊回應說願意收編Leo。

□

司武志義看著Angel躺在椅子上，被刺青師填滿刺青的雙手在她手臂上一筆一畫刺出藍貓的圖案。

刺青機械的嗡嗡聲不算太刺耳，但司武志義不懂的是，藍貓就藍貓，為什麼要叫作「藍色的貓」這麼累贅？多加兩個字，那隻貓不會變得更藍，或者更有文學味道。

但他也沒向Angel說出他的看法，只是順從Angel的要求，用手機把刺青過程拍下來，Angel說影片經過後期處理後會放到YouTube和抖音上，和網友分享。她的口氣彷彿暗示她的頻道有十萬訂閱者，但就像星爺說的「臨時演員都係演員」，就算只有不到十個訂閱者，Angel也可以大言不慚地自稱YouTuber。

大約三十分鐘後，刺青完成。Angel對結果非常滿意，她用鏡子仔細檢視刺青師的作品，又和刺青師合照，並再三勸誘志義也去刺一個刺青，不一定要刺貓咪。

司武志義搖頭，直言不諱道：「要是每個女生叫我刺一隻動物我都答應，我身體早就變成動物園，恐怕連那話兒也沒有空位。」

Angel和刺青師同時大笑。刺青師抽了一口煙後，呵呵笑道：「我沒在客人那話兒上刺過青，如果你有興趣的話，我免費奉陪到底。」

志義討厭一本正經，那種人開口就教他感到窒息。Angel和刺青師這種講話不乾不淨的人和自己電波接近，也讓他感到輕鬆自在。

「如果我有多一根的話就找你。」

□

志愛走進淋浴間，伸手將花灑旋開，溫熱的水柱沖刷在身上，她準備清洗下面。不料Alfred走進來，手指先在她的髮間流連，再緩緩向下游移，最後來到她的下身。她倒抽一口氣，雙手扶在Alfred的肩頭。她的下身隨著Alfred手指的節奏，溫和而堅定地律動著。她瞇起雙眼，感受著溫熱的花灑和Alfred掌心的溫度交織在一起，像是陽光下的溫柔擁抱。若說性福可以換來幸福，這一刻實在是她此生此世的巔峰。

香港人從電影《嚦咕嚦咕新年財》學到「牌品好，人品自然好」，但她認為「床品好，人品自然好」。性愛本身就應該是雙方的享樂而非單方面的索取，就像Alfred這個比她小兩歲的學弟，性經驗不豐富，是個連三分鐘也維持不到的快槍手，但有三個優點，第一，不會大嘴巴，第二，願意學習，第三，很有服務精神，認為女生的高潮同樣重要。就算進入坐懷不亂的聖人模式，也會用手指和舌頭服務，直到她滿意為止。

沒有性福，何來幸福？

她離開淋浴間後，Alfred已經穿戴整齊，坐在床邊。

「如果妳要參加那個家宴，我可以陪妳。」他的口吻不像是ＦＷＢ，而是男朋友。

志愛搖頭：「不要。第一，你會後悔。第二，你一定會和他們吵架。第三，你去的話一定會給我麻煩。」

他半晌後才反應過來。「吃個飯不會這麼嚴重吧？」

志愛苦笑：「唉！你有所不知！我家人的靈魂停留在上世紀，認為性愛只有傳宗接代這個單一功能，女人不能像男人那樣享受魚水之歡，那不是風流而是淫賤和骯髒。如果我爸媽知道你和我滾過床單，你就要在三個月內娶我。」

Alfred一愣，笑說：「太好了，我這輩子不用煩惱居住問題。」

「對，一輩子住在山旮旯的西嶼，而且你這個獨生子要和我爸一樣放棄自己的姓氏，入贅司武家。」她抓了個枕頭向他丟過去。「我要在一年內生小孩，三年內生兩個，老天，我不是生仔機器！」

□

司武志信接過狗繩、半袋狗糧，和一個裝了狗碗、狗籃和毛巾的環保袋後，Leo又一如以往嗅他鞋子，接著抬頭看向他，眼神滿是期待。

牠不會知道，自己被棄養的臉書貼文底下只有司武志信一個人留言。牠的性命在鬼門關前徘徊了十二個小時。

「有狗牌嗎？」司武志信問。

「沒有。」狗主很年輕，不到三十歲。

「有沒有打瘋狗症針和服食心絲蟲丸等？」司武志信在決定領養Leo前做了點功課。

「都沒有，Leo天生天養，到現在也很健康。」

狗主說得很自豪，司武志信聽不下去。

「希望你不要再飼養你沒有用心照顧，也無法跟著你移民的寵物。」

「我剛開始養牠時沒想過自己會離開香港移居英國。」狗主是ＢＢＣ[3]，廣東話流利而不標準，名牌衣著打扮卻很潮。

「騙鬼，你在英國Bristol出生，家人還在當地居住。你來香港的ibank[4]工作，現在不是移居英國，而是轉職到新加坡。你在ＩＧ上公布未來動向，寫得很詳盡。」

3 ＢＢＣ：即British-born Chinese，在英國出生的華裔英國人。
4 ibank：即investment bank，指投資銀行。

這個愛炫耀的傢伙，笑容很快變成怒目，卻沒有否認。

「有什麼分別？巴哥不能坐飛機！」

「私人飛機就可以。你在LinkedIn上說自己月薪十二萬，你早前一對座地喇叭就賣了五萬多，負擔得來。」

他沒有回應司武志信，而是舉起中指，然後掉頭而去。

「現在不是他拋棄你，而是你拋棄他。」司武志信拖Leo回新家時對牠說：「我每晚都會親自帶你去跑步。你喜歡跑步，對不對？」

司武志信加速，Leo也陪著他狂奔，一同奔向新生活的起點。

第三章／宴會當日

8

宴會要六點才開始，但昌叔和他的二十人團隊已在下午兩點就抵達司武家大宅外的空地，開始布置。筵席指「筵」（菜）和「席」（枱凳餐具），客人只需要付錢，就可以專心享用美食，不用操心其他雜事。

雖然是臨時拉夫的雜牌軍，但昌叔很重視伙計的儀容，在宴會場地，他不准他們抽煙和喝酒。以前他有個叫「阿鬼」的伙計就是醉後和客人的家傭起爭執，最後罵三字經又動起手腳。要不是現場有個有江湖地位的大佬擺平整件事，昌叔那天一毛錢也領不到。阿鬼雖然手腳勤快，但從此被昌叔列入黑名單。

「不能因為是雜牌軍，就沒有紀律。」

昌叔時刻督促伙計。他雖不親自下廚，只在最前線指揮，但會時時觀察伙計工作是否合格，像桌子不能擺得太密，地上的雜物沒有撿起，和祈求天公作美不要下雨。

要準備六十二人份的晚宴，須要動用三個廚師。每道菜所需的時間各有不同，就算爐頭供應充足，但前期準備工夫要花的人力和時間都很多。大部分菜餚都是預先做好，在現場只需要加熱和擺盤。

其中一個廚師是榮少，三十出頭，疫情前在日月樓任二廚，最大的人生目標就是成為米其林廚師。他經常花大錢買上好食材，不斷研發新菜式和嘗試。昌叔認為他早晚會成為名廚，但家庭生活會因此一敗塗地。即使榮少找到欣賞他廚藝的女人結婚，但最終可能也會因為他更愛待在廚房而非臥室而離婚。「金龍吐珠」這款菜式就是由榮少首創，大受食客歡迎後，香港不少酒樓和日式料理店陸續跟風，推出不同名稱和做法的炸河豚。

筵席開始前，司武文虎安排了特別節目，放五分鐘的煙花。香港政府自從一九八二年起每年舉辦賀歲煙花匯演，每次歷時約二十三分鐘，主要在大年初二，有時也會在十月一日國慶日，但自從二〇一九年年初二後，政府以疫情為由停辦，至今三年。

雖然政府嚴禁民間放煙花，但在「山高皇帝遠」的西嶼，誰管得了司武家？

煙花衝上半空後，隨震耳欲聾的爆烈聲朝四面八方綻放。昌叔不討厭「砰砰」的轟鳴，但討厭硫磺味，那會蓋過食物的香味。他可以叫手下聽話，但無法控制客人。客人說什麼，他們只能跟著辦，甚至把上菜次序更改。昌叔說為了安撫從外國回來也很少吃中國菜的小孩，所以建議第一道菜就是香脆可口的「金龍吐珠」，但被司武文虎否決。

「太早吃油炸又油膩的東西，接下來就沒有胃口吃其他菜式了。」

昌叔沒有爭辯。有次客人突然安排幾個艷裝女子上台唱歌跳舞，給壽星意外驚喜，廚師要馬上暫停炒菜。這種靈活調度，急於讓員工下班和節省燈油火蠟的酒樓永遠做不到，否則客人為什麼不去酒樓坐得舒舒服服？

昌叔認同客人有自由決定怎樣吃，但同時也覺得太自由，是浪費廚師的心血。在這個時代，大家吃飯前都要先拍照，再也沒有人真的欣賞食物。

身為筵席專家，從一開始他就知道，客人找他們，並不是欣賞廚藝，而是貪圖方便。

司武文虎整晚都沒有好好坐下來，一直走來走去，和其他好久沒見的親友碰杯。他幾乎整晚都在喝酒，沒有坐下來。大家都說他難得喝醉了，他說無所謂，反正就算要抬到床上也很容易。

「金龍吐珠」是第三道菜。

志慧早前喉嚨痛，所以被司武謝舞儀禁止吃炸物，她也陪著不動筷，眼巴巴望著同桌其他親友大快朵頤。有幾位親戚跟她說嚐一小口不要緊。有位一邊罵怎會在家宴裡吃這麼不健康的食物，但也一邊伸出筷子挾一個進碗裡。

「金龍吐珠」的反應一如預期大受歡迎，端出來三分鐘內就被吃光。

司武志愛從出現那刻已經被親友煩死。

「志愛愈來愈漂亮？妳有沒有男朋友？交過多少個？快結婚替司武家開枝散葉。」

她不想回應，由她媽代為回答。「就算她生孩子也不是姓司武的呀！」

「教那男人入贅，一個月什麼不做就可以月領十幾萬，去哪裡找這種工作？」

司武志愛保持沉默，就像她們兩個姨丈一樣。她從來沒見過他們開懷大笑，或者針對某個話題侃侃而談。他們長期以來就像偶爾才開口講一、兩句話的裝飾品，在餐桌上除了吃就是點頭。

甜品上桌時，一台猩紅的Tesla Model 3駛進來。車停定後，司武志義先下車，從另一道車門出來的是個名媛打扮的紅衣女郎。

志義挽著她的手，經過一桌又一桌，最後以誇張的語氣大聲問：「怎麼一點也沒留給我？」

眾人不理他。只有司武文虎以半醉的聲音說：「你們太遲了，沒吃到金龍吐珠太可惜。不過，我們可以用百鳥歸巢的方式把其他人吃不完的食物留給你。」

「你鹵味[5]，這不就是吃你們的殘羹剩飯嗎？」

志義一開口就是髒話，但眾人習以為常，沒人會當他是開罵，反而笑了出來，用笑來避免和他說話。只有司武謝舞儀皺起眉頭，用雙手堵住志慧耳朵。

在司武家一眾親朋戚友裡，以司武志愛最不想見到這傢伙。不務正業在司武家的男人裡是常態，但志義是箇中之最。

她小時，志義會和志信一起照顧她，三人非常親近，感情好到像親兄妹，沒想到志義在英國攻讀電腦工程學士和碩士回來香港後，並沒有去好好找個像樣的工作，而是終日游手好閒，流連酒吧和夜店，有時會帶女性朋友回來過夜，後來嫌開車送她們離開很麻煩，索性在外面長租酒店住。

這傢伙給家族帶來無數麻煩，是整個司武家裡唯一沒人想見到他出現的家庭成員，不過，只要他每月出席家族會議，就無法褫奪他從家族基金領取生活費的基本權利，或者把他逐出家門。

那是司武志信的下場。

5 你鹵味：爲粵語髒話「屌你老母」的委婉說法。「你鹵味」亦可作「你老味」。

第四章／宴會次日

9

每天早上七點半，Leo都會用前腳搭在床邊叫司武志信起床。如果他的頭剛好在床邊的話，就會發現床邊已有溫熱潮濕的觸感。這天更過分，他被Leo用濕漉漉的舌頭輕輕拂過臉頰，在他嘴邊留下一串溫暖的吻。

他無法責罵牠。狗就是用這種方式表達愛意。他撫摸牠那圓滾滾的狗腦袋，感激地揉搓，然後自Leo身上汲取無窮的愛意和活力，踏上新的一日。

司武志信以前在八點起床，現在被逼提早半個小時，Leo跟著他走進洗手間，坐在他前面，抬頭看著他在馬桶上滑手機。他再次摸牠的頭，很快發現方雨晴的訊息。

「那個司武家發生的事和你有關嗎？」

這個問題莫名其妙，他跳去看下面幾條，都來自志愛。

「西嶼警署的劉sir說要你在中午十二點前去西嶼警署協助調查，否則發出通緝令。」

「他們全部都走了，都是窒息。」

「我媽走了。」

「現在我們家上了新聞。」

「我們集體食物中毒，很多人都被送到醫院。聽說傷者太多，要分流去不同醫院。我陪我媽去醫院。現在家裡一片混亂。」

司武志信以前在報館工作，見識過各種奇怪新聞，但無法把這種事和自己家族連上。

他打電話給志愛，她很快接聽。

「妳在哪裡？你們怎會食物中毒？」

「我在家。你昨晚沒看新聞嗎？」

「沒有，我剛醒來。」他不用告訴她，昨天下午他和方雨晴跟Leo花了大半天登上樂景灣山上的瞭望台，他吃完晚飯回家後就累到倒在床上不醒人事。「妳沒事嗎？」

「昨天的家宴裡有河豚。我沒吃。」志愛的聲音變得他幾乎認不出來。

「怎會冒生命危險去吃河豚？」他大惑不解。

「是人工養殖的無毒河豚。」

「既然是無毒河豚，怎變成中毒？」

「我不知道。對了，西嶼警署的劉sir說要你過去，否則發出通緝令。」她提醒道。

「ＯＫ。」他掛上電話後，再檢查其他短訊，除了不重要的商業內容以外，都是朋友的關心，但他沒時間回覆。

剩下四個小時，很有可能就是接下來兩天裡他唯一自由的四個小時。警方一定會用盡四十八個小時的扣留時間去盤問他。

他沒有心情吃早餐，但也要好好飽餐一頓，連午餐的量也吃完，然後聯絡可以幫上忙的律師朋友，諮詢他們的專業意見。

忙了一堆雜務後，才想起有件事情未必能來得及完成。他一邊匆匆換衣服，一邊致電方雨晴。

「妳說對了，我老家出事了。我要在兩個小時內過去西嶼警署報到，不知道什麼時候才能出來。」

「你要我幫忙照顧Leo嗎？」

真是聰明和善解人意的女人。如果十年前就認識她，他和她的人生會截然不同。她值得找個會珍惜她的男人。

「對，如果妳嫌麻煩的話，就送牠去隨便一間狗酒店，我離開警署後就去接牠。樂景灣這邊的狗酒店都滿了，妳可能要送牠去東涌那邊。如果東涌也滿了——」

「狗酒店怎比我的服務好？我可以在你家過夜嗎？」

他家裡沒有什麼財物，現金也不多。不，他查過她背景，乾乾淨淨。他信得過她。

「我家是queen size雙人床，只要妳不帶別的男人上來就可以。食物都隨便妳吃。」

「希望你的冰箱不是空空如也。」

「當然不會。我把後備鑰匙放在門外的地氈底下，等下我把地址、大廈大門的密碼和

Wi-Fi登入資料傳給妳。」

「你放心過去吧。需要我幫忙其他事情嗎？」

「謝謝，暫時不用。」

一覺醒來後的世界變得很超現實，像一把刀那樣把他的人生切割成兩半。前半有一大堆麻煩親戚，後半他們幾乎死個精光。

他深呼吸了幾口，讓自己冷靜下來後，抱起蹭在身邊的Leo。

「乖狗，今天要由阿姨照顧你，回來我們再一起玩球。」Leo彷彿聽懂般嘿嘿吠叫，用舌頭不停舔主人的手臂。

司武志信用力擁抱牠一會後就出門。他不想因為交通問題而遲到最後被通緝。

10

「司武文虎先生，你為什麼不吃你挑的河豚肉？」

「我忙於和親友喝酒，所以整晚什麼都沒吃。」

「晚宴來賓名單是誰編制的？」

「我。」

「包括河豚肉？」

「對，但那是筵席專家昌叔推薦的。不信的話你可以問昌叔。」

「但你同意吃河豚肉。」

「對，所以我責無旁貸。」

「司武家有仇家嗎？」

「我們家的人一向與人為善，我不認為有。」

「你是司武家領袖，如果你有不測，誰會是你的繼承人？」

「司武志義。」

「你們的關係怎樣？」

「不錯，他每月都出席會議，從未提出過異議。」

「司武家是否有債務問題？」

「怎可能？你可以問我們家的會計師。」

「誰有賭博習慣？」

「我沒聽過。」

□

「司武太太，妳為什麼不吃炸河豚？」

「我兒子咳嗽，我不准他吃，也陪他不吃。」
「宴會有異常嗎？」
「沒有。」
「家中是否有成員不和？」
「我們家裡人一直感情和睦。」
「有沒有聽過誰有債務問題？」
「司武家的人怎可能欠債？」
「妳覺得這件事誰最可疑？」
「我不認為誰會做出這種事。」

□

「司武志愛小姐，妳為什麼不吃炸河豚？」
「我沒胃口。」
「不是呀，我們在其中一個賓客的ＩＧ影片裡，看到妳吃得很高興。」
「我不吃油炸食物。」
「但我們看過妳的ＩＧ，妳幾天前才和同學在快餐店吃炸薯條。」

「其實我不是怕吃吃油炸食物，而是不敢吃這個炸河豚。」

「妳知道有毒？」

「不，不是這樣。我老實說好了。我媽剛在吃飯時碎碎唸說要介紹一個門當戶對的男朋友給我，又挾了一顆『龍珠』——我媽媽對炸河豚的說法——到我的碗裡，我覺得把這龍珠吃下，就等於默默接受我媽塞給我的一切，所以碰也不碰。你明白我的意思嗎？」

□

「司武志義先生，你為什麼遲到？」

「跟我一起來的那位小姐說要化個能見人的妝，不料愈化愈不像樣，真是超蠢！」

「你是Kingdom的常客，聽說有不少仇家。」

「你指haters嗎？現在每個人多少都有幾個！愈受歡迎，hater愈多。我早就習以為常。」

「有沒有人曾經出言恐嚇或者罵過你？」

「Kingdom裡的人本來就會罵來罵去，是家常便飯。」

「你目前的財務狀況怎樣？」

「非常好，我不用一輩子還房貸，每個月都有十幾萬零用錢，多到不知道怎樣花。我看新聞說不少警察欠債，有的無力還錢，要向同袍借，甚至在警署裡吞槍自殺，所以警隊開設『財務疑難熱線』處理警務人員的欠債問題。如果阿sir你和其他西嶼的警員有財務困難，不方便向財務公司借錢，可以聯絡我，保證保密。」

「你這是挑釁嗎？」

「當然不是，我只是想改善警民關係。」

「你在外面有放債嗎？」

「沒有。」

「但你剛才說放債給警察。」

「我只是開玩笑。」

「你現在的頭腦清醒嗎？有沒有服食像可卡因、K仔、冰毒等毒品？」

「當然沒有。」

「我不相信你，待會要安排你驗小便。」

□

「徐文玲小姐，妳認識了司武志義先生很久嗎？」

「對，很久了。」

「多久？」

「三個月。」

「三個月算很久嗎？」

「過去我從未和同一男子維持超過一個月的關係。」

「妳說的關係是男女朋友嗎？」

「不，是ＮＳＡ，看你也不懂，就是no strings attached。」

「什麼意思？」

「就是炮友。」

「妳在他之前，有多少炮友？」

「太多了，數不盡。這種關係是easy come，easy go。」

「妳覺得他是個怎樣的人。」

「好人一個。」

「他對妳用過暴力嗎？」

「沒有。」

「他對哪些人用過暴力？」

「從沒聽說過。」

「他用哪些毒品？」

「他不用。」

「他和哪些黑社會來往？」

「沒聽過。」

「妳在Kingdom裡很受歡迎嗎？」

「當然。」

「有沒有人會看妳和司武志義在一起不順眼？」

「當然有！」

「知道名字嗎？」

「不知道。」

「怎會不知道？」

「因為我不知道你的名字，阿sir。」

11

司武志信沒向志愛提過自己大半年前遷回大嶼山，居於樂景灣，萬一她不小心說溜嘴就麻煩。

他不想司武家的人以為自己住在大嶼山是因為心繫司武家。他只是厭倦了市區那種人煙稠密、人多車多同時爭路，和香港人什麼都要快的高壓生活。在大嶼山居住，不但能呼吸較新鮮的空氣，抬頭還可望見已在市區失去的天際線。

警方所謂協助調查，不過是好聽的說法。此類事情，他們首先懷疑的必是家裡人，如沒中毒的、遲到的、早退的，和他這種沒露面的。

他向來是司武家族裡的異類，和親友之間欠缺互助和關愛，也最不缺乏殺人動機。警方會把他想像成沒有同理心的sociopath或psychopath，就算他不在場也沒有關係。再蠢的人也知道，這種大案的主謀一定會指使其他人動手，警方只需要認為你有動機，便會蒐集證據，並不是你不在場就沒有嫌疑。

他上車後，用車上的收音機聽新聞。

「……超過五十個成員已經離世。行政長官對事件表達關注，表示會嚴肅跟進……」

「……食安中心呼籲市民不要食用河豚，各食肆亦自行暫停供應和河豚有關的菜式……」

「……警方正聯絡一名失聯多時的家族成員協助調查……」

什麼叫失聯多時？整個家族上下的人都知道他和志愛有聯絡，還是志愛在騙他？

他把車停在西嶼邨停車場。這裡泊車費不貴，也不怕被偷車。

從停車場走去警署只需要十分鐘，所以他故意放慢腳步，心情就像不想暑假結束的中學生，或者在婚前害怕被束縛的男人。

路上的行人都很悠閒。有隻唐狗跟在一個老人後面，老人在玩手機，不知道是否在看司武家的新聞？

不，那老人用手機視訊。

司武家的新聞不是那麼多人關注。這確實是他家裡的大事，對其他人卻只是一則新聞，頂多只會在腦海佔據三十秒，然後被防疫政策和俄烏戰爭等新聞淹沒。

由於疫情，西嶼警署外沒有記者聚集，但他相信這天是西嶼警署啟用以來最繁忙的一天。他踏進報案室，裡面幾乎人滿為患，有的坐著玩手機，有的焦慮地來回踱步。這些人臉上要麼憂愁，要麼茫然。

兩個值崗警察沒好到哪裡去。從他們的眼神、腳步聲、聲調和語氣就嗅到緊張的氣息。他偷聽到在報案室的市民，也在吱吱喳喳說個不停討論司武家的案情。

輪到他坐在值崗警察面前時，他說：「我是司武志信，來找劉sir。」

報案室頓時鴉雀無聲。他像感受到在場所有人的視線都投射在身上。

他想告訴他們：「如果真的是我動手，除了志愛和志慧外，絕不留活口。」

12

西嶼治安向來良好，因此西嶼警署在警隊裡公認適合準備退休的警務人員，這裡的警察日常工作不外乎巡邏及協助消防員營救迷途登山者。不少四十歲以上警察都希望調來，也讓這裡的警察平均年齡位處全港警署裡之冠。

不過，一個人的天堂，卻可以是另一個人的地獄。任何一個有志向要向上爬的警察被調到西嶼，等於被宣布永不超生。

劉克勤高級督察在三十四歲時給調到西嶼，那時他知道在警隊裡已經爬到頂點，抱著不滿跟太太和兩歲的兒子搬到大嶼山。十年後，他不再年輕，反而把地獄視為天堂，慶幸可以在離島過平靜的日子，只要再工作十年左右就可以退休咬長糧。

他從來沒想過西嶼警署需要處理大量死者、轟動全港的大案，一天壓力就超越過去十多年的總和。天堂在一夜間變成地獄。

他略知司武家，這家人是西嶼最西端那個鳥不生蛋地方的大地主，但他們很低調，沒惹過麻煩。警署亦未整理過這一家人的家庭架構，不知道誰是一家之主，只知道這個家族裡也毫不例外會充滿電視劇裡那些複雜的家庭關係。

警方派員搜查過司武家的幾座大宅，又用手機看當日的照片和影片。就算手機屬於死者，警方也有辦法解鎖，但一無所獲。

河豚毒素無解，唯一倖存原因是攝取量低，否則就要在中毒後痛苦六到八個小時後才死去。

如果不幸面對同樣情況，劉克勤寧願飲彈自盡。

司武家超過五十六個家庭成員已經離世，死亡人數之多登上國際新聞。安然無恙的家族成員只有六個，除了一家之主司武文虎、太太和兒子一家三口以外，只有他堂妹司武志愛、遲到的堂弟司武志義，和沒有出席的堂弟司武志信。

劉克勤親自逐一盤問的，除了司武家成員外，還有其他參與這場家宴的人士，像筵席專家負責人和廚師。

13

「鄭錦昌先生，你們是第一次做金龍吐珠這道菜嗎？」

「過去一年，我們做過至少三十次。沒有出過事我們才繼續做下去。」

「是司武文虎先生要你們做的嗎？」

「不，是我建議的，這是我們師傅榮少的撚手菜（拿手菜）。」

「司武文虎以前吃過嗎？」

「他沒吃過。我介紹給他時，他還問我河豚不是有毒嗎？」

「那天家宴的菜式，除了金龍吐珠外，有哪一樣是司武文虎指定想吃的？」

「沒有，全部都是由我推薦。」

□

「李少榮先生，你有處理河豚的專業證書嗎？」

「那種證書只在日本有用，要學師十年才拿到。我們在香港不用，只要用無毒河豚就行。我會檢查每一條魚是否處理得乾淨。」

「你以前在哪裡工作？」

「在日月樓任二廚。」

「做了多少年？」

「七年。」

「在什麼時候開始做河豚？」

「五年前開始。那時我剛認識供應河豚的海鮮批發商。」

「有毒的？」

「無毒的。」

「你們的河豚每次都用同一個供應商嗎？」

「對。是嘉記。」

□

「我們嘉記只出售來自日本的無毒河豚，有產地來源證明。就算這些河豚本身無毒，日本的師傅也切掉肝臟和卵巢。我們不必做額外工夫，客人買回去也不用，處理方法就和其他魚類一樣。」

「你怎樣解釋這次的魚有毒？」

「我怎知道？」

「我看你們雖然有產地來源證明，但交給客人的魚不是全部都來自日本，有些是在香港水域釣獵，所以才有毒素。」

「在香港釣的是野生，體型較小，日本產的是人工飼養，體型較大，一看就知道不同。別說我，任何一個處理過河豚的廚師也能一眼看出來。」

□

「李少榮先生，你怎知道那天的河豚來自日本？」

「怎會不知道？日本河豚體型較大。」

「嘉記賣的是來自日本的無毒河豚，怎會在你的手上變成有毒？你知不知道你的嫌疑最大？」

「我只負責煮，放在昌叔那邊第二天才送去司武家。我怎知道那晚發生過什麼事？說不定有人偷龍轉鳳換了有毒的進去。」

□

「對，所有菜都在我們元朗的工場製作，做好才送去司武家那邊加熱。」

「誰有你們工場的鑰匙？」

「所有廚師都有，我信得過我的伙計。」

「你們工場有閉路電視嗎？」

「當然沒有。我們工場沒有現金，貴價食材也不多，有什麼可以偷？我做了這行幾十年，沒聽說有人進工場偷食材。香港人沒窮到那個地步吧！而且，有些菜要用猛火去加熱，一般人家裡根本沒有這些設備。」

「那嘉記賣的無毒河豚怎會在你們工場裡變成有毒？」

「阿sir，納稅人付差餉給你們，就是要你們去查呀！如果我知道，就去揸（拿）槍而不是揸鑊鏟啦！」

14

司武志信報上名字，在報案室等了大半個小時後，才有個中年警察接他進去。那人自稱姓劉，是肩頭兩粒一瓣的高級督察。

劉高級督察口罩以上的眼神很淩厲，聲若洪鐘，聽得人耳膜一疼。他一開口就給人壓迫感，蟲惑仔見到他這種人會繞路走。你不會想和這種人併桌，怕被他吃掉，就算付錢給你也不會考慮。

司武志信被帶到審問室，裡面配備監視器、單面鏡和三角桌，方便監視器去看他桌面下的動靜。

和以前不同的是，桌子上現在有一塊透明隔板，把桌子分成兩邊，就像餐廳裡般。

他坐下後，劉sir命他摘下口罩。「我們要看清楚你的臉。你要不要找律師？」

「要的話，我已經帶過來。」司武志信脫下口罩。

「為什麼你昨天不去宴會？」

「要不要回去是個人自由，昨天晚上我帶我的狗登高。不信的話，你們可以去看我的IG。」

為免被發現和有夫之婦去玩，他的照片裡沒有方雨晴的身影，有他的照片都是自拍。

幸好是這樣，否則就要說出她的存在，給她和自己找麻煩。

「你寧願陪你的狗也不去和家人共聚？」

「家人的定義並不限於人，只要一起生活又有感情交流就是家人。我的狗當然是我家人，而且比姓司武的親近得多。」

「所以這次謀殺案是你幹的。」

「我在家怎樣下手？」

「你可以找人幫忙。你一直想除掉你的親朋戚友。別以為你不在場就沒有嫌疑，警方一定會找出有力的證據指向你。」

「我十多年前脫離了司武家，現在沒有領取生活費，雖然我不確定，但很有可能就算他們全部死光，我也得不到遺產或生活費。」

「正因為你無法從他們的死拿到好處，所以一直懷恨在心。」

「那是你的胡思亂想。我們家族有不少遺傳病，萬一我哪天需要近親提供器官進行移植，把他們殺光豈不是自斷後路？」

司武志信厚顏無恥地搬出大姨媽的說詞，反正她聽不到。

劉sir瞪大雙眼，用力研究他的臉，觀察眼角、嘴角、臉上肌肉的活動，試圖找出他撒謊的跡象。

這是個觀人於微的厲害警察。所有警察都是懷疑論者，這是他們的天職。

怕劉sir不信，他又補充道：「以我和他們的關係，他們出了事，只會帶給我麻煩。」

「這都是你一早準備好為你脫罪的藉口，不要以為騙得過我們。」

司武志信身為前記者，很清楚一件事。只要拿不出實質證據，警方的任何推論都無法成立，連送上法庭也做不到，除了裝「凶」作勢，就沒有其他手段。

劉督察送他進另一個房間，雖然有桌子和椅子，但其實是羈留室。

有什麼事情比幾十個親友死於非命更難堪？

就是你被警方認為你是嫌疑犯。

15

「陳德偉先生，你在司武家服務了多少年？」

「八年。我父親是司武家上一任祕書。我在他過世後繼承這職務。」

「你這個祕書的職責是什麼？」

「其實是大打雜，管理其他傭人、記錄家族會議和處理他的行事曆，陪他出席公務會議，也會幫家族各成員處理人生大事，和小孩升學、讀補習班，安排旅行、訂機票、酒店，只要涉及家族開支的都是我負責。」

「司武文虎平日見什麼人？」

「多數是其他鄉紳，其實以聯誼性質居多。」

「不談生意？」

「司武家靠租務的穩定被動收入就可以過優渥的生活，所以沒有拓展業務的必要。」

「一點也沒有？」

「你可以問家族會計師，他們最了解司武家的財政狀況。」

「你會陪司武文虎先生出席所有活動嗎？」

「私人活動用不著我。」

「但你會記錄他過去一年見過什麼人？」

「對。」

「我們須要拿來參考。有沒有什麼特別人物，是你沒有記錄？」

「例如？」

「像他太太不知道的女人？你可以告訴我，我們不會讓他太太知道。」

「司武先生一向檢點，沒有不能見光的男女關係，就算有些場合會有某些女人出現，他也沒有亂來。」

「什麼叫某些女人？」

「有些場合，比如宴會，會有些靠陪酒、陪吃、陪睡掙錢生活的女人出現，但司武先生從不與她們來往，就算有交談也只屬於禮貌性質。」

「說回昨天，你為什麼沒吃到河豚肉？」

「我是主持人和司儀，要指揮宴會流程和煙花發放，也要主持抽獎，在宴會開始前已經吃了昌叔為我特別做的炒飯。」

16

「洪律師，你才三十三歲這麼年輕，司武家怎會找你擔任他們家族律師兼會計師？」

「我只是接手我父親的位子。從我父親開始，我們兩父子服務了司武家三十六年。」

「既然這麼久，你怎會沒接到邀請去家宴？」

「我們的客戶並不只司武家，一共有一百三十四個，但事務所裡的員工連同我在內只有十六個人。要我們出席每一個客戶的家宴，肚子根本吃不消。他們這些重要活動的日期，往往挑在良辰吉日，也多有重疊。出席哪家，缺席哪家，容易順得哥情失嫂意，所以我們索性全都不去。」

「司武家的財產是怎樣分配？」

「沒有分配。司武家成員每個月都領生活津貼。有司武家基因的成年男性領十九萬元，其餘的一律領九萬五千元，每年按通脹和家族的租金收入調整。」

「疫情影響司武家的整體租金收入嗎？」

「當然，租金收入過去十季下跌八成，非常波動，不過，他們家族基金豐厚，生活津貼沒下調。我們預計港府通關後，租金收入會逐步回升，最遲三年內回到疫情前水平。」

「司武家的成員的生活就只靠這個津貼嗎？」

「當然不是，學費和醫藥連同住院費由基金負責。男丁蓋自己的房子也一樣。若有重大的支出，須要司武家的家族委員會決定。」

「委員會是由哪些人構成？」

「目前就是有司武家基因的成年男性成員，也就是司武文虎先生和司武志義先生兩位。」

「其他成員呢？」

「他們目前還沒有資格。」

「為什麼？」

「要等有司武家基因的成年男性成員死掉後，女性成員才能進入委員會。」

「如果只剩下一個成年男性成員，豈不是大權獨攬？」

「不，這是發揮一個人全權決定的優勢。」

「所以司武文虎和司武志義都有可能為了爭權把對方殺掉。」

「如果你看過我們的家族會議紀錄，就會看到司武文虎先生提出的動議，司武志義先生從來沒有反對過。」

「我知道，反過來司武志義提出的動議呢？」

「我印象中他從來沒提出過。」

「如果這兩個男性成員死光呢？」

「就等有司武家基因的男性成員成年。」

「女性成員呢？」

「她們沒有資格，要所有男性成員死光才合乎資格。你再問十次我的回答也一樣。」

「如果全部司武家成員死光呢？」

「更簡單，全部財產捐去慈善機構。我們有一份包含三十多個機構的名單。」

「司武志信在什麼情況下能繼承？」

「不可能，他已經不再是司武家的成員，除非委員會讓他回去，但機會是零。」

「那個姓陳的祕書在什麼情況下會拿到好處？」

「永遠不會。他不是司武家的人。如果司武家的人死光，他就和我們一樣失去客戶。不同的是，我們手上還有其他一百三十三個客戶，而他卻失去唯一的客戶，也就是失業。他有一筆遣散費，和年資掛勾，現在只有十幾萬。」

「你說的話有沒有白紙黑字的紀錄？」

「當然有。」洪律師從黑色公司包裡抽出一本有歲月痕跡的精裝黑皮書。「我只有這一本，沒有複印本。希望警方不要像對待我前一個客戶那本般，拿這本黑皮書去影印時『不小心』掉進旁邊的碎紙機裡。」

第五章／宴會兩日後

17

獨處在沒有手機又無法連到網路的房間裡，司武志信先是想到Leo和方雨晴。他想像Leo窩在方雨晴懷中睡得香甜，方雨晴輕撫Leo的毛皮。她會當Leo是兒子般好好照顧，Leo也會用牠的愛去回報寂寞的她。這一人一狗現在在他家裡睡大覺，不用他擔心。

接下來，他的思緒回到自己還是懵懂的小孩時。長輩都對他愛護有加，他也很尊敬他們。那時的大家族生活溫暖融洽，不需為來日擔憂，覺得未來的生活必會幸福充滿希望。

這一切直到他十二、三歲進入反叛期，開始出現無法逆轉的變化。他不想事事都迎合長輩，而是想有自己的主見。他先不聽話，其後頂撞他們，最後相互惡言相向。他罵他們食古不化，他們罵他做事亂來、不尊重傳統、大逆不道。他離他們愈來愈遠，最後不再往還。

現在他們中毒身亡，他沒有感到輕鬆，亦沒有感到一點快意。

他懷疑是十多年的記者經歷讓自己習慣抽離感情，有些行家對每一個案件都投入大量甚至過多感情，這不一定是壞事，但面對慘劇和巨大的天災人禍時，不懂得抽身而出，最後只會連自己的靈魂也拿去陪葬。不少行家奮戰十年八載後發現患上創傷後壓力症候群，只得離開傳媒業。

有時他懷疑自己和他們一樣，不過是離開自己沒有歸屬感的司武家。

在警署度過難捱的一夜，吃過跟午餐、晚餐同樣難吃的早餐後，司武志信在十一點半獲釋。

劉高級督察拍他肩頭，親切道：「有需要的話，我們會請你回來協助調查。」

警方把沒有電的手機歸還，他要再用行動電源充電才能使用。

他盯著這支手機良久。香港警方採用以色列科技公司的技術，能駭進任何品牌的手機，在裡面安裝間諜程式，竊窺他瀏覽過的網站，記錄他本人去過的地方，他找過的人、打過的手機、發過的訊息、輸入的每一個字。

這手機現在變成貼身的監視器和竊聽器，就算重設也沒有用，等同報廢。雖然他家裡有備用手機，但警方可以利用電訊公司持續監視他。如果警力充足的話，甚至可以派人跟蹤他，連他去商場的廁所去哪一格、沖多少次水也一清二楚。

現在沒有電子裝置是安全的。最古老的飛鴿傳書，如果沒有被截獲或者射下來，可能是最安全的方法。只是這個年頭，誰還會用飛鴿？

他準備離開警署時，一位佇立在門口的中年警察向他打眼色，沒有和他交換一句話就回去裡面。

□

司武志信累得不敢開車，只能叫Uber送他回去樂景灣。

他很想馬上去找志愛，但經過快二十四小時的不眠不休，就算鐵人也要休息充電。

司武志信用鑰匙開家門前，Leo已經在門後吠起來。推開門後，牠用力撲到他腳上，彷彿想把他撲倒。

方雨晴正在飯廳的餐桌上透過筆電開會，上身黑色上班服，下身居家短褲。和他不一樣，她是可以在家工作的影片剪接師。她繼續面對著筆電，向其他人抱歉說鄰居的狗喜歡吠，並舉起左手在鏡頭範圍以外和他打招呼。

她把一個紅色行李箱從酒店帶過來放在客廳。

他進房間巡視。床單平整、廚房垃圾倒了、Leo碗裡的水位合理。牠剛才吠得口乾，冷靜下來後經過他腳邊去喝水。

她沒有到處翻他的雜物，又或者，已經翻了好幾遍但掩飾得很好。

她和Leo無違和感地住在他的家，彷彿一家三口同居多年，早就互相配合彼此的生活習慣和節奏。

他洗完澡出來，她仍然在開會，和客戶討論字幕大小和顏色。他的頭很重，等不及她，直接倒頭大睡。

18

劉克勤像車輪戰般連續盤問了十幾人後，終於告一段落。這時距離他接手案件已經超過四十八小時，身上的汗臭味和煙味連他也覺得厭惡。

對手是以接力方式跑馬拉松，自己卻獨自走畢全程，雖然期間回家睡了一覺，也去天台吸過不知多少尼古丁，但仍然累得想倒頭大睡。負責這案的所有伙計都一樣。

昔日香港發生過這種轟動全城的命案，不管是後知後覺的雨夜屠夫案，或者警方緝凶多時的寶馬山雙屍案和屯門色魔案，由於不涉及犯罪組織，所以線索不多，警方要仰賴民間舉報才能破案。

司武家案看來也會一樣。雖然涉及人數眾多，但他們沒有仇家，和黑幫也沒有過節。如果凶徒在沒有閉路電視的食物工場調包，今後不再出手，就可以篤定成為無頭公案。

可是怎樣向上級交待？

整個西嶼警署裡，唯一不忙的，只有戚sir戚守仁督察，他在西嶼警署裡是獨特的存在，不管外面怎樣忙得暈頭轉向，戚sir從來不忙，也不需要出動，彷彿活在平行宇宙裡，彷彿在西嶼警署裡，有一個警署中的警署。戚守仁就是裡面唯一的成員。

劉克勤不羨慕閒情逸致的戚守仁，妒忌不了，沒有一個警察有資格。

在上世紀八十年代初至九十年代中，香港處於高速發展的黃金時代，吸引來自中國五湖四海統稱「大圈幫」的悍匪跨境犯案。這批亡命之徒所持槍械火力遠勝警方，像持AK-47突擊步槍在大白天闖進鬧市的銀行和金行行劫，無視路人性命跟警方駁火。街頭成為戰場。警方亦須提升槍械火力應對。

當年很多警察都不敢告訴家人工作的危險程度，甚至自掏腰包購置優質防彈衣上班，希望每天能安全回家。不少警署裡都掛上「開開心心上班去，平平安安回家來」的對聯。

在九十年代初某次金行劫案裡，警方和悍匪又一次爆發激烈槍戰。當時只是督察的戚守仁身穿防彈衣，為拯救一隊被圍困但用盡子彈的同袍，不惜冒生命危險上前和旗兵火併，卻被流彈射中左眼，導致失明。

事後戚守仁控告指揮官戰略失誤，雖然是以下犯上，卻獲很多同袍私下支持。因為如果沒有他擋子彈，那隊被圍困的同袍必死無疑。他用一隻眼睛換回六條人命，而且，沒有人想因無能的指揮官而送死。

指揮官不同意戚守仁的判斷，威脅說如果繼續提告，就算勝訴，也只能一輩子做督察。

案件拉扯了一年多，就在港英政府時代的最高法院（The Supreme Court）宣判前夕，戚守仁撤控，指揮官提早退休回英國。

戚守仁的事跡在當年人人皆知，他去到哪裡都有市民找他簽名和合照，但他其實很討厭明星待遇，所以一律拒絕。他認為自己是警察，不是明星，讓人家認得反而妨礙他穿便服去調查，所以他也拒絕自己的故事被拍成電影，但電影公司堅持開拍。

「香港有言論自由和創作自由，你沒有法理基礎去禁止。」有個持法律學位的外籍警司在警官會所的池畔燒烤場裡跟他說。「電影連事頭婆（英國女皇）也可以拿來開玩笑，你區區一個警察算得上什麼？」

電影《獨眼神探》上映後，戚守仁成為想拒絕也拒絕不了的明星警察，但他這個只剩下一隻眼睛的警察無法執行前線任務，也拒絕調任文職的刑事情報科。高層無法把他這位明星警察強行調離重案組，只能不再讓他參與任何行動，希望他這個沒有手下的重案組閒人知難而退接受調職，但他一意孤行，像磐石般固執。

部分同僚說他被投置閒散坐冷板凳食西北風，但也有心水清（思路清晰）的同僚反過來看，說他每個月領取全薪又無工作壓力，住醫院和做手術的費用全免，實在是好差使。

戚守仁樂得清靜，自行找無頭公案的檔案來研究。當年和他出生入死的同袍，逐漸爬升到高層後，沒有忘記這位獨眼神探，給他很高的檔案閱讀權限。好些十多年前的案件，因為新線索和新科技浮現而被他這個one-man band陸續偵破。雖然事隔多年，有些凶手早就因其他案件而被捕入獄，或意外身亡，但總算為死者伸張正義。

和年輕時一樣，戚守仁希望保持低調，所以很多警方解開的懸案，其實都是由戚守仁一個人鍥而不捨找出線索，再交由相關部門調查。

他年屆五十後，高層把他調到罪案率低的西嶼，希望他輕輕鬆鬆等到五十五歲時退休。不料這個星期西嶼爆出香港開埠以來最大的中毒案件，死者數量還不斷上升。

戚守仁是一人成軍的獨立調查小隊，有自己的調查範圍和節奏，所以劉克勤沒聽說上頭把他調進這次的專案小組裡。

晚上八點半，戚守仁的辦公室仍然燈火通明，劉克勤忍不住走過去敲門。

「劉sir嗎？進來吧！」

劉克勤推門而入，濃烈的煙味撲鼻而來。辦公室裡煙霧瀰漫，像毒氣室般模糊一片。劉克勤要撥開煙霧，視野才稍微清楚。

戚守仁的桌上堆滿文件，不少是十多年前的舊檔案。對一個只剩三年就退休的警察來說，這些文件多到退休那天也看不完，而且離開這個辦公室後會帶著強烈的尼古丁味。

戚守仁把脫下鞋的腿架在桌上，降噪耳機掛頸，曲面電腦螢幕定格在不知什麼影片上。

雖然戚守仁的職級比自己略低一級，但對方是連「一哥」[6]也要給面子的重要人物。在他身後一張張有二十多年歷史的合照裡，是當年和他出生入死的同袍，如今有一半成為警司級或以上的警隊高層。

如果戚守仁沒有叫他坐，他絕不敢坐下來。

「戚sir怎知道是我敲門？」劉克勤問。

「現在這時間，除了你外，還有誰會敲我的門？」戚守仁遞煙枝給劉克勤。「請坐。上頭給你多少時間？」

劉克勤接過。「兩個星期。」

「怎可能？你們現在有很多人手嗎？」

「臨時抽調的人手頂多只能維持三天。現在警力嚴重不足。」

劉克勤扼要說明這兩天各疑犯和證人講話的重點時，視線要避開戚守仁左邊的臉。中槍那個眼眶裡的是隻義眼，不會轉動，像死人般毫無生氣。

「他們的財務狀況怎樣？」

「非常好。司武家每個成員都有至少七位數存款，司武志信除外。」

「可以排除追債殺人，但無法排除是有人把錢借給外面的人，對方還不起巨債，就反

6 一哥：指警務處處長，車牌號碼爲一號。

過來把債主殺掉。你須要一筆筆去查，但查窮人容易，查有錢人困難。要查這個大家族裡每個人的現金流向，需要至少一個月的時間。你們查過現場的照片和影片嗎？」

「都查過，沒有閒雜人等接近廚房。沒有廚房佬會自己下毒這麼笨。」

「當然，但就算找到下毒者，那傢伙也只是受人指示，不知道誰落order（下單）。」

戚守仁噴了口煙。「如果我再年輕十年，就會義不容辭去參與這次調查，可是我腦筋已經不如以前靈活，現在查案就跟王家衛拍電影一樣，需要花很長的時間。」

劉克勤看不懂王家衛的電影，但戚守仁是鐵粉，任何一部作品修復上映他都會去捧場朝聖。

「我很擔心這會像浩園墓碑遭毀案般永遠破不了。」

浩園是專門安葬殉職香港公務員的墓地。十多年前有二十九個墓碑遭人惡意破壞，但由於附近沒有閉路電視記錄線索，案件至今仍懸而未破。

戚守仁用手輕敲桌上的檔案。「不是所有案件都能偵破，就像不是所有人的願望都能達成，人生總有遺憾。」

「這種很哲學的答案怎能向上頭說？」

戚守仁把腿收下，收拾個人物品。

「聽我說，回家，好好吃飯，洗澡，睡覺。如果破不了案，你大不了過來接替我的工作。」

「你的工作是優差。很多伙計都很羡慕。」

「說得也是。但你破不了案又怎樣？香港還有哪裡比這裡更清靜？」

「我不怕清靜，而是怕給調去ＰＤＵ[7]。你知道，我很怕狗。」

19

司武志信醒來時，窗外漆黑一片，萬籟俱寂。

他多希望司武家發生的中毒案件只是夢境一場，那些令他討厭的人只要別打擾他，過好自己的日子便行。

鬧鐘顯示凌晨三點。方雨晴躺在他旁邊。他忍著親吻她裸肩的慾望爬起來，以免弄醒她。

Leo本來睡在他旁邊的地板上，現在卻不見蹤影，很有可能轉到方雨晴那邊。她照顧Leo不到二十四小時就收買了牠，他開始懷疑狗的忠誠度。

---

7 ＰＤＵ：即Police Dog Unit，警犬隊。

他不穿拖鞋，放輕腳步踏足走廊，進廚房打開冰箱。方雨晴不但沒動過他的食物，反而添置了他喜歡的冰鮮點心。她一定不收他的錢，但他不喜歡女人替自己付錢。

他去客廳找手機時，發現昨天回家忘記給手機充電，但現在手機連在充電線上也充滿電，明顯又是方雨晴的功勞。她那蠢丈夫放棄這樣一個把各種事情都悄悄做好的賢內助，去和一個年紀二十出頭的女生亂搞，司武志信不會說教他等報應。如果不是那蠢男人拋棄方雨晴，她不會來到他家裡。

他坐在沙發上，檢查積壓多時的大量待讀訊息。少數知曉他本名的朋友，包括三位已經移居外地的舊拍檔，都發訊息慰問，並貼心說不必回覆。他快速看了一遍，都回答「謝謝關心！」

再來就是志愛。自從她留言給他後，就一直沉默無語，肯定在忙於辦理家人的後事和平復自己的心理狀況。

「妳怎樣了？我被盤問了快一整天。」他發訊息問她。

然後，沒有了。他沒有須要再聯絡的對象。他最想聯絡的人妻方雨晴就在自己家裡，讓他非常安心。雖然外人會覺得非常荒唐，但他們不知道兩人之間的糾結，也與他們無關。

新聞說司武家所有入院的家庭成員都中毒身亡，這是香港史上最多人死亡的集體中毒事件。

警方發言人口中的人物身分和電視台製作的家族樹，在司武志信腦海卻是一個個名字一張張臉。那些曾經對他口出惡言的嘴巴，現在突然全部閉上，沒有讓他感到「應有此報」。他並非以大愛的方式原諒他們，而是那些人就算心腸不好，但和那些心狠手辣視其他人性命如草芥的混世魔王相比，始終有天壤之別。以這種慘烈的方式死於非命，並不恰當。如果這種死亡方式降臨他的親友身上是合理的懲罰，他不知道那些喪盡天良的人應該接受怎樣的懲罰。

在司武志信的世界裡，死亡不是懲罰，那只是人生的必經之路，就如患重病的人千辛萬苦希望可以安樂死獲得解脫。死亡的方式也不是懲罰，你也不能說一個壞蛋死於癌症備受折磨是報應，否則所有臉頰瘦得皮包骨像骷髏、死於痛苦的癌症患者都是受罰。

警方發言人說：「我們正全力展開調查，暫時不做評論。」

筵席專家說：「我沒有話說，現在所有客戶都取消訂單。」

海鮮批發商的老闆說：「我們已經收回市面上所有河豚。就算市民買了，也可以跟我們聯絡。」

專家指出，除了河豚外，其他會捕食河豚的魚類都有潛在的食安風險，包括藍環章魚，呼籲市民在市場購買或者自己釣到海鮮時要看清楚自己手上的是什麼。不要進食不知道是什麼的海產。很多人都不知道藍環章魚是毒性達氰化物一千倍的死亡使者。

司武志信從廚房的抽屜找到一支蠟燭，點好後放在窗台上。

身為一個徹頭徹尾的無神論者，這個做法沒有宗教上的意義，但能安慰他的心靈。蠟燭的光芒在玻璃窗上投射出一個個跳動的影子，宛如他們的生命依然存在。

東方的天空漸漸泛白時，Leo從房間走出來。他明白小狗的意思，馬上帶牠去晨運，在空曠的草地上奔跑和跳躍，釋放積壓了一個晚上的大小便，再回家餵食早餐後，搭早上去西嶼邨的第一班巴士，把停在西嶼邨停車場的車開回家。

這樣來回花了差不多一個小時。他打開家門時，方雨晴穿著居家服坐在餐桌上用筆電，彷彿是這裡的女主人。小跟班Leo從她腳邊撲過來，愉快歡迎他回家。

「昨天沒怎麼好好謝謝妳！」

方雨晴跟在Leo後面走過來。「小意思。」Leo在兩人中間轉來轉去，不知道該靠近誰。

「妳早上要開會或者工作嗎？」

「都沒有。」

「快換衣服，我請妳去吃早餐，再載妳回家。」

「我還以為可以在你這裡再staycation幾天。」

她的答案很教他意外。

「妳不打算回家嗎？」

「我的婚姻已經瀕臨破裂邊緣，你比我還清楚。不過，像電視劇《絕命毒師》（*Breaking Bad*）裡的華特．懷特（Walter White），就算被診斷有癌症，仍不放棄人生，雖然我被拋棄，但不會被打敗。如果你歡迎，我可以住下來，和你分擔租金和水電煤費用。」

司武志信不評論她是不是好妻子，但欣賞她不輕易放棄的個性。「我歡迎妳住下來和我攤分支出。我沒想過接妳的案件會把妳接到我家來住。」

「也接到床上。」方雨晴打趣說。

「不是每個女客戶都像妳這麼正點，我很挑剔的。」司武志信沒有老實說出「妳是我唯一上過床的女客戶」這句話，怕聽起來像是感情騙子。

方雨晴挑逗地望向司武志信，長長的睫毛輕輕顫動。她湊近他，香水的清新氣息籠罩了他，紅唇輕啄他的頰。

「你後悔了嗎？」

Leo停在方雨晴腳邊，忠心耿耿地注視著她。司武志信彎下腰輕撫Leo的頭，Leo的尾巴高高豎起，一下一下地搖擺。

「不，Leo喜歡妳留下來，對嗎，Leo？」

Leo咧嘴笑，舌頭吐出，尾巴狂搖，快到幾乎要斷掉。

「不好意思。」方雨晴打斷他和Leo的歡樂時光。「我在你的書桌上看到你名片，發現你在《香港時報》做過記者。剛好我認識一個朋友在裡面做過記者。她說你以前在娛樂版當狗仔隊，在行內非常有名。」

司武志信頓時沉默，過了好一會兒，他才抱起Leo，坐在沙發上。

「不是有名，而是臭名遠播。」他嘆了口氣，像是在回憶什麼。「但也是十年前了。那一行三年就換一代，現在已經沒有娛樂記者記得我。妳朋友叫什麼名字？」

「你不認識她的。你大學畢業怎會做狗仔隊？」

「我喜歡。」司武志信不置可否地笑了笑，解釋道：「那些偶像歌手歌唱不好空有一張臉我就算了，但我無法接受私生活不檢點，卻要裝成情聖模樣誘騙女粉絲上床，又或者本身是人渣，卻要裝成大好青年。又或者人生經驗不豐富，只是投胎得好，含金匙出世靠父幹（靠爸族）入行，卻教導歌迷要發奮圖強向上爬，明明自己人生沒有奮鬥過的經驗，真是恬不知恥。我最喜歡撕破這些人欺世盜名的假面具，不管男女我都不會放過。」

方雨晴輕笑，「我以為所有私家偵探都做過港聞版記者。」

「我做過呀！我的狗仔隊就只做到二〇一四年為止。那年爆發佔中，香港每一間傳媒（媒體）都動員所有資源去報導，不管你做文化版或者娛樂版都一樣，聽說連馬經版和鹹濕版的同事也不例外。幾個月後，我的心思就回不去娛樂版，一直留在港聞版，但也做不了太久。自從佔中後，報紙已經追不上時代，就算有即時新聞，但只要有手機，人人都能成為記者，即使不夠專業也無所謂，大部分讀者需要的不是深入，而是即時和免費。《香港時報》就算在業界數一數二，也敵不過歷史潮流。不管一個人或一個機構都有他的歷史任務，完結了就要鞠躬下台。」

她沉默了一會，手指緩慢地撫過Leo的皮毛。「我懂。」

「妳真的懂？」

她點頭，「就像一段感情也有它的歷史任務，當你和對方都不再需要對方，就應該分開，否則對雙方都是折磨。」

20

司武謝舞儀頹然地坐在車裡，太陽穴不由自主跳個不停。

她被警方盤問完，頭痛要怎樣回家。西嶼是禁區，Uber和計程車都不能進去。司武文虎和阿德都忙於處理後事，分身乏術。她不知道該如何回家。

幸好劉sir安排女警開沒有記認的私家車送她回去。那女警一路沉默，也沒有旁敲側擊打聽，一路無話，送她回家後就離開。也許那女警對這案件已經很厭煩，開私家車來送司武謝舞儀回家是她唯一的喘息機會。

回到西嶼後，司武謝舞儀看到筵席專家的爐灶和桌椅仍然原封不動，而且被警方用藍白相間的警條圍封，提醒她這裡發生過的慘劇，包括那些她討厭的親戚以後都不會再出現在她眼前。

稍後文虎就要頭痛處理他們的遺物，但更教人頭痛的是賠償金。付給傭工較容易計算，但要定下賠償親戚們的金額，恐怕只會是一場無止境的討價還價。司武謝舞儀慶幸不需要處理這些事情。

文虎覺得志慧現在留在司武家不太安全，所以暫時送去給她妹妹照顧，但司武謝舞儀卻覺得這做法太委屈志慧，那小孩從小習慣在這三層的獨立屋生活，不會適應她妹妹那間只有六百多平方呎的小單位，而且，只有把兒子留在身邊，她才會放心。剛才她在回程時就決定好，不管文虎反對，等下開車去妹妹家吃飯時，把志慧接回來。

她巡視屋子，確定只有她一個人後，回到睡房，從化妝箱的暗格取出備用手機。文虎不知道這手機的存在。她把藏在另一個暗格的ＳＩＭ卡插進去，再發加密短訊給Ｋ。

「我剛從警署回到家。」

「沒有懷疑妳嗎？」Ｋ馬上回覆。

她在司武家裡一直飾演人畜無害的角色，徹底融入司武家的背景顏色裡，和大家的意見一致，從來沒有把真正的想法寫在臉上，只會向文虎抱怨兩句。

「我感覺不到。」她回。

「很好。」

「好什麼？這不是你做的嗎？」她忍不住質問，太陽穴又是一陣刺痛。

「不是。」

K斬釘截鐵地否認，但她當然不相信。這事情本來應該只針對一個人，要偽裝成意外，也不傷及其他家人，免得像現在般引起大風暴。如今不知道在哪一環節出意外，結果幾乎殺掉所有司武家的人。要不是志慧不能吃炸河豚，她們母子也會喪命。

出了這個亂局，誰也不會承認責任。

「不是你做的嗎？」她再問一次，只希望能逼出半句實話。

「眞的不是。如果是我做，一定做得乾乾淨淨。我和妳不是第一次合作，一直沒有被發現。」

只要K堅決否認，她也沒有證據可以證明是他做的，但警方不會放棄，一定會找出真相。她覺得自己是坐在計時炸彈上面，還沒爆炸，已經被嚇得魂飛魄散。

K不會對自己說老實話。只要解決自己和志慧，那個祕密就少一個知情人，也讓最大的證據消失得無影無蹤。

「那次合作我愈來愈後悔。」

「不要亂說，那次合作結結實實提高了妳在司武家的地位，要不是最近的事，一點風險也沒有。妳要祈禱上天不要查到我們。」

警方看來一籌莫展，被網友圍攻是浪費公帑的廢物，但說不定只是暗中調查，就像九十年代警方圍捕屯門色魔時，裝出無能為力的樣子，其實祕密派女警做誘餌。如果被發現，雖然她並沒有直接參與，卻有可能以合謀或教唆殺人的罪名被捕。

如今的情況和當初的想法相去甚遠，也回不了頭。

或許，若她中毒身亡，也許一切就能夠乾淨俐落地結束，不至於陷入現在這般困局？又或者，當初她歡天喜地嫁進司武家，就是這輩子最大的錯誤。

21

謝舞儀這名字是算命先生改的，「舞」和「母」在廣東話同音，「舞儀」有「母儀天下」的意思，但家人和她自己都沒有這想法。

出生於一個重男輕女的潮州人家庭，父母只希望她乖乖在教會辦的女校唸書，不要談戀愛。

「男人不可怕。」父親會嚴厲說：「但愛情是洪水猛獸，會摧毀一個女孩的青春。上了大學再找戀愛對象。」

她不敢違背父親的話。大學攻讀男女各半的會計系，但同班的男生只對投資和數字有興趣。從來沒有和男性打過交道的她，並沒有在大學裡獲取戀愛經驗。畢業後，她順利進入一間會計師事務所工作，同事都是工作狂，人生目標就是考取會計師牌和做合夥人，對女性的態度直接了當：只要有錢，不只不愁沒有年輕貌美的女人，她們還會自動撲上來。

三年後，她不僅拿到會計師牌，銀行戶口也多了七位數存款，但這是她每星期工作六天朝九晚十的代價，同時把戀愛經驗值維持在零。

兩年後，她有個熱愛電影的中年女性客戶，和曾經在好萊塢擔任電影發行工作的朋友合資成立電影發行公司，打算引進歐洲電影來香港播映。這公司除了兩個股東負責和電影公司打關係及買片、處理合約事宜外，還需要一個同事負責本地發行和市場推廣。

「這個行業可以讓妳認識很多有趣的人。」客戶了解她工作並不如意，萌生退意，老實不客氣遊說她加盟。「妳也可以試試不一樣的工作。」

謝舞儀和她們都出自同一間著名傳統英文女校。校友不管年齡差距，都會互相扶持，像個大家庭，就算人生路不熟移居到外國，當地的校友會也會伸出援手，萬一獨身的校友在異鄉離世，甚至會幫忙處理後事。

謝舞儀急於轉換跑道改變人生，沒有多想就離職過去幫忙，即使收入減半。

雖然有些工作會外包，但公司上下只有三個女人，連剪預告片和翻譯字幕也是內部處理。她們有時會邀請外國導演和演員來香港出席首映和宣傳活動，雖然盛事頻頻，但也破壞了她許多對夢工廠這個行業的美麗幻想，讓她看清楚了電影行業的黑暗面。

好些導演和男星直接開口邀請她去房間，或者讓她幫忙找女人。女星也好不到哪裡去，她們跟助手和經理人如果不是擺出臭嘴臉教她心裡大罵髒話，就是幾乎每一分鐘都在炫耀最近去過的名店和米其林餐廳，談論和哪些比她們出名的名人見面。

不過，這差事始終遠比在會計師樓工作好玩很多，不僅擴闊了她的社交圈和視野，也讓她和男性有親密接觸，很清楚知道自己需要怎樣的男人。

她不要工作到沒日沒夜的上班族，不要眼裡只有價值的會計師，不要男女關係複雜的花花公子，不要世界裡只有電影的影評人。

後來，她參加一個六人晚宴。男女會員都須要背景審查，學歷和收入都有保證，即使男性長得不怎麼樣，或者年紀稍大，但必然有過人之處，不是專業人士就是中小企業老闆，也許離過婚，有幾個小孩，但財務自由。

「我姓司武。」那個男人一開口就語出驚人。「公司的司，武術的武，是沒有多少人姓的姓氏。」

「人姓」和「人性」同音，在座的男女都笑了出來。

他的幽默風趣吸引大家注意後，就說起司武家的歷史。

他們家是香港原住民，早在宋朝就盤踞在大嶼山西嶼一帶，和當時其他居民一樣製造私鹽，觸犯朝廷禁忌。朝廷派員緝拿私鹽商販，並企圖把所有私鹽及鹽田收歸國有，引得商販群起反抗。最後朝廷派出官兵，出動火箭強攻，島民最終還是寡不敵眾，慘遭屠殺。

這場一一九七年的大事史稱「大奚山鹽民起義」。

「我們司武家的祖先在宋軍來臨前遷離大嶼山，所以才能逃出活口。」

幾十年後，蒙古大軍揮南下攻打大宋，宋帝昰[8]南逃到香港，曾在大嶼山短暫停留，但最終仍難逃一死。

「宋王臺就是紀念他和宋帝昺，還有金夫人墓。」司武先生說。「宋室末年在香港留下足跡。宋朝皇帝逃難到香港新界的圍村時，新界原居民見皇帝大駕光臨，端出一盤盤菜招呼皇帝，盤菜就此誕生。」

謝舞儀的歷史知識並不豐富，只知道新界（New Territories）這名字源於英國殖民香港時。大清和英國交戰接連敗北，先後在《南京條約》（一八四二年）和《北京條約》（一八六〇年）把香港島和九龍半島割讓給英國。其後，英政府認為要防衛香港，必須取得鄰近土地的控制權，建立緩衝區，於是再與清政府簽訂《展拓香港界址專條》（一八九八年），租借九龍半島的界限街（Boundary Street）以北及離島的土地九十九年，並取名為「新界」。

相對於大部分香港人的祖先都是偷渡而來，這姓司武的男人世代都是原居民。雖然他風趣幽默，但在一對一的環節裡，並不受其他女性青睞，主因是他年過四十，看似事業有

8 宋帝昰：即宋端宗（1269-1278），爲南宋的第八個皇帝，即位時不到十歲。

成，但並沒有像其他男性參加者般渾身名牌，把一張張鈔票縫成金縷玉衣穿在身上。他獨自面對冷清的桌子時一臉倦容，但看到她坐下來時，立刻換上溫和有禮的微笑。

「我沒聽過有人姓司武。」她伸手向他相握。

「不奇怪。也許是風水問題，我們家族的男丁一向不多。」他瞇起笑眼道。「是瀕臨絕種物種。謝謝妳關心這個物種。」

「我喜歡看《國家地理雜誌》，對各種珍禽異獸的生活都很感興趣。」

兩人同時笑出來。

為了驗明正身，她在第三次約會時提議去他家參觀。他爽快答應，載她去西嶼。司武文虎沒騙人，他是住在一棟獨立屋裡，表現出一般上班族可望而不可即的身價。她下車後，四周的鳥鳴和蟬鳴形成一片自然的交響樂。眼前盡是翠綠的高山，山腰有一道瀑布似的白銀。他說如果她不怕走三公里山路的話，可以帶她去玩。要不是他帶她過來，她沒想到香港有這種世外桃源。如果她願意成為女主人的話，就可以過這種生活。

「這裡唯一的缺點，就是交通。只要交通不便，都市人就不感興趣。」他慨嘆道，然後介紹他們家的發跡史。

在七十年代中，司武家協助發展商在西嶼向其他農民收地，賺了一筆大錢。發展商打算發展一個大型度假社區，甚至考慮安排高速水翼船接送居民往返中環。可惜剛鋪好馬路，發展商因在東南亞的投資失利，週轉不靈，把工程無限擱置。

反過來，司武家在其後十年間投資大量物業，包括私人屋苑、商鋪和工廈，剛好把握香港樓市的上升期，每月的租金回報由幾十萬飆升到百多萬再到幾百萬，身家翻了幾十倍，最終反過來向發展商買回其中幾塊地皮發展。

他帶她參觀大宅時補充說，司武家最大的獨立大宅，就是司武文虎爺爺生前住的大宅，雖然只有不到七十年歷史，但在司武家裡有近乎祖屋的神聖地位。家人達成共識，就算多年後日久失修，也要花錢修理，而不是像他爺爺那樣貿然把舊物拆掉。

這屋子在他爺爺走後，雖沒人入住，但也沒有丟空。司武文虎把客廳改成會客室，只保留父親的睡房。他的大宅在旁邊，雖然同樣樓高三層，但為尊重他爺爺，所以蓋得矮，體積也較小。西嶼的屋子不能僭建天台，不是要遵守法律，而是出於對他爺爺的尊重。

「不要以為我們每個人都有花不完的錢。」他和她坐在客廳裡，吃著傭工端來的茶點。「我爺爺死後，沒有分家產。他生前成立信托基金，讓家族成員每個月領生活費，只要我們家的人沒亂用錢，就可以一世無憂。他教子孫做人要低調，財不可露眼。」

她欣賞這種潛藏不露的態度。

「妳不是我第一個帶回來的女性朋友，但前面那幾個都無疾而終，坦白說，她們覺得大家族很麻煩，希望妳有心理準備。」

22

在寸金尺土的富裕城市香港，市民沒有退休金。街上常可看見樣貌蒼老的長者彎腰弓背，在垃圾桶和回收箱中拾荒，設法找些值錢的東西，換取現金過活。

為防人到中老年往下流，很多人的人生目標都極為務實。除非家境富裕再無後顧之憂，否則沒人有條件去追尋理想。

在這個制度下，男人的吸引力，不是他的人品、性格、興趣，而是他的財富收入。她無論和中學同學或大學同學談到司武文虎，都沒人反對她選擇這男人作對象，

「他家裡這麼有錢，嫁給他後就衣食無憂。」「妳不用再工作。」「妳不用再煩惱買樓和供樓（還房貸）。」

只有最好的朋友阿花，才敢私底下講真心話。

「撇除這男人比妳大十幾年不談，還有一個問題，他住得很遠，山旮旯，他要妳住在老家，妳就要一輩子住在西嶼。」

「坐私家車，由司機接送。」謝舞儀答得爽快，彷彿已經嫁進去司武家。穿上整齊制服的司機在餐廳外等她，也會為她開車門。

「舟車勞頓很累人不說，這個與世隔絕的大家族就像家族企業一樣，會有很多過時又

奇怪的傳統，和時代脫節。妳沒見識過，不知道有多可怕。」

阿花曾在一間中型家族企業任職產品開發。公司用人唯親在意料之中。第二代家族成員即使經驗和能力不足，也會出任管理職級，並擁有最終決策權。員工想生存下去，就要像身處古代宮廷的宮女，學會應對皇上、娘娘、太后和其他皇親國戚。上班無異於參演宮廷劇的真人秀。在這個異世界裡，專注做事的人都敵不過馬屁精，因此整個公司都充斥外行領導內行的毛病，但領導層認為這只是世代交接必然出現的問題，而不承認是惡劣的企業文化基因導致策略接二連三出錯，也挽留不了有真材實料的人才。

每天上班，阿花都像參加綜藝節目《人類觀察》，進行人類行為研究，待了四年完成ＭＢＡ後馬上離職。論文題目是「The Emotional Conflict of Chinese Corporate Governance: A Case Study of Family Business」，翻成中文為「華人企業管治的情理衝突：以家族企業為例」。

「只要企業有惡劣的基因，死亡指日可待，家族也一樣。」阿花苦口婆心勸謝舞儀懸崖勒馬，彷彿怕她要賣身入青樓。「這男人沒有工作，和外面的社會脫節，也不會沒時間結識女人，說不定有陰暗的性格。如果他真的是筍盤（條件好的單身男子），怎會輪到妳？」

「妳這樣說就不對，難道所有到適婚年齡而未婚的男女都有問題？」

「我是指他這種沒有工作只是伸手向家裡拿錢的人有問題。妳試試要他去找工作自力更生，我敢說他連Excel也不知道怎樣用。」

「怎能用Excel去衡量一個人的本事？很多老闆也只會看Excel報表而不知道怎樣建立pivot table。只有被嚴重剝削的工作崗位，才需要十八般武藝樣樣皆能。」

謝舞儀在會計師事務所時，分工非常仔細，像整理客戶資料庫這種單調的工作，就需要動用兩個有ＰｈＤ背景的同事去負責，反而在電影發行商的工作，就要一人身兼多職。

「妳有妳的道理，但我不懂。我們學校一直教我們，女人不必靠男人也能成功，可以決定自己的命運。為什麼妳要勉為其難嫁進這種大家族裡？」

「誰說我勉為其難？我不想像那些很有本事但獨身終老的校友。我來自單身家庭，只想要一個完整的家。」

阿花露出勉強的笑容，舉杯道：「祝你們百年好合，永結同心！」

23

謝舞儀從女校學到永不放棄的「can do spirit」，只要制定目標，下定決心，就必能做到，而且做到最好。她和兩位校友合作的電影發行公司，已經發行超過十部歐洲電影，雖然收益不大，但每部電影都引來廣泛迴響，超出三人預期。

她認識司武文虎不到半年就辭去電影發行的工作，一年後，兩人結婚。

司武文虎為他們舉辦了盛大的婚禮，地點在山旮旯的西嶼而不是五星級酒店，雖然安排高級轎車而不是旅遊巴士接送賓客往返，但謝舞儀很清楚，很多賓客參加，並不是要分享她的喜悅，見證她人生進入另一階段，而是去開眼界。

「看妳嫁去什麼鬼地方！」

她想像到她們在背後講她的壞話，去跟文虎說時，他不以為然。

「妳太小家子氣了，我司武文虎只要做事，一定非常轟動，絕不教妳丟臉。」他自信滿滿地道。

婚禮找來五星級酒店的餐飲團隊負責，端出來的煎鱸魚、和牛、龍蝦等食物的水準都無可挑剔。重金禮聘的室樂團表演在預期之中。最教人意外的是煙花表演，雖然只歷時十分鐘，但連綿不斷的爆炸聲和最後一分鐘裡十多個五光十色的煙花同時爆開照亮夜空，讓過百來賓瞠目結舌。

司武謝舞儀笑出來，這些煙花不只劃破夜空，也會把她們心中對她祕而不宣的好奇、恥笑和其他八卦傳言全部粉碎。

「別問我這些煙花怎樣來？」擔任司儀的祕書阿德一邊走向台中央一邊笑說。「總之希望大家喜歡。」

事後，文虎說那十分鐘燒掉三百萬港幣。

24

司武謝舞儀和司武文虎度過長達三個月的蜜月後，正式開始她的媳婦生活，進入和家族成員磨合的下一階段。

家族男性成員各自擁有自己的房子，但其他女性成員和她們的丈夫都合住在老舊的大宅裡。從她們的眼光和語氣，司武謝舞儀可以感受到不收斂的妒忌。

她以為家族所有成員都一樣月領生活費六萬塊，沒想到有司武家基因的男丁領的是雙倍。

在這家族裡，說「男女待遇不同」是客氣話，正式來說是「歧視女性」，因此女性成員心裡都很不平衡，但沒有女成員採取任何行動去爭取權益，而是為了領錢默不作聲，變成這個不公平制度的幫凶。

只有志愛才稍有不滿，但沒有用言語表現出來，而以各種理由遠離這個家，像上補習班、去同學家溫習功課，上大學後更名正言順搬去宿舍。

雖然不用工作，但司武謝舞儀不得不參加大大小小的應酬活動，衣著也要文虎批准。不能打扮性感，不能穿無袖上衣，連「適當的暴露」也不行。

「妳代表司武家，須要維護司武家的面子，不能讓司武家尷尬。」司武文虎提醒她道：「出席宴會時，妳要讓大家知道妳是貴婦，而不是『找男人』或『送外賣』（外送茶）。」

他仍然保持幽默，但她發現他的語氣逐漸改變，含有命令的意思。

她聽過同學說，男女結婚前都是戴上面具，婚後才會把面具一個個除下，看到彼此的真面目。

文虎其中一副真面目就是，需要頻密出席他那個階層的聚會，每星期至少一次。宴會的大廳無不燈火輝煌，精緻的水晶燈映照著男男女女們身上由名師設計的錦衣華服。珍饈佳肴的香氣撲鼻，侍者手捧金銀酒杯穿梭其間。

出席的男人非富則貴，女人卻品流複雜，身分除了是太太或者女朋友，也包括情婦和交際花——這個說法在香港媒體上已經不多見，但仍然在這些女性群體裡流行，表示這些人活在和時代脫節的平行宇宙裡。有個打扮美艷的女人每次出現都是陪不同的男人，也沒有人大驚小怪。

這些宴會在酒樓、高級酒店和私人會所舉行。有時會邀剛出道的歌星獻藝，但大部分賓客其實不太在意誰唱。他們的言論都像美食家，彷彿吃過天下所有的魚，知道每一種魚的十萬種煮法。他們人生大部分精力都花在吃喝上。

他們也會談馬經，但她不認為這些人真的愛馬，就像很多香港人說愛牛其實指吃牛排，只視動物為食物而不是有血有肉的生命。大部分馬匹在賽事出意外或退役後，並不是送去外國的農場頤養天年，而是人道毀滅再送去垃圾掩埋場，或者送去外國的屠宰場製成馬肉出售供人類或動物食用，就算曾讓馬主風光贏得獎金的冠軍馬也不例外。

她認為一個人怎樣對待馬匹，就會怎樣對待朋友，但很快就發現這種想法在一個信奉「女人比不上男人」的世界裡非常幼稚。

對，這種宴會後，男人會去另一個大廳續攤，女人則去一個小廳交換沒有營養的話題，彷彿女人沒有能力就時事或其他議題發表意見。

那些女性群組的話題讓她大開眼界，除了初見面的開場白比較像樣，其他都空洞無比，像翻舊帳，批評某人在某年某月的行為或裝扮。她只想快點回家。

第一次參加這種聚會，給她新鮮感和不小的文化震撼，後來發現就算在不同場合來來去去，碰到的都是同一批或者同一類型的人。想到未來要持續頻繁應酬她們，她開始感到疲倦和厭煩。司武家和他們的社交圈是個大染缸，她難以獨善其身。

她回到房間脫下禮服，看著正在換西裝的文虎問：「以後可以不去嗎？」

「不行。」他搖頭。「單身男人出現，都會被傳是基佬（同性戀者）。已婚男人獨自出現，會被傳婚姻出現問題。妳肯定聽過不少，那種流言對一個男人的打擊非常巨大。」

她從來沒有天真到以為結婚是兩個人的事，司武家的人她自忖有辦法應付，可是要頻密地陪他出席各種聚會，與其說進入他的交際圈，倒不如說她平靜的生活被入侵。她不是喜歡交際的內向者，在電影發行公司時的活躍是一張騙過很多人的面具，現在只想脫下來，好好做回自己，否則為什麼不繼續工作下去？

如果他一開始就說身為他的太太須要履行這種她預料以外的職務，她一定會對這場婚姻再三考慮。

她不知道跟誰抱怨。中學和大學同學都會恥笑她。

「我們就是等著看妳的好戲。」她們一定會背著她說。「你們在婚禮上放煙花，是不是預告這場婚姻會像煙花般短暫？」

「我早就警告過妳。」她想像到阿花的語氣。「搶手貨怎會沒人要？」

對這個家不滿的還有司武志愛，但那個少女似乎看她不順眼。

司武文虎叫她默默承受，期待她被同化、被改變。她不想變成自己不想變成的人，討厭自己變成自己討厭的人。她打從心底討厭自己參與各種蜚短流長，更討厭自己成為話題主角。

她在婚前就打算為司武家生兒育女，成為母親就可以名正言順地減少應酬在家照顧子女，但不確定是不是因為承受了壓力，結婚三年後仍然無法懷孕。

兩人沒做婚前檢查，因為文虎不願意，現在他斬釘截鐵說問題不會出在自己身上，所以要她去檢查身體。

「妳的身體狀況很好，隨時可以懷孕。」三個中年女性婦科醫生異口同聲說。

文虎拒絕用試管嬰兒之類的做法，覺得很不真實。這時她才深深感受到他雖然只是大她十年，才四十多歲，但想法跟年齡是他兩倍的老人沒有兩樣。

可是，文虎真的有傳宗接代的壓力。真正擁有司武家基因的男丁只有文虎、志信和志義三個人。志信很早就和家族斷絕來往，連她和文虎結婚時也沒有出現。志義在英國唸完大學回港，但整天吊兒郎當不事生產。家人對他不存厚望，所以繼承香燈的責任就落在文虎和她身上。

第六章／宴會五日後

25

Leo來到司武志信的家不到兩星期，很快就融入家中。

早上志信起床時，Leo會去迎接剛從夢鄉歸來的他，尾巴搖來搖去。Leo也會學志信，在電梯裡跟鄰居和他們的寵物打招呼，像個小孩子一樣。

Leo不會說話，但表現出來的意思是：「我是新搬來的Leo，請多指教！」

反過來，方雨晴仍然是人家的老婆，這個奇怪的身分讓她不願向其他人打招呼，也在電梯裡裝作和他不認識。

過去一直單身的司武志信開始過這種一家三口的奇怪生活。有時他早上起床時看到方雨晴躺在他身邊，會以為她真的是自己的太太，但也常提醒自己這只是假象。等她處理完自己破碎不堪的婚姻，就會認真思考未來。他和他的家只是她人生的驛站。

這天吃完早餐，他和Leo又去緩步跑，沿途牠和不知多少隻狗打招呼後回家，方雨晴叫他留意電視新聞。

「警方調查司武家集體中毒案有最新發展，昨夜凌晨正式拘捕其中一名姓李的廚師，據稱在其銀行戶口內發現三筆無法解釋來源的現金轉帳，合共十萬。」

看著廚師從寓所被帶返警署的畫面，他以反諷的語氣說：「沒想到我們司武家的人命這麼值錢。」

方雨晴把Leo抱上自己的大腿。「我第一次聽到你承認自己是司武家的人。」

「就算我不承認，外人也會把我算進去。」志信嘆了口氣。

「我住在這裡有危險嗎？」她有點擔心。

司武志信搖頭，「機會不大。沒人知道妳住在這，就算有，也不知道和我的關係。」

「我放（遛）Leo時，有人想和我聊天。他們會記得我。」

「他們可能以為妳是兼職walker，樂景灣裡很多。只要我不和妳一起出門，就沒人會把我們聯想在一起。」

「好像有道理。」她吃吃地笑。「怎麼我覺得自己像回到大學時在宿舍裡屈蛇（非法留宿）？」

「偷情就是這樣緊張刺激，所以很多人不能自拔。希望妳記得妳的身分，查太太。」

司武志信記得帶他入行的前輩說，偵探這行的大忌，就是查案時讓自己陷入其中，像和女客戶、客戶的老婆或女兒搞上。

「我不會說我不好色，但我絕不會亂來。」司武志信信誓旦旦地說。

「這和好色無關。」前輩娓娓道來。「那些被拋棄的女人失去情感的寄託，就會找下一個對象。這是很自然的事情。只要你辦案時同情她們，就容易愛上對方。我們的工作須要分清楚同情和愛情的區別。」

然而，即使分清了，也很難做到。人心是肉做的。客戶就是無門可求才會去找私家偵探。她們本身就有情感需求要填補。很多行家就是怕麻煩，所以不接「感情調查」的案件，當然，反過來，也有很多行家很樂意接這種案件，目的就是享受免費餐。他們說被拋棄的女性往往希望用性取悅丈夫或男朋友，所以當他們是練習性愛技巧的對象，在床上非常狂野。

司武志信這次是第一次和女客戶搞上，但沒有信心會是最後一次。

□

志愛在出事第二天早上就收到指導教授的短訊。

雖然內容是用英文寫的，但並不公式化，反而很關切。

「聽到妳家發生的事，覺得難以置信，也非常難過。」

「如果妳要延畢，跟我說一聲就可以。」

「如果妳不想回覆，也不用勉強。」

「願上主保佑妳們一家！」

她沒有第一時間回覆說「我沒事，謝謝關心」，不是不想公式化回覆，而是不想說違心話。

司武志愛自問和父母關係不怎麼好，和孝順兩字遠遠沾不上邊。兩老死的那天，她只感到難過，一滴淚也沒有流下來。直到幾天後回到宿舍，在萬籟皆寂的夜裡，想到再也收不到父母親的訊息，聽不到他們的聲音時，悲傷的情緒才突然爆發，讓她在夜裡痛哭。

指導教授的年紀可以做她父親，三十多年前來自英國，會講流利廣東話，但不會讀寫中文，和學生很親近，常把學生叫去辦公室喝咖啡，也順道分享人生經驗。雖然去年確診第三期腸癌，癌細胞已經發展到直腸的最外層，並擴散到四個附近的淋巴結，但堅持教學，說要等他們畢業才退下來。

「所以你們要快快給我畢業。」連教授也承認，自己不斷消瘦，正搭乘去見天主的太空船，並進入最後階段。

所以，看到教授叫她考慮延畢，她忍不住流下淚來。

有時她覺得，教授比自己的父親更勝任父親這角色，即使教授是為天主教不容的同性戀者。誰說同性戀者不會給人父愛？

花了幾天把心情調整好後，她終於回覆。

「謝謝教授關心！我會盡快回學校。」

「怎可以？妳不擔心妳的安全嗎？」

「爲什麼我要擔心？」

「也許有人存心針對司武家，會向妳這個倖存者下手。」

「可是學校裡很多人都知道我並不親近司武家。」

「妳的不親可以是裝出來的。不管怎樣，妳始終姓司武，有司武家的基因。要對付妳的人不管妳親不親，這是我最擔心的。」

最後一句又讓她垂淚。教授一直都在擔心學生，但很少擔心自己。他沒有問醫生「為什麼我得癌症要被折磨」，反而認為這惡疾是天主的恩賜，帶來的痛苦也是獨特的人生體驗，讓他這趟人生旅程能充分體驗生命的酸甜苦辣，變得更圓滿。

這個說法給她巨大的衝擊，啟發她用不同角度檢視自己的人生。

反過來，父母親擔心她的，只是她的衣著太暴露、不敬重長輩、講話沒有分寸，維護他們的尊嚴多於她的感受。

所以，雖然司武家死掉這麼多人，她一方面感到傷心，另一方面也打從心底覺得那些人包括雙親就算沒死，活下去也只是行屍走肉，除了消費以外，對社會沒有任何貢獻。她不想成為他們那樣的人，所以盡力自我改變，努力學習，希望將來可以為社會做點事。

Alfred也沒有好到哪裡去，他雖然在短訊裡關心她，但沒有邀請她去他的地方暫住，也沒有說要找她。她懂的，他怕被她連累，被在食物裡下毒。如果那天他陪她去家宴，現在他的大頭照就會放在老家的客廳裡，他的父母會咒罵她這個有錢女。

算來他和她連男女朋友也算不上，只是單純的Netflix and chill[9]，發短訊給她已經仁至義盡。

26

在華洋雜處的香港，夜店視乎客人的背景分成針對外國人的「鬼club」、本地人的「local club」和兩種人都有的「人鬼club」三種，但不論是哪一種，都被疫情的「限聚令」和「營業時間限制」打擊到近乎體無完膚。

Kingdom屹立在中環蘭桂坊一個商業大廈最頂部的三層。顧客可以透過落地大窗居高臨下俯視香港夜景和眾生，Kingdom雖然挺過疫情最艱難的時候，但退掉最上面兩層。那兩層閒置兩年多仍未租出，Kingdom也從開張時場內混雜英語、廣東話和普通話的人鬼club，變成以廣東話為主，英語為次，陽盛陰衰的人鬼club，到現在成為只有廣東話的local club。

深夜十一點半，司武志義把車停在置地廣場後，沿著冷清的街道走上蘭桂坊，和尼泊爾裔bouncer交換眼神後，搭專屬電梯上去。

電梯裡的藍色燈光逐漸調暗，讓客人盡快適應Kingdom的昏暗環境，以及結合禪味與

hip hop的後現代設計風格。不過，震耳欲聾的音樂就不用適應。司武志義是喜歡被有節奏的低音包圍才去Kingdom。這裡的熱鬧氣氛和大街的冷清形成強烈反差，彷彿電梯像吸管般把街上的人都吸上來。

他訂了一張遠離舞池的桌子。藍色的貓和她的兩個女性朋友向他招手。熟客都知道藍色的貓和他的關係，也知道他和司武家的關係，所以保持距離。就算是生客，只要看到桌子上那四支Armand de Brignac Ace of Spades Gold Brut，也不會和這三個女客搭訕或請她們喝酒。若是連這支酒也不認識的新客，接到帳單繳交學費時就會永遠記得這個法國名字。

司武志義坐下來一口氣喝了半支後，音樂變得柔和，DJ Dick King走過來，耳機掛在頸上。黑T上的白字是「I'm Mixing. Don't Fucking Bother」（我在混音，別他媽的煩我）。

「終於見到你了。歡迎你回歸Kingdom。」他用一貫的磁性聲音對志義說：「我們這個無法無天的Kingdom終於又有Justice。你怎樣了？」

「我成為大屠殺倖存者。這說法會不會很不政治正確？」

9 Netflix and chill：為網路用語中對性行為的暗示性說法。

「這晚我們把他媽的政治正確丟到維多利亞港。我多怕你命喪集中營。」他頓了一頓，用正經的口吻道：「有沒有什麼幫得上忙？不用客氣告訴我。」

「沒有。」

DJ Dick King向同桌的女性揚起布滿刺青的右手，做出「離開」的手勢。藍色的貓一句話也沒說，識趣地離開。她一星期有三天和志義睡，但在夜店這種地方，男女感情只是流水，只有哥兒們之間的友情才深厚。

DJ Dick King盯著三個大屁股和六條長腿離開。「你家的事真的是意外？你有沒有想過你和Bobby的過節，所以他動手腳？」

「開玩笑，就算和我有過節，也不必買起[10]我全家。」

「就是因為買全家，才不會知道是針對誰，網路柯南都是這樣說。」

「柯他的屎屎屁！他們怎會知道我和Bobby的事？」

「不是啦，是說幕後黑手只是針對你們家其中一個人，但要其他人陪葬去掩人耳目。」

司武志義環顧現場。「如果這個可能成立，在這夜場裡所有和我吵過架的人都有可能，連你也不例外。」

司武志義用手指指向DJ Dick King，但很快被按下來。

「如果是我下手的話，一定把死者做成burger還買一送一，或者你想變成叉燒包？」

「只要沒有防腐劑和添加劑就好。」

DJ Dick King笑出來。「自從你出事後，Bobby就沒再出現了，不就是心裡有鬼嗎？」

「你想太多了，我從中學就認識他，十多年來，這人只是嘴巴凶狠、髒話連篇，做不出什麼大事。」

「你別小看Bobby。我說過很多次，他早就不是你認識的那個人。你不愁衣食，但他不是，他是蠱惑仔，也是毒品拆家（毒販）。這種人不心狠手辣，怎做得了大事？」

「警方有沒有來問過？」

「沒有。不過，我勸你暫時別來，而且最好換另一問酒店。」

「已經換過了。我現在每三天換一間，很快就會住遍全港所有酒店，到最後只差幾間大酒店[11]沒去。」

「我從十八歲開始就做ＤＪ，也去過其他城市打碟，需要和不同客人交流，去感受現場氣氛，再視乎情況即場混音，很早就練到和一個人談話，就能感受到他身上的氣場。」

司武志義收起笑臉，用認真的口吻問：「你是指知道一個人的想法嗎？」

10 買起：香港黑社會術語，指「僱凶手暗殺」。

11 大酒店：在香港也指殯儀館。

「不，我能感受到一個人是真誠或虛偽，是樂觀主義者或悲觀主義者，是有宗教信仰或無神論者。萬試萬靈。」

司武志義身子向前傾。「你覺得我是什麼呢？」

DJ Dick King在他耳邊說：「你比較奇怪，我感受到你這人有很多祕密。」

「什麼祕密？」

DJ Dick King向幾個正在離開的客人揮手後繼續道：「你不說我怎知道？我也不想你當我是樹洞把所有祕密都告訴我，否則只會自找麻煩，但你有這麼多不能公開的祕密，一定很辛苦。你要好好控制自己的情緒。我不認為你對家人的感情像表面看來那麼冷漠。」

司武志義輕輕拍DJ Dick King放在桌上的手。「你想太多了。」

「如果你真的要找樹洞，就回來找我。不要什麼話都跟女人說，她們的腦袋都比奶和屁股小。只有我們男人的腦袋比碌鳩（懶叫）大。」DJ Dick King握著司武志義的手不放。「我不想幾個月後出席你的……你懂的。」

27

即使是平日，在欣澳海濱長廊這裡也有不少人遛狗和野餐。桌子上放著一份份食物和飲品。有隻狗被長繩綁在一張沙灘椅旁邊，牠的小主人跑去玩時，小狗也拖著椅子追過去，讓女主人去追趕牠。

司武文虎好久沒到這種一大堆人不戴口罩的公眾地方，彷彿疫情已經完結。好些堅持不打防疫疫苗的市民，無法使用「安心出行」應用程序進入餐廳、戲院、商場等處所，只能在這個開放空間裡才能獲得自由。

司機死後，司武文虎沒找人填補空缺，而是讓阿德兼任開車的工作。

「停在前面樹下那架黑色家庭車旁。」司武文虎提醒道。

大胖子「鳴少」周少鳴站在家庭車外，遠離在野餐的男女。褲管迎著海風飄動，死性不改盯著幾個穿短褲的女人。

這是司武文虎和鳴少第一次在學校、酒樓、酒店、會所、高爾夫球場外的地方見面。十年前，文虎和鳴少在友人牽線的高爾夫球場上相認。雖然兩人已經二十多年沒見，也戴上帽子，但只要聽到名字，就一眼認出對方。

他們是中學同學，鳴少是他中學時的綽號，把他的名字反轉，稱一個不算有錢的中學生為「×少」有諷刺之意，後來他發了大財，這綽號終於名副其實。

鳴少的發跡方式與別不同。他說在香港九十年代的黃金歲月裡和家人透過各種炒賣賺錢，後來移居加拿大，避過九七年的金融風暴，在自由行開通後回流香港，開藥房賣奶粉和化妝品賺大錢，總之哪裡錢多就往哪裡跑。

司武文虎聽過有很多短時間內發大財的故事，但都是虛構居多。鳴少和家人怎樣在不到十年內從住屋邨賺到能夠移居加拿大的第一桶金？文虎沒有追問。很多人的第一桶金都不能見光，往往要用白手興家去掩飾。

司武文虎跟著鳴少鑽進車廂，坐在他對面。關上車門後，遊人的嘻笑聲被隔絕掉，所有輕鬆氣氛同時馬上消失無蹤。

鳴少坐下來，大肚子就再也藏不住。他神情肅穆，彷彿死去幾十個親友的不是司武文虎而是他。

「有沒有可能是我們年輕時，和我們對頭那些混蛋終於坐滿牢或者獲假釋出來？不是有人說筵席專家的廚房被人鑽進去偷龍轉鳳嗎？說不定就是他們做的。」

司武文虎搖頭。「只是網路傳聞，坐幾十年牢後怎會找我麻煩？」

「我沒坐過，不知道他們的想法，但過了這麼多年，大家都認不出彼此的樣子。他們只要改名，就算你見到也認不出來。姓司武的，不是全香港只有你們，而是全地球只有你們，很容易找。我查過，肥龍二十幾年前就因服毒過量而死。骨精強是監獄常客，最近幾個月都在裡面。阿鬼坐過很久牢，幾年前出來了，不知道死在哪裡。」

鳴少提到的人名勾起司武文虎不少回憶，但司武文虎已無法想記起那些傢伙的模樣。

「阿鬼也死了？」

「不，我問過在警界的朋友，沒人知道他跑到哪裡去。」

「你對我的事很熱心呀！」

「不只為你，也為了我。在我們那堆同學裡，只有你和我出人頭地。如果他對付你，難保下一個會對付我。」

「難怪。」司武文虎看清楚這個一身銅臭的傢伙，沒有好處的事他從來不做，沒有好處給他的人他會自動疏遠。

「我昨天找私家偵探調查阿鬼的下落。如果找到，我會考慮要不要讓他遇上交通意外或者服食過量毒品身亡。」

嗚少說出這句話不教文虎意外，他們兩人在黑白兩道都認識不少朋友。

「這不是我的風格。」

「他們都是人渣。」嗚少忍不住提高聲量。「先下手為強才是上策。你的宅心仁厚最終只會害死自己和家人。我提議你找保鑣，要不要我介紹？」

「我有阿德就行。」

司武文虎偷看車窗外站得挺直的阿德，他像獵犬般保持警戒，留意附近的動靜。

嗚少順著他的視線去看。「阿德夠嗎？」

「他接受過自衛術訓練。」

「要不要避彈衣和手槍？」

「這裡是香港，太誇張了吧？」

「就是因為是香港才須要提高防備。我聽江湖朋友說，黑幫在疫情期間裡因大量商戶結業，少收很多保護費，損失慘重，疫情鬆綁後急於收復失地、爭地盤，所以各路人馬摩拳擦掌，所以你看到很多黑幫大打出手動刀動槍的新聞。現在警力不足，黑幫正在等待香港犯罪的黃金時代來臨。你不要掉以輕心！」

嗚少從中學開始，就喜歡講話時用手指人這個不怎麼禮貌的動作，到現在年過半百也改不掉。司武文虎一向不喜歡他這習慣，打開門要離開，卻被嗚少阻止。

「你想禁錮我嗎？」司武文虎不客氣問。

「你做大佬太久了，雖然樂於助人，卻覺得什麼事情一個人就可以應付得來，從來不找外人幫忙，早晚你會被這個性格害死。」

第七章／宴會六日後

28

這是司武志愛第一次獲邀出席司武家的月會。

她一走進書房就發現被上個世紀的家具和文物所包圍。這些木製家具發出老舊木材獨有的味道。家族祖先的大頭照片沿著牆壁排列，大部分是彩色照，少數是黑白照，有幾張已經褪色。

這些冷漠的臉孔給整個房間注入陰森氛圍，讓司武志愛感到不安，期待會議盡快結束。

她坐下，回過神來，發現自己不安的真正理由，是牆上只有男性祖先的照片，彷彿這是個沒有女性成員的家族。

她的潛意識恐懼這個照片牆帶來的暗示。

在場除了司武文虎、志義、祕書阿德和黃律師外，連司武謝舞儀和志慧也列席。全部人一律穿黑衣，整個房間籠罩在悲傷的氛圍下，連一向玩世不恭的志義也顯得沉靜，很不符合他的個性。

與其說是家族月會，不如說是為逝者默哀。

司武志愛覺得那些死去的家人，不管是這星期意外離世的，或者幾十年前往生的，都一個個站在長桌旁邊圍觀，陪著默哀。

司武文虎坐在最靠近祖先照片的主席位。他環視眾人一遍後，以不急不緩的語氣開場：「這次會議有兩個議程，第一是討論喪禮的形式，即使在疫情期間，但司武家的人不會寒酸到連喪禮也要從簡，我已和師傅選定良辰吉日舉行隆重的葬禮，排在明年舉行。」

「你說在明年？」她打斷文虎的發言。

「對。」司武文虎瞪著她看。

父母親還躺在殮房的冷凍櫃裡。她這不孝女能為他們做的，只剩下一件事情。

「現在疫情仍未正式結束，我建議喪禮以最簡單的方式低調處理，盡快讓他們安息，入土為安。」

「我已經決定好了，有問題嗎？」

她沒想到他連隨便一個理由也不找，以高壓手段逼她就範。

「既然決定好了，那我們這個會議開來做什麼？」

「就是聽我報告。」司武文虎答得理直氣壯。

「怎可以這樣？」司武志愛按下自己的不滿。「連小學生也知道，這一點也算不上是討論。」

「志愛，提醒妳，其實妳只是列席，沒有資格發言。」司武文虎糾正她。

「有沒有搞錯？我也是司武家的人，為什麼沒有資格？」司武志愛抗議。

「這是司武家的開會方式。只有獲邀的男性成員才有資格發言。」

兩人你一言我一語吵起來時，司武志義用力敲桌子，一下下響亮而低沉的聲音吸引所有人的目光。

「志愛妳第一次參加，不知道月會的玩法。我這麼多年參加會議都沒發表過意見，所有事情都是文虎決定好，我只是舉手贊成，就當討論完畢。不過，這次我決定破例表達自己的想法。我認同志愛提出的建議。」他問坐在對面的黃律師：「我和文虎的想法不一樣。這一來，司武家的喪禮會採取誰的意見？」

黃律師像沒料到會被點名，清了清喉嚨才開口：「根據司武家的家規，所有事項都由領袖，也就是司武文虎先生決定。」

司武志義半陣後才反應過來。「就算我們在座所有人反對都無效，對嗎？」

「沒錯。司武文虎先生一個人說了算，其他人不得異議。」黃律師補充道。「你們就算有五十人在場，也不過是列席。」

志義氣沖沖地問黃律師：「所以我們這些人就和牆上那些山水畫、地上的花瓶，甚至和這張上古時代的桌子沒有兩樣，只是裝飾品，對嗎？」

「這不代表你們的列席沒有意義，像司武志義先生你列席就是一種責任，每個月可以領生活費。」

「謝謝黃律師解釋。」司武文虎露出「你們聽到了」的表情和手勢，身後一眾祖先照片像為他堅定不移的立場加持。

一陣嘔吐感突然向司武志愛襲來，但很快又消失。司武文虎把房間布置成這個樣子，不是出於對列祖列宗的尊重，而是樹立自己的權威地位，表明自己是司武家的權力接班人。

她覺得自己像身處卡夫卡筆下的荒誕故事，和主人公一覺醒來發現自己變成一條蟲沒有兩樣。只要踏進西嶼司武家的家門一步，就馬上離開民主自由的現代社會，回到封建保守又專制的古老國度。

在她的胡思亂想裡，這個家族既沒有值得自豪的歷史，也對社會沒有貢獻，就算被毀滅，連同她自己在內，也一點不可惜。

她的視線從司武文虎臉上移開時，發現坐在他旁邊的司武謝舞儀雖然沒有發言，但嘴角快速向上抽動了一下，不知道是恥笑自己和志義，或者恥笑這個荒謬的會議。

司武志愛沒去思考那個笑容的真正意思。雖然司武家只剩下她和自己是女人，但她對這個婚後在姓氏冠上夫姓的女人從來沒有好感。為什麼這個聰明的女人要嫁進這個封閉的家族自貶身價？不就因為一個「錢」字！

司武志愛不想再和這伙人困在這個墓穴，這裡的人都只是會說話會行走的殭屍。

她站起來，丟下「我沒有錢可以領，出席這種會議根本是浪費時間」後就奪門而去。

司武文虎保持沉默，轉向盯著司武志義，用眼神逼問他要不要離開。

「身為沒有賺錢能力只能靠生活費過活的人。」司武志義沒有多想，也沒有反抗，語氣非常溫馴。「我會厚顏無恥繼續坐在這裡。」

29

樂景灣是外國專才聚居的大型私人屋苑，外國人和香港人比率各佔一半。疫情爆發後，香港推出嚴厲封關和隔離措施，不少外國人吃不消，不是返回老家，就是移居其他國際大都會。那些以外國人為主的酒吧餐廳因此相繼歇業，新開的餐廳都以香港人為目標客群。

司武志信約司武志愛在一間公布快結業的酒吧餐廳裡碰頭，裡面不管捧餐的侍應和談笑風生的客人都是說英語的非香港人。

他和志愛戴上耳機，同時聆聽剛才會議的盜錄。聽到志義的一席話，他忍不住笑出來。

「沒想到他會這麼說。他一定憋了很久。」他把錄音暫停。

「對，像憋了很久的小便般要放出來。」志愛點頭。「剛才我看見祖先照片時，覺得不管誰當家，他們的思想都一樣保守和專制。『家規』不過是為高壓統治找藉口罷了。」

「妳這話真是大逆不道！如果妳有把經過拍下來，丟到YouTube上，說不定會意外發現流量密碼。」

「那張桌子不是很長，其他人都不是瞎子。回到正題，你會出席喪禮嗎？」

「當然不會。不過，我們還沒找到誰是幕後黑手。如果要幹掉司武家的人其實是衝著我而來，我出席喪禮，就等於給你們增加風險。」

「怎麼這又好像是你不去的藉口？」志愛狐疑。

「信不信由妳，總之我不會去。」

司武志信喝茶時，看見方雨晴拖著Leo出現在志愛身後，揮手和他打招呼。

這一人一狗怎會走到離家十五分鐘腳程的地方？

志愛順著他的視線回望，和方雨晴四目交投，然後視線移到下方的Leo。

「她是誰？」

「我鄰居。」司武志信簡短回答。

志愛有見到狗就忍不住要逗這個無藥可救的怪咖特質，直接走出去和Leo玩起來。

司武志信不認為方雨晴是「剛好」出現在這，她知道他約志愛在樂景灣的廣場見面，所以特地來打探這個「表妹」的底細。不少男人會把曖昧對象或有一腿的女生賜予表妹、乾妹等掩護身分，但志愛跟他都遺傳了司武家的招牌高鼻子和高於平均的身高。

兩個女人不知在聊什麼，很快聊得興高采烈、比手畫腳。他後悔沒學過唇語，只能隔著落地玻璃和Leo對視。牠的尾巴搖得很快，像要呼叫他出來一起玩。

幾分鐘後，志愛才依依不捨地回來。

「她說常看見你在這裡和不同女性吃飯和下午茶。」

「胡說八道！」

志信沒想到方雨晴居然很有心機。如果要和方雨晴共同生活，他須要好好調教她，否則早晚會惹出大麻煩。

第八章／宴會一星期後

30

阿東不喜歡在墳場談生意，特別在陰天，特別在星期日，特別在幹掉司武家五十多人後，不是怕報應，而是怕被警方發現。

所以，董小姐在手機裡約見面時，他一口回絕，即使他其實有點想見她的身影，看她彎身向不同墓碑放花的姿勢，很少女人會像她那樣優雅，連他這老粗也看得出來。

但在公在私，他都應該和她保持距離，特別在警方仍然繼續調查這案件的時候。

「那件事已經結束了，轟動到成爲國際新聞，雖然不是全部清理掉，但我說過，這次性質特殊，無法保證沒有遺漏。妳記得嗎？」

「記得，客人說當另一個order，願意付雙倍的價錢。」

「董小姐，這不是錢的問題。我們和司武家無仇無怨，只是受人錢財，替人消災。只要不再節外生枝，沒有人能找出我們來，所以任務完成後，我手下不等司武家家宴舉行，馬上搭飛機離開香港，連我也不知道他們跑到哪裡去。只要他們不被捕，爆出我的名字，我這輩子就平安大吉，妳也一樣。做人應知所進退，不要因小失大。」

言下之意，就是不要太貪心。

「不用擔心，警方已經找到替死鬼。」她說。

「那只是煙幕。說不定有個很頑固的警察仍然死心不息。我建議妳轉告客人不要再行動，免得自找麻煩。」

他沒等董小姐回答就直接掛線，不讓她覺得有討價還價的餘地。

31

和方雨晴吃過晚飯後，司武志信獨自出門，前往樂景灣碼頭一間餐廳，不過不是他和志愛碰面那間。這間餐廳的燈光較昏暗，不容易讓人發現戚守仁的義眼。

戚守仁向他揮手。他就是那天司武志信在警署門口碰到的警察。

幾年前司武志信還在報館工作時，訪問過一直被調去不同部門的戚守仁，問他為什麼不申請調去處理檔案的「刑事紀錄科」。戚守仁說那是埋藏了很多機密的重要部門，不是讓警員去投置閒散，想調過去須要嚴格的背景審查。

司武志信不知道戚守仁什麼時候被調到西大嶼山分區，雖然仍然保存他的電話號碼，但沒有聯絡他。萬一這案件神差鬼使轉到戚守仁手上，貿然聯絡他會觸犯「妨礙司法公正」這條不小的罪名。

反過來，戚守仁主動約他見面，似乎暗示司武志信已經從這案件脫身，他們見面不構成任何問題。

「戚sir，我們應該有七年沒見了。」

他們伸手相握後坐下來。

戚守仁點點頭，微笑道：「對，那晚我的伙計好像對你不錯。」他的語氣十分輕鬆，就像兩個老朋友之間般自然。

「好極了，給我吃的飯都是放到冷掉。我以為自己是落網的連環殺手，會被拖去毒打。」

「只不過給你吃冷飯，別說得像滿清十大酷刑，現在都是這樣對付嫌疑犯。老天呀，這案涉及五十幾條人命，簡直是大屠殺！」

「你認同現在的調查結果嗎？」

「哈，我認不認同重要嗎？」

「正因你沒破案壓力，也不求升職，只等退休，所以你會用超然的角度去看案件。」

「你們私家偵探不也是一樣嗎？」

「當這案件在我家裡發生，我的親友牽涉在內，我就再也無法用抽離的方式去看這案件，而會加入各種私人感情和偏見。」

戚守仁身體前傾，壓低聲線道：「你嫌疑是你家人動手？」

「我只能說不排除。你們查到主廚的銀行戶口多了來歷不明的十萬塊錢。如果你要買凶殺人，在今時今日會不會用銀行戶口匯款那麼蠢？就算不用加密貨幣，也能用現金，十萬塊錢只是兩百張五百元紙幣，一個背囊就可以裝完。為什麼要用銀行戶口過數給他？」

「沒錯，那十萬元很明顯就是栽贓嫁禍。」

「但警方為求盡快破案，忽略了那個可能性。」

戚守仁搖頭。

「警方不是蠢的，目前只有這個線索，就算明知是有毒魚餌，也要被逼吞下去，不然怎向公眾交待？而且，我們也不能排除找他的是個新手，對嗎？你們家有那麼多成員，天知道誰在外面得罪了什麼人。」

「老實說，我不知道。我只是姓司武，和司武家並不熟。」

司武志信沒想到方雨晴正牽Leo朝他走過來。Leo在玻璃牆外停下來，對著他搖尾巴。

「你的狗？」戚守仁問。

「不，我鄰居的狗，常和我玩。」司武志信蹙起眉頭，Leo的尾巴搖得像快要斷掉。方雨晴很快把牠牽走。

「我年輕時養過狗，狗只對很熟悉的人才有這種反應。」戚守仁的視線在司武志信、Leo和方雨晴之間來回。「如果是你鄰居的狗，你會笑出來，但你的表情像是害怕被我發現，所以，我肯定這是你的狗。那個女人是你不能見光的……同居女友，對吧？」

司武志信知道戚守仁的停頓，不是懷疑方雨晴和他的關係，而是不確定方雨晴的身分。她的外表比實際年輕，但視覺年齡仍然比自己大三年以上。

也許有一點是戚守仁知道，但沒有說出來，就是像司武志信這種在父權勢力很大的家庭中成長的男人，往往會被年紀比自己大也很會照顧人的女性吸引。

「是同居，但不是女友。」司武志信坦白承認。「你上次說自己老了腦筋不靈活，現在證明你的推理能力還很厲害。」

「也就只有這種表面工夫，你知道，偵探須要揣摩犯罪者的想法，也要理解為什麼有人會包庇罪犯，讓案件無法令人一眼看穿。我只有觀察力還可以，太複雜的案件就無法把零碎的線索快速連起來，而是要花很長時間，而且，就算不是年紀大體能下降，自從那案件後，我已經無法東奔西跑。我這個獨眼神探在警隊裡只是一個公關，只是用來提醒市民，警隊裡有我這種願意為市民犧牲一隻眼睛的警察。每個警隊、軍隊和國家都須要這種英雄人物，我不是什麼優秀的警察，沒那麼傳奇，只是剛好符合那個角色的需要。」

司武志信沒想到戚守仁會突然吐苦水。

「你說得委屈，怎麼不提早退休？」

「我手上還有三宗懸案，纏擾了我二十多年，我退休後就沒人理會。我的閱讀權限很高，就像現在你家的案件，我可以從警方的電腦裡叫出檔案。我和你可以透過這種方式合作，說不定可以找到真相……」

為什麼戚守仁願意幫自己忙。是不是懷疑自己而藉機親近？

「……你的同居女友乾淨嗎？」

戚守仁沒由來一問，司武志信的集中力突然提高。

「她沒有性病。」

「不是這個意思。」戚守仁忍不住笑出來。「她背景乾淨嗎？我看你神神祕祕的，這女人應該不能見光，是你的客戶吧？她僱用你查她丈夫或男友嗎？那人有沒有暴力前科？」

司武志信心想，如果自己不是當事人，一定會為戚守仁精彩的推理能力鼓掌，可惜現在他只能舉手投降，也自問沒有本事去騙過坐在對面盯著自己臉的神探。

「她和丈夫已經分居，那傢伙只是個大企業的中層管理人員，是個沒有江湖背景的普通上班族，我查過，他現在應該人在海外，在不知道哪個情婦的床上。這點不用懷疑。」

「別擔心，我沒有懷疑和你的女性朋友有關。」戚守仁繼續說道：「這個案子是針對整個司武家而來的，也許和丁權有關。據我所知，四年前有一個組織曾經抗議新界原居民擁有丁權，經常在他們出席的場合外面抗議。」

丁權是指新界原居民的男性後裔——就像他們西嶼司武家——免補地價可以申請興建一棟不超過三層每層面積七百平方呎的屋子，俗稱「丁屋」。

「如果不是你提起，我完全忘了。」司武志信一聽到這題目就頭痛。「雖然司武家的男丁有丁權，但我對這種男女不平等的事一向很反感，也沒有興趣去了解相關新聞，恐怕你知道的肯定比我要多。」

「很簡單，司武文虎每個月都會出席鄉紳飯局討論丁權，有個組織以前就在外面拉布條抗議和高喊口號。」

「然後打起來嗎？」

戚守仁笑出來。

「打個屁，那組織的成員很有教養，不管男女都像練仙般骨瘦如柴，如果打架的話一定兵敗如山倒，所以從來沒有肢體衝突。有一次，一個鄉紳離開酒樓時暈倒，是那組織的成員用心外壓把他救回來。後來那位鄉紳出席他們的丁權研討會，非常和氣，並當場宣布捐款給他們研究香港土地發展，並表示不反對他們批評丁權政策。那組織本來就缺錢去運作，是成員貼錢做研究。到底要不要接受這筆捐款，引起組織內部分裂，最終解散。」

司武志信眨了眨眼，沒想到故事會是這種結局。

「我不確定這一招是厲害或者毒辣，但怎麼我沒有聽說過？」

「那天沒有記者在場，是在場的便衣伙計親口告訴我。沒有人報警，也沒有記錄在案，甚至在警隊電腦裡也找不到。」

「難怪，不過，就算有記者在場，也不知道怎樣報導，要讚鄉紳投桃報李，或者批評那個組織裡的人因財失義？」

「不愧是記者，看出這個利害。如果告訴你，那個鄉紳就是你們家的司武文虎，你會很意外嗎？」

司武志信的腦海浮起文虎那張嚴肅古板的臉，和他對志愛講的「提醒妳，其實妳只是列席，沒有資格發言」。

「我一直以為他只會用高壓手段，沒想到也有靈活的一面。」

「這就是你對他的刻板印象造成的盲點。我懷疑那個組織解散後，有成員不甘心，決定向司武文虎報復。本來只是想幹掉一個人，但司武家不管男女老幼都不用煩惱住屋的問題，靠來自租金的生活費就能過上讓外人羨慕的好日子，所以，所有姓司武的人都有原罪，死不足惜。」

司武志信覺得這話像一把刀般捅進自己胸口裡，讓他感到一陣說不出口的疼痛。當大部分市民要面對俄烏戰爭引發的通膨，生活苦不堪言時，司武家的收入雖然因空置商舖而大幅減少，但成員始終在過優哉游哉的生活。

「你這樣一說，連我也覺得我們姓司武的人很可惡，雖然我沒有領生活費也沒有行使丁權。警方怎麼不派人去調查？」

「這事只有我和那個伙計知道。調查快結束了，那個倒楣的廚師會揹負所有罪名送去坐牢，讓市民安心，相信邪不能勝正，公義終將得到彰顯。真相就像埋在堆填區的垃圾，除了我以外誰想去翻？」

32

「土地公義研究組」已經解散，不管官網或臉書群組都消失無蹤，但有位看到司武文虎倒下的警察在「警察記事冊」裡記下那個施行心外壓的示威者的名字：凌美晨。

這個姓氏不罕有，也不常見，但司武志信很快在網路上找到她的足跡。

她和幾個志同道合的朋友一起經營一家名為「失眠」的獨立書店，不走文青路線，不提供餐飲，也沒有養動物吸引人去拍照和打卡。不過，每星期都舉辦講座，主題和香港有關，不只邀請各行業專家分享，也會舉辦社區導賞團，深入介紹街道、小店和工廈，讓不同族裔和文化背景的人彼此交流，互相增進了解。

香港由於租金高昂，大部分書店都不會開設在街上，而是在樓上，因此有二樓書店之稱，後來連二樓的租金也不容易負擔，於是書店愈搬愈高，甚至去到十層樓以上。「二樓書店」的說法已經追不上時代變遷，於是換成「獨立書店」，也反映這些書店不隸屬大集團而是小本經營的特質。

司武志信登上佔整層四樓的「失眠」書店。「失眠」除了賣書的區域外，還有一個辦公室。戚守仁認為「土地公義研究組」的檔案包括會議紀錄都藏在裡面。

「如果他們要幹掉司武家的話，不會留下文字紀錄這麼天才吧！」司武志信在短訊裡對戚守仁說。

「當然不會，但會議紀錄會記下成員的名字。」戚守仁急需「土地公義研究組」的成員名單進行下一步的調查。

店裡已經有十多個客人坐在兩排椅子上。看店的馬尾女子就是淩美晨，長相和衣著都和書店臉書專頁上的一樣，小碎花洋裝搭配暖色鐘型帽，很有「森林系」的感覺。書店裡放置了不少觀葉植物，讓人彷彿置身於小森林中。

司武志信昨晚報名參加這個名為「犯罪小說裡的社會正義」的講座，講者是兩位香港犯罪小說作家，暢談世界各地的犯罪小說，像北歐的大雪紛飛可以掩飾死亡時間，但不適合冬天時閱讀，你會愈看愈感到手腳冰冷，反過來澳洲犯罪小說裡的大旱就不適合夏天閱讀，你會感到掌心冒汗，要開冷氣喝冰水降溫。

「韓國的犯罪小說什麼時候都不能看？」其中一位作家問，等台下的人都答錯時，他才報出答案：「去北韓旅遊時，除非你想花至少十年去體驗勞教所的生活。」

本來司武志信出席這場講座只是打算耗時間，也不禁被逗笑。

兩位作家雖然沒有談到香港，但現場觀眾反應非常熱烈，時有鼓掌，也夾雜笑聲。很多人會說現實比小說和電影更離奇，連編劇和作家也想像不到，但這不是編劇和作家的過錯，而是虛構故事容不下巧合和意外，觀眾和讀者會罵，但同樣的劇情在現實發生的話，大家只能默默接受。誰會在二〇一九年前想到疫情引起各國封關？誰又會想到接下來俄烏戰爭引起能源危機和推高通膨？這也解釋為什麼犯罪故事會成為廣受大眾歡迎的類型，所有在現實裡找不到的正義彰顯和善惡有報，都可以在虛構的故事裡實現。

凌美晨在「失眠」的臉書和ＩＧ上說自己和其他合夥人都喜歡犯罪小說，是不是就是以上理由？他們是不是從某本犯罪小說裡找到謀殺的靈感？

講座結束後，司武志信等其他出席講座的讀者散去，才拿本最新的香港推理小說合集去櫃台付錢，向凌美晨道：「我一直留意你們的反丁權運動，後來結束了實在很可惜。」

「對，但也沒有辦法。」凌美晨說得平靜。

看來這句對白在這書店出現過無數遍，再也無法打動人心，所以他使出殺手鐧。

「妳用心外壓救回司武文虎時，我就在現場。」

她終於抬頭，和他交換眼神。「你在現場？」

「我以前是《香港時報》的記者，但《香時》也一樣結束了，算是完成歷史任務。」

她注視他雙眼良久，目光像有千言萬語。

「那個時代像瀑布一樣喧譁熱鬧，最終也如流水一樣不復返。很多事情無法輕易改變，我們寧願回歸基本，培養年輕一代的思考力。」

「可是剛才那場講座，除了你們三位以外，沒有一個是在三十歲以下。」

「現在香港年輕人很少看書，所以我們才需要努力，希望大家了解文字的力量和書本的價值，不是嗎？」

「我欣賞你們的堅持，一如我欣賞你們組織的衝擊力。」

她長長嘆了口氣。「唉，那種方法已經不合時宜。好多成員後來意興闌珊，相繼移民，現在只剩下我們三個留守香港。」

司武志信讀過他們的訪問，那個組織的成員有十多人，來自不同社會階層，大部分只用假名示人。最大和最小的年紀相差超過十五年，但目標一致。

可是，就算是家人，也不代表想法一致、感情穩如泰山。家人只是剛好投胎到同一個家庭裡，其實每個人都是獨立個體，想法和感情也會隨時間而改變，如果能求同存異就可以在同一屋簷下和平共處，否則只會成為陌路人。壓抑不同想法而要勉強大家接受同一套想法，往往是悲劇的開始。

他們這伙人由於理念不同，最後分道揚鑣。

這讓司武志信難免想到方雨晴不會永遠都在他身邊，終有一天她會離開。

但現在不是思考那問題的時候。

他指向淩美晨頭頂上的閉路電視。「在電子支付時代還有人偷錢嗎？或者仍然有雅賊偷書？」

「現在嘛，大部分顧客用電子支付，很少付現金，就算有，數額也很少，我們安裝閉路電視的原因，是怕人偷書。有些香港人認為閱讀這回事不需要付錢。我們抓過幾個雅賊都是這樣抗解。」她的臉開始紅起來，不是因為害羞。「他們不是偷一、兩本，而是偷一整個系列。唉，香港出版社只有本地市場，讀者不付錢的話，怎樣讓一個產業持續經營下去？很多人願意付超過一千塊錢去吃omakase（無菜單料理），要他們買一本一百五十塊錢的書卻嫌貴。一餐飯吃完就沒有了，但好書可以反覆細看，划算很多。」

司武志信連連點頭。

「我碰過這種人，就是去玩時出手闊綽，你替他們辦事時卻要免費，可惡極了。」

33

四十出頭的林狗是因爆竊而坐過不知多少次牢的慣犯，雖然最近三年內沒犯案，從良任職外送員，但只要九龍西一帶出現可疑的爆竊案，警方仍然會視林狗為頭號疑犯，把他在送外賣途中攔截下來帶回警署問話。其中一次他連同三份外賣被帶走三個小時，不但被客人投訴，還被外賣公司扣分。那三份外賣他要自己買下，分兩天和有糖尿病而不良於行的年邁母親吃完。

林狗須要社會給他機會，去證明自己改邪歸正，所以司武志信登門造訪向林狗求助，其實很矛盾。這次的工作機會只會讓林狗繼續沉淪，但除了林狗，沒人能幫得上自己忙。

林狗的左眼在只有兩公分的門縫後出現，防盜鏈把他的臉分割成上下兩半。

司武志信還沒開口，林狗就給他吃閉門羹。

「我已經金盆洗手，不要找我麻煩。」

司武志信揚起手上兩張啡牛（五百塊錢鈔票）。「你還做裝修工程嗎？」

林狗馬上關門，放下防盜鏈後再打開，再用食指和中指把從司武志信手上的鈔票挾走，讓他從只夠讓一個人通過的空隙裡鑽進來。

司武志信和坐在沙發上看電視一頭白髮的林媽媽打招呼後，林狗帶他進去一個堆滿雜物、有股異味的房間。

「剛才我拿的只是談話費。你最好真的有工程給我做。」

「抱歉，沒有。」司武志信不知道這異味來源是什麼，但不能表現出來，只希望盡快離開。「不過，我有個容易賺錢的工作給你。」另外又從褲袋裡抽出五張啡牛塞進林狗手裡，驅使他盡快點頭。

「你個仆街（混蛋）冚家剷又是這種所謂賺錢機會！」林狗抱怨道。「我要的不是這種工作！」

「我知道，但我手頭上只有這種工作，我也希望能買到房子找你來裝修。」

司武志信始終討厭自己用金錢報酬去引誘一個想改過自新的人再次弄髒自己雙手，但別無他法，只好騙自己說是救濟他們兩母子。

「有什麼風險？」

林狗把七張啡牛總共三千五百塊錢塞進單薄的錢包後怨氣盡消，這點錢說不上可以改善他們兩母子的生活，但可以解決一時的燃眉之急，也讓司武志信稍微減少罪惡感。

「沒有，我不是要偷東西，而是進去找文件。只要店家沒有損失，警方的調查就只是做樣子。事成我再付你尾期三千五百。」

身為全港首屈一指又名「飛天蠄蟧（蜘蛛）」的爆竊犯，林狗用三十秒證明這外號不是浪得虛名。

門打開後，戴上口罩、手套和帽子的兩人闖進空無一人的書店裡。司武志信上次來是差不多四十八小時前的事了，雖然凌美晨只看到他的眼睛而不是整張臉，但他希望自己在她的腦海裡變得模糊，甚至被遺忘，畢竟他詢問過閉路電視的事情。

林狗在門後把風，司武志信用手電筒進去辦公室找文件。大部分都是書籍進出的紀錄，但司武志信要找的是會議紀錄，如果他們有印出來保留的話。他相信在數位化的世界，愛書人對紙本抱著頑強的執著，只有把會議紀錄印出來像一本書那樣存在，他們經歷過的事才會變得實在，而不是隨風而逝。

這種歷史紀錄不會放在當眼處，所以他首先搜尋書架的頂層，也真的很快被他找到，有大概兩百多頁。

他可以把整份檔案帶走，但會讓凌美晨發現被盯上，所以，他盡快翻閱，把有人名的那頁拍下來，不做多餘的事情。

這些熱血分子一個月開一次會，討論內容不外乎開研討會、開導賞團、討論發展路線、部署行動之類。

林狗催促盡快離開，但司武志信沒理會，繼續看文件。

他們提及用心外壓救回文虎性命一事，和收到他支票時的激烈討論。後來開會人數變得愈來愈少，到最後只剩下四名成員。

雖然戚守仁告訴過他這些事情的大概，但司武志信讀到會議紀錄時，彷彿身處唇槍舌戰的會議裡，看到大家吵得面紅耳赤。

「用心外壓救他是最大失策。」

有人認為說司武文虎捐錢不安好心，他一早想瓦解這個組織，直接付錢讓他們內部分裂，比找黑社會教訓他們便宜，而且能建立願意溝通和開明的正面形象。

半個多小時後，司武志信才離開。手電筒照到門旁邊一張Ａ４大小的大合照時，想也沒想就拍下來。

其中一個女成員的髮型很眼熟，吸引他注意。

很多年輕女孩的髮型都差不多……他安慰自己，把手機鏡頭對著她拍了幾張，再在手機上放大，看到一張他沒想到會出現的臉孔。

不，他沒有看錯，見鬼，是她沒錯。

司武志愛，妳爲什麼會和她們在一起？

34

星期六的欣澳海邊，遊人很多，像露天嘉年華般熱鬧。只要沒有警察在場，很多人都不戴口罩，讓臉孔盡情享受日光浴。幾隻沒有繩索拴住的狗在奔跑，在人群之中自由自在地穿梭，享受沒有束縛的自由。

阿德無法把車停在嗚少的廂型車附近，那裡前後都有車擋著。司武文虎不怪嗚少，混在人群之中是最好的掩飾，他寧願要步行十公尺過去。

嗚少不像上次般站在車外當「女性行為觀察家」，而是一直躲在茶色玻璃窗的車窗後面，只有司機在外面把風。

司武文虎上車後，嗚少拿出一把槍向司武文虎展示。

「這支Beretta 21A體積很小，只要上了保險掣就非常安全，可以放在褲袋裡，不會走火把小弟弟炸開。我和家人去美國時，每人身上都有一把自衛。一把槍裡可以裝八發子彈。後面的冰箱裡面有十盒Remington 22 golden bullet，一盒二十二發，總共二百二十發夠你們練習。放心，我用Remington沒試過卡彈。」

「三十發就夠了。」

「你不要以為開槍很容易，要練的。我可以幫你們安排教練，但除非要像狙擊手那樣用來福槍瞄準五十公尺外的目標。單純自衛的話，在兩、三公尺距離內，你們可以看YouTube影片自學，用罐裝汽水做鏢靶，射中的話很有滿足感。記得，不要學港產片的演員那樣單手開槍，一定要雙手才夠穩。開完槍要留意地上的彈殼不要踩到。」

嗚少用手巾把槍包好，擦掉在上面的指紋後交給司武文虎，又道：「你真的覺得你現在把子彈帶走會比較好嗎？我可以找人送過去。」

「我直接帶走好了。警察不會截停我的車，你的人馬就難保證了。」

「也是。」

「萬一我真的打到人怎樣？」

「恭喜你解決了問題。自衛殺人並不犯法。」嗚少的回答毫不猶豫。

「無牌藏有槍械是犯法的吧？」

「最高刑罰是罰款十萬元及監禁十四年，不過，你是西嶼的土皇帝，誰敢管你？」

「我那裡現在只有五十多人，算不上皇帝吧！」

「和人數無關。你在西嶼最惡，不是皇帝是什麼？回到正題，如果有人聽到槍聲，你就推說是放鞭炮。如果要上法庭，而你殺掉的那個是有案底的黑社會人士，我的律師建議付錢找幾個ＫＯＬ在網路上帶風向，驅使律政司認為繼續進行檢控不會符合社會公義，撤銷檢控終止聆訊。」

「可以這樣嗎？」

嗚少笑出來。

「媽的，大家都是原居民，怎麼你一點膽量也沒有？撤銷檢控這法例本來就是在這種情況用。如果開槍的是你太太，成功率更高。聽我說，如果你嫌麻煩，開槍時又沒外人在場，我建議你用自己的方法處理。香港每年失蹤人口有幾百個，多幾個沒什麼大不了。」

35

司武志信在傍晚回去好久沒回去的西嶼司武家大宅，路況已經變得陌生，必須仰賴導航才能找到正確的路線。

西嶼是禁區，他早就脫離司武家，沒有禁區紙，萬一被警方攔截，他就出示身分證希望能矇混過關。

司武家門外兩旁的樹木長高了很多，形狀也和以前不同。屬於司武家的八座屋子裡，只有一座亮燈。

這裡和以前一樣沒有圍牆沒有欄杆，任何人都可以自由出入。為什麼司武文虎不僱用保鑣？難道他覺得沒人會登門發動攻擊？太大意了，換了是他一定不會省那筆錢。

司武志信把車停在爺爺生前住的大屋面前，下車深呼吸了幾口。司武家裡雖然沒有自由的空氣，但不講究文學意象的話，這裡的空氣遠比樂景灣那邊還要清新。

他兩腳再次踏足西嶼司武家的土地上時，想起在這個地方度過他的童年、少年和青年時代。他記得哪裡有蟻窩、哪個位置輕微突起害他跌倒、哪些位置有淺坑，在雨季時會長出雜草。一切記憶猶新，但他對這裡沒有留戀，就像對自己的童年沒有留戀。那時他會用服從家規換取長輩的讚美，覺得司武家每個長輩都很照顧他，但長大後覺醒，發現這種氣氛是用來製造只會唯唯諾諾的奴才，把人變得和哈巴狗沒有兩樣。

現在司武家裡，不只奴才死得七七八八，連傭工也死光，不知道有沒有替補，或者根本沒人敢來應徵。

他身後傳來門聲，回過頭來，看到一個穿黑衣的貌美中年女人慢慢走近。

司武謝舞儀雖然已經四十三歲，但看來比四十一歲的方雨晴更年輕，仍然很有吸引力，就算是二十歲的小伙子，也會回頭去看她。

「好久沒見了，妳好嗎？」

她半晌後才反應過來：「你來幹什麼？」

「來找志愛。她說要回來拿替換衣物。」

「她的車不在。」她說得毫無感情。

「文虎呢？」

「他在外面，你有事找他？」

「沒有。」

然後兩人對視，沒人再講一句話。司武志信一向多話，這時難得想不到能說什麼。志愛常傳家族生活照給他觀賞，但主要是恥笑。他會放大照片，希望看清楚每個人的容貌在歲月流逝下的變化，但美顏APP把他們不想公開的白髮、皺紋、老人斑、法令紋、膚色暗啞等抹掉。每個人在照片裡都青春長駐，但在他眼中，是一堆在自欺欺人的老傢伙。

司武謝舞儀不用美顏APP，跟他最後一次見面時的模樣已經有了明顯變化。她的眼睛變小，下巴不再那麼尖。然而，她看來怎也不像四十出頭。有錢人只要願意，比要憂柴憂米的人更容易留著青春。

但她始終不是當年他認識的謝舞儀。

「是你幹的嗎？」司武謝舞儀再次開口時，語氣仍然冷冰冰。

「妳說什麼鬼話？為什麼我要這樣做？」他不屑地回答道。

「你心知肚明。」

她早就不是他認識的那個人了，但沒想到她變得蠻不講理。他想要反擊時，志愛的紅色Tesla Model 3剛好回來，結束了這場尷尬的對話。

司武謝舞儀沒等志愛把車停好，就回去屋裡。

志愛穿白T和瑜伽褲，一臉好奇問司武志信。

「我還以為是誰的車停在外面。你怎會過來？太超乎想像了！」

妳做的事才超乎想像。司武志信心想。「我帶妳去吃晚飯。」

「不要吧！」她很抗拒。「我剛開了一個多小時的長途車，快累死了，怎麼現在你又要我出去？」

「跟我來！上我的車。」

志信拉她的手。志愛一直說想做普通人，但別說小姐脾氣改不了，就連生活習慣也一樣。她從來沒有省錢的概念，所有消費都要用最好的，反正負擔得來。

「不，我自己開車。」

他沒帶她去很遠的地方，而是去東涌一間酒吧餐廳。吃完晚餐，他灌酒量很淺的她喝了一大杯酒。她沒有懷疑也沒有提防，沒這必要。反正她醉了，他也不可能打她身體主意，但她的腦袋就不一樣了，他很想挖出來研究裡面在想什麼，也須要看到她的臉部肌肉、眼睛的活動，還有其他身體語言。

「妳在大學裡過得愉快嗎？」

「還好，為什麼問我這個？」她毫無防備地回答。

「有什麼課外活動？」

「沒有什麼特別的。」

「我發現妳和土地公義研究組來往得很密切。」

志愛的表情僵硬了，無法回答司武志信的問題，目光裡寫著「難以置信」四個字，這也是司武志信看到那張照片時的想法。

「我以為你請我吃飯安什麼好心。」她沒有否認。

「妳想不到我知道吧？我也想不到妳和他們在一起，難怪他們知道去什麼地方向文虎抗議，是妳告訴他們的。妳找外人對付司武家。」

「你是開什麼玩笑或者認真的？」她換成嚴肅的表情。

「前未所有的認真。」

「我有什麼動機？」

「妳討厭司武家，當然，還有錢。司武家收入靠租金回報，現在疫情下租金收入減少了一大截。以司武家的作風，如果要削減開支，不是所有人的生活費都減少，而是先向女性成員下手。就像妳告訴我的，在金融海嘯時，所有女性成員的生活費都扣減三分之一。如果司武家大部分成員死掉，妳的生活費不但不會下降，反而會增加。」

司武志信不相信她會這樣做，但須要惹她動怒，失去理智，逼她所有話都衝口而出，知道她到底在想什麼。

志愛的臉果然像燃燒般快速紅起來。

「這是你的幻想。我不喜歡司武家，但我媽沒有講錯，我一輩子不必出來工作的人生，是司武家賜與的。司武家的金援讓我想做任何事都無後顧之憂。我可以買最新款的藍牙耳機、去歐洲旅行、住五星酒店、去逛博物館、買紀念品不必手軟，就算一輩子不工作也沒有問題。你在妒忌我嗎？我覺得你的嫌疑比我更大。」

他相信她的清白，不是因為她所說的話，而是因為他太熟悉志愛了。他看著她從嬰兒變成兒童，再變成少女、大學生和研究生。雖然不常見，但他們一直保持聯絡。她只要講大話就會結巴。這次她面對他步步進逼的突襲，不但毫無退縮，而且能快速反擊。

他再一次討厭自己。他懷疑一切的態度，到底想證明她貪心？或者想證明自己的調查本領高強？

這時，一個手臂粗得像The Rock的中年男人走近他們的桌子，用很不標準的中文問：「小姐，這男人欺負妳嗎？」雖然嘴巴噴出濃烈的酒精味，但沒有掩蓋英雄救美的企圖。

志愛點頭，用假哭聲道：「他把我從家裡騙出來，想灌醉我。」

雖然她講的每一個字都真確無誤，卻會把聽者導向完全相反的方向。她什麼時候變得如此聰明和狡詐？真的太小看她了！

The Rock走過來，朝司武志信的臉揮出一記左勾拳。

司武志信預計這傢伙會動手，所以一直瞄準對方的手。那記左勾拳快要擊中他的臉時，志信快速沉下身子，等那拳在他頭頂上空快速掠過後，再站起來，一掌順勢朝失去重心的The Rock推過去，讓他跌得五體投地。

現場爆發出突兀的零星掌聲。

司武志信的目光搜尋司武志愛，已經不見她的蹤影。她每年都參加馬拉松，又比他年輕，等他追到停車場時，她早就把車開走。難道他要報警說她醉駕嗎？

The Rock站起來，步履蹣跚，卻妄想發動下一波攻擊。

司武志信沒打算再出手，用手指著他，警告道：「分不清女人講的話是真是假，十條命也不夠賠。」

36

司武志愛沒有和志信糾纏，也沒有回西嶼，而是開車回大學的研究生宿舍。

雖然同樣用「回」這個說法，但大學宿舍比自己在西嶼的老家更讓她感到自在，即使這個宿舍遠不如她在老家的房間來得寬敞，但志信不可能來找她麻煩，大學保安會把閒雜人等攆走。

她被志信回西嶼這件事嚇壞了，也被他找到自己是土地公義研究組的成員嚇壞。他是怎樣發現的？會議紀錄上她是用「歐陽芯」這假名為代表。

雖然她參加反丁權組織，但其他人開始時並不以為她認真。直到她們聽了她的理由是討厭男尊女卑後，安慰她說：「我們一樣也沒有丁權呀！」她們並不認為她缺少什麼，而是認為「原居民的女性後人不可以和男性後人一樣蓋三層高獨立屋」這個制度上的缺失，在香港這個超高樓價、很多人買不起房子的城市裡，並不是歧視女性。有人譏諷她的煩惱跟「不知道去哪一間米其林三星餐廳」、「Uber司機不夠帥」、「指甲油顏色跟衣服不搭配」一樣都是champagne problem，是富裕階層才會面對的煩惱。相對失業、吃不飽、沒地方住等基本民生問題，她面對的根本不是問題。

不過，這天另一件教她震驚的是，志信和司武謝舞儀發現她出現時，反應都很不尋常。

司武謝舞儀臉容繃緊，急於離開，要和司武志信劃清界線。

司武志信對志愛回來的反應不是「妳終於回來了」，而是很不自然。志愛見過這種表情。有次她去東涌的戲院看電影時，撞見一個女同學和俊朗的導師牽手等進場。兩人很快鬆開手裝作若無其事，卻被尷尬的表情出賣。

那兩人這天不像是第一次見面。

怎麼可能？

司武志信怎會見過她？兩人以前認識嗎？

司武志愛洗澡時突然想起，司武志信以前做過娛樂版記者，司武謝舞儀不是說自己曾經擔任過電影發行工作嗎？

她離開浴室坐在電腦前時，仍然用毛巾包頭。她在google裡搜尋兩人的名字，沒有結果，不奇怪，《香港時報》倒了，一點痕跡也沒有，彷彿從來沒有出現過，但凡走過必留下痕跡。只要存在，她一定能找到。

37

只要司武志信回家，Leo就會迫不及待地撲向他，用搖到快脫落的尾巴表達快樂。這晚也不例外，但無法把快樂感染給他。

「你怎麼一身酒味？」方雨晴學Leo般走過來，也學Leo般嗅他的身體。「去和誰喝到現在？」

「我表妹。」

「你灌醉她想幹什麼？」她驚問。

「盤問。」

「問出什麼嗎？」

他搖頭，洗完澡就直接上床。Leo繼續選擇睡在她旁邊的地板上。

他還未閉眼，她就靠過來，不只乳尖貼緊他的背，也用長腿勾住他，發出求歡訊號。

司武志信這天看到謝舞儀在先，和志愛對質在後，心裡混合興奮和挫敗等複雜的情緒，也不想在和方雨晴交歡時，想到謝舞儀。

雖然方雨晴知道自己很多祕密，但最大的祕密，他永遠無法啟齒。她沒有放棄，握著他下面，輕輕地套弄。他感到無可避免的膨脹，也無可奈何召回和謝舞儀在一起時那幾個月的記憶。

「在妳招待我看的電影裡，以這部最難看。」他有次終於老實不客氣說，但不是在電影散場時。

按慣例，散場後，謝舞儀會和兩個宣傳人員站在戲院的大堂，恭送出席媒體招待場的部落客、影評人和記者離開，並鼓勵他們在平面媒體和社交媒體上為電影講好話。

他對高眺也長相甜美的她很有好感，對她講的話比對其他宣傳人員講的要多。

他們聊天的地點不只在戲院裡，也在網路上，開始時是在對方臉書的動態下留言，後來有些電影發行的內幕她會和他私訊分享。

她向他抱怨好些她接待的外國明星非常大牌，挑剔得過分，要在五星級酒店的房間做訪問，一定要用她們帶來的攝影師、化妝師和髮型師，男明星更是以開玩笑的口吻要她陪他們過夜。

「替愈多電影擔任宣傳人員，就愈對明星失去幻想。」她不無慨嘆道：「他們可以在你面前講一整晚假話也不眨眼，把你騙得暈頭轉向。有個香港的新晉女星在訪問時說自己是宅女，所以交不到男友，但她其實喜歡集郵，我不只一次見過她戴上帽子和不同男性在中午去看三級片。」

「怎可能？不怕被認出來嗎？」司武志信問。

「那個時段的觀眾都是老人，怎會認識她這種後生女（年輕女生）？」

後來兩人聊的話題超出電影和娛樂圈八卦，她會向他抱怨超時工作，像有時陪明星謝票後只能搭的士回家，但這不是問題，找不到地方吃宵夜才是。

他聽懂她話裡的意思。女人很多話不會直接說。一個月後，有部她負責的電影謝完票已經是十二點半，他特地帶她前往一間開到凌晨四點的點心店。

他為她搜羅了通宵營業的茶餐廳和粥麵店名單，和最後他們註定要去的，時鐘酒店（炮房）。

他們之間的關係並不明確，既不是男女朋友，也不是工作伙伴。持續了大半年後，她就以工作忙為理由，減少和他見面，連互傳短訊也愈來愈少，最後漸漸斷絕了來往。

只要女人不理你，你一是乾淨俐落地從她的世界裡退場，一是死纏爛打下去變成不受歡迎甚至變態的跟蹤狂，也許有第三條出路，但他不敢去想。

身為記者，他太清楚行家追求銷量時下筆的冷血無情，和享受把目標人物寫到走投無路的快感。很多傳媒工作者因掌握生殺大權而變得飄飄然，所以他絕不會讓自己變新聞主角。

他也搞不清楚，和她之間到底是意外上床的朋友，或者互相從對方身上取暖，但不管是哪一種，任何一個在他生命中出現的女性，都或多或少改變了他人生的軌跡，或者對世界的看法。他感謝願意接近他靈魂深處的女性。她們讓他不感寂寞，也豐富了他的人牛。

他後來從訪問藝人的娛樂記者變成跟蹤藝人的狗仔隊，就是受她啟蒙。為藝人宣傳，雖然受藝人歡迎，但他覺得自己只是替那些人塗脂抹粉。把剛在酒店和粉絲打完炮，說成獨自在酒店餐廳享受完英式下午餐，這種所謂報導不是美化，而是扭曲現實。讀者需要的，到底是完美無瑕的偶像神話，或者有血有肉的真相？

他變成狗仔隊後，堅守「不抹黑不無中生有」的大原則去揭發真相，雖然因此變得人見人憎，但是有個讀者在報紙的網站留言讓他感到欣慰。

「這些報導讓我們看清楚自己盲目追捧的偶像是如何不堪，沒有演技也五音不全，只是靠埋堆（融入某群體）或公司用銀彈力捧而暴得名利，我寧願去支持有實力也有人品的演員和歌手。」

這是他最喜歡的一則留言，截圖留了念。

說來慚愧，在從事記者的十多年期間，狗仔隊那幾年是他人生最有滿足感和最有光采的歲月，那也是他經歷過最生猛有力也最精彩的香港。

後來司武志信收到志愛傳來文虎的請帖，看到謝舞儀的名字時，以為只是剛好同名的人，直到看見志愛傳來兩人的婚紗照，才覺得世界太小。

他不是不相信世界沒有巧合。他有個前輩曾經遠赴東京的五星級酒店追蹤某天王和緋聞女友遊日本，結果意外發現某高級官員和婚外情的紅顏知己在酒店大堂出現，態度親暱，最後高官自承感情缺失而辭職。前輩憑那個獨家新聞立大功，拿到大筆花紅。

司武志信早就脫離司武家，就算沒有，也不會出席兩人的婚禮。他們不可能相認，否則大家一定會問個究竟。

他不會想不到藉口，但不想給自己添加麻煩。

本來他以為和她的故事早就結束，不會有續篇，沒想到在她結婚兩年後，意外接到她的電話說約出來見面，去一間在尖沙咀赫德道的酒吧餐廳。那裡的顧客以外國人居多，也有live band，非常熱鬧。他和她在那裡一起度過的唯一聖誕節，享受豐盛的美食和美好的時光，然後轉往酒店，她把他當成馴鹿策騎。

這一幕仍然清晰地浮現在他腦海中，他也懷念不已，但她的身分已經不一樣，他們有不可逾越的親戚關係。他能帶餐廳裡所有十八歲以上的女人去酒店，就是不能碰她。

「只有我們兩個？」他問已為人婦的她。

「當然，你不想見到我先生吧？」

聽到她說「我先生」而不是「文虎」時，司武志信就知道她已經被司武家那套規矩洗腦。嫁進來的女性成員沒有自己的名字，而是「司武太太」，或者冠夫姓的「司武謝舞儀」。她沒有自己的想法，而是要聽從「我先生」的意見。

華人社會重視家庭裡每個人的角色和彼此之間的關係，會給不同的稱謂：爺和公、叔和伯、兄和弟、表和堂。長幼有序，後輩必須服從長輩和前輩，女性也要服從男性，女家親戚被歸類為外家。種種規則都在維護以年長男性為核心的家庭結構。

雖然理性上很清楚不應該和她去吃飯，但小頭也有自己的想法，覺得她找他見面，不會只去餐廳吃飯，說不定還有後續的活動，讓小頭也有發揮的空間。

她再次在他面前出現時，仍然美麗如昔，而且擁有年輕時沒有的成熟美。

他喜歡成熟的女人，無可救藥地。

「你怎麼一直盯著我看？」她失笑地問。

「好久沒見，要看清楚妳變成怎樣。」

「就是老了和胖了，我有自知之明。」

他和她很快就恢復熟絡，就像剛認識不久時那樣，兩人都對彼此有好感和好奇，想看清楚對方眼睛後面的靈魂。

「我在六人晚餐裡聽到我先生說他姓司武時，就知道一定是你的親人，可惜，你沒來婚禮。」

「我給妳的名片上我都是姓劉，妳怎知道我姓司武？」

「有次你在餐廳接電話，我聽到你報上姓名。」

兩人閒聊了一陣，司武志信慢慢把主題引向他要知道答案的問題。

「妳在司武家過得好嗎？」

她凝視著他，沉默了許久，最後輕輕搖頭。

司武志信不禁皺起眉頭，深深感受到她的困境。

「如果妳在結婚前聯絡我，我會教妳不要嫁進那個家裡。」

「我沒想到會這麼難搞。」

「用『難搞』來形容實在客氣，我會說住在裡面的人在精神上仍然停留在封建社會裡。妳想離婚嗎？」

「不會了，我媽有病，須要龐大的醫療費用，我非常須要司武家的金援。」

她的坦白他不意外，她對他向來都是非常直率。

「妳怎會認識文虎？」

「我有朋友開公司舉辦六人晚宴，司武這個奇怪的姓氏在我的朋友圈裡流傳，大家都說這姓氏極其罕有，那時我以為是你，雖然年齡不符，但也自告奮勇報名參加。」

「爲什麼妳不直接聯絡我？」這句話他快到嘴邊，但最後被吞下肚裡。

如果她要找他，他們就不會失聯多年。

文虎會報名參加的六人晚宴，一定是在五星級酒店裡的米其林餐廳舉辦，價錢貴到令人咋舌那種。那是給有學歷的美女釣金龜的場合。

他不會批評她的選擇。

在「笑貧不笑娼」的香港，男人給分成不同等級。他這種做記者的，雖然願意伸張正義，關懷弱勢社群，但極其量只能擔任男性朋友或床伴的角色，文虎那種多金的男人才是成為丈夫的材料。兩人會傳宗接代，給孩子接受良好的教育，也可以在孩子出生前就能保障日後的人生一帆風順。

這時台上的菲律賓籍女歌手用低沉的嗓子唱起Louis Armstrong的《*We Have All the Time in the World*》。司武志信呷了一口酒，保留那個苦澀在舌尖上。幾年來，他身邊的女伴一個換一個，大家各取所需。謝舞儀嫁給他最意想不到的人。他們雖然重逢，但之間沒有未來。

謝舞儀聽得陶醉，就像他們上次來時的表情，但和上次不一樣，他沒有和她去酒店，即使文虎和朋友去了北京考察，他也只能放手目送她開車回家，獨守深閨。

從第二個月開始，他們的祕密約會變成一星期一次，時間改為下午，地點改在香港島。謝舞儀陪同司武文虎出席了兩年活動，很清楚他們那個階層的社交圈子和活動範圍，能夠避開那些可能會被他們碰到的場所和時間。

司武志信愈來愈感受到他們之間不會是單純的聚舊或純友誼，而是像星火逐漸燎原的曖昧情愫，他們早晚會有事情發生。

第三次星期一約會後，他和她去附近的酒店，去做他想了好久的事。她的床上技巧本就很棒，現在比以前玩得更開，尤其是騎功非常了得，但拒絕用口。他沒多久就一洩如注，把所有慾望毫無保留射出來。她從他下面取下使用過的保險套，拿來秤量他的「成果」。

「你射了很多呀！現在有床伴嗎？」

「好久沒有了。最近妳成為我的性幻想對象。」他不是開玩笑，但敢賭她不會相信。

「我也一樣。你做得很溫柔，不像我先生。」

本來司武志信對其他男人的床上表現不感興趣，但自家人就不一樣。

「他怎樣？」

「很粗暴，和外表反差很大，像變成另一個人似的。」

「也許是壓力大。」

「他不用工作有什麼壓力？」

「男人的壓力並不是只來自工作。中年人的壓力來自很多方面，也許是中年危機，覺得自己不再年輕，肉體衰老，怕很快變老，妳比他年輕超過十年呀！」

「這也是壓力？」

「當然，他會覺得自己很老，另外，他現在有為司武家傳宗接代的壓力。」

這是他聽志愛說的。他考慮到和謝舞儀的關係不能見光，因此沒向她透露自己和志愛一直保持聯絡。這是他從事記者多年的經驗——或者說，壞習慣——保護消息來源。

在不知第八次或第九次床上活動做到一半時，她輕輕把他推開，用手套弄他一陣後，抽走保險套。

「放心，我現在是安全期，只是想要更舒服一點。」

她的M型腿張得很開，讓他挺進去後，她放肆地喊叫著，口出淫語，下身前後擺動，激起他強烈的慾望，他非常舒服和興奮，被磨擦得愈來愈粗大和硬後，她的動作從溫柔變得激烈，雙腿更像蟹箝般夾著他的腰，把他送進她最裡面，再從四面八方壓擠他。

他感到無比的享受和刺激。

雖然努力忍著，但他很快就發射得一滴不剩。

星期一約會再持續了五次後，她就沒再聯絡他，像當年一樣，俐落地斬斷和他的一切聯絡。

他也和上次一樣沒有死纏爛打，乾淨地退場。

他早就知道會是這種結果，不然還能怎樣？難道繼續下去被其他司武家成員發現嗎？不過，就算明知是這樣的結局，他也不會抗拒，就算她再邀他出來也一樣。

不是所有事情，都能夠用理智去解釋。

她會永遠在他心中佔據一個重要位置。

幾個月後，志愛傳了一張陽性驗孕棒的照片過來，高興地說：「司武家後續有人了。」

幾年不見，她不但床技更加高超，連手段也變得厲害。

可是，當你喜歡的女人在做愛途中要求你無套內射，有哪個男人能抗拒？而且他早就渴望和她之間連那零點零幾公分的薄膜也可以消除。

現在平心靜氣分析，事情很簡單。一家之長的文虎不會認為自己的精子出問題，他這種男人總是把所有問題歸咎在女人身上。試管嬰兒這玩意，不知道是文虎無法接受，或者司武謝舞儀嫌打針催卵太辛苦，最後就想到借種這一招。只要是志信的精子，提供的就是司武家的遺傳基因。她的孩子仍然是司武家的孩子，長相也會和司武家成員接近，不會惹人懷疑。

當然，那個孩子也可能擁有司武家的遺傳病，和司武家的固執和守舊。

他希望她一索得男，否則她又要面對為司武家添丁的壓力，說不定又會再向他求助。

說實話，他很喜歡和她做愛，盡情享受肉體歡愉，可以射後不理由文虎負責教養和供書教學，但想到她接近自己的真正目的，就感覺自己被利用。她說的話都不是真心話，只是為了達到她的目的。

她從來沒真正愛過自己這點，讓他很介意。

雖然在她裡面無套射了超過十遍，但他更討厭被欺騙。

幸好，她肚裡的是個男孩。

司武家所有成員都高興不已，包括志愛。他想告訴她，就算是女孩，司武家也應該高興，不應該因為性別而厚此薄彼。

即使他不喜歡司武家，但總算幫了他們一把。

他想過把志愛傳來的志慧照片存下來，但感受卻愈來愈複雜。雖然幫司武謝舞儀完成任務，雖然那孩子擁有自己的基因，但永遠不會叫自己作爸爸。他也沒有命名權，志慧的名字由文虎選取，根據族譜，是「志」字輩。

司武謝舞儀沒有通知他成為父親，彷彿他就只是個匿名的捐精者，只負責提供精子。

直到兩到三年前，他的想法才出現變化。

所有生物的存在意義都是傳播基因。好多生物完成交配的任務後，生命就走向終結。

就算他無法和志慧相認，但志慧的出生，讓他並不精彩的人生找到存在價值。

不過，現在一個可怕的想法在司武志信腦海冒出來，逐漸成形。

在司武家攞家宴前一個月左右，幾乎所有人都去玩那個超蠢的基因遊戲，希望找出家族裡不良的遺傳基因、整理出整個家族樹出來，找出他們所不知道但有血緣關係的人。

志慧擁有司武家基因沒錯，但如果被發現不是文虎的兒子，就要找出誰是經手人，所以，害怕被發現的司武謝舞儀，擁有強烈的殺人動機。只要死的人不只文虎一個，就沒有人知道這次大屠殺的真正目標和企圖。

所有司武家的人都知道司武文虎急於在防疫政策鬆綁後舉辦家宴，但她是除了文虎和阿德外，第三個知道家宴舉行日期的人。在文虎聯絡筵席專家之前就知道，也有充裕的時間去準備。

不知道她怎樣去找人下手，不過，她本來人脈就很強，有錢的話，更多門道會為她打開，不管合法或者非法。

文虎沒死去，這表示她的行動尚未結束。

司武志信不確定自己是否在她的死亡名單上，但繼續調查她，到最後就是調查自己。為司武家滅門大屠殺找出真相很重要，但不讓自己萬劫不復更重要。

又或者，就算自己萬劫不復，也要為司武家滅門大屠殺找出真相？

38

第二天早上八點，手機訊息聲把司武志信吵醒。他打開訊息，看到志愛的簡短訊息。

「今天早上十一點，在『失眠』書店碰面。」

「妳在玩什麼花樣？」他問。

她不可能找到他和謝舞儀的連結。《香港時報》倒了，整個網站連同所有新聞都消失，這個重要的香港新聞資料庫消失是香港人的損失，卻也抹掉他的過去，永遠不為人知。

「你來就知道，還有，不要吃早餐。」

「妳要和我吃中午飯嗎？」他不解地問，感覺很不對勁。

「對。」她的回答只有一個字，不帶任何感情。

他把手機放回去的動作沒有喚醒昨晚和他翻雲覆雨的方雨晴，但驚動了Leo。牠走到他旁邊坐下，瞪大眼睛向他索取早餐。

他看著牠，微笑著。只要你養寵物，替牠們解決問題成為家裡最優先要處理的事項。

志信比預定時間早十分鐘抵達「失眠」門口，卻發現比營業時間提早整整一個小時。這是他第三次造訪，每次的理由都不一樣。第一次是收集情報，第二次是爆竊，而第三次，他很快就會知道。

他推開大門，裡面非常安靜，和半夜闖進來時不一樣，白天的空蕩給人一種寧靜和洗滌心靈的感覺。

書一本本靜靜地站在書架上，等待讀者翻閱。他像闖進一片未被人類入侵的森林，不，志愛坐在窗邊的沙發上，向他招手，臉上沒有以前那種親切的笑容。

司武志愛指示司武志信坐在她對面，中間隔了張小茶几。

她討厭盤問親人，但他昨天就盤問過她，她沒有理由對他客氣，而且有些事情必須搞清楚。

若論盤問技巧，她一定不及他這個私家偵探，但她有證據在手上。

「為什麼你不告訴我們你早就認識司武謝舞儀？」她沒用過這種嚴肅語氣向他說話。

「有什麼好說？她只是我在網路上認識的朋友，不用備案。我的交友狀況和司武家無關。」志信雖然回答，卻閃避她的問題。

「不，你們不是單純的網友。」

她給他看iPad上一個截圖，是她在偉大的Internet Archive裡找到的。

志信輕輕發出「呀」一聲。他不會不知道那個網站，只是沒想到她會找到。

那是志信在十二年前在《香港時報》的娛樂版任記者時寫的一篇訪問稿。他用的不是本名，而是「劉志信」這個筆名，也是後來他跑江湖的化名。

這不是只有兩、三百字的短訪，而是接近兩千字，並附上照片。主角是志愛沒見過，很年輕，還沒冠上夫姓的謝舞儀，在一間電影發行公司任市場推廣經理。

「為什麼你不參加她和文虎的婚禮？你不是應該替她高興嗎？」

「她結婚時，我已經沒再和她聯絡了，也脫離了司武家。妳忘了嗎？」

「你和她交往過嗎？」她單刀單入。

「她大我七年呀！」

志信不耐煩地回答，把她氣炸。年齡早就不是男女交往之間的障礙。

「炮友？」志愛的追問更加尖銳。

「開什麼玩笑？我的生活很檢點。」

志愛不相信他的話，從手袋裡抽出一個窄長的透明膠套，放在茶几上，裡面有支口腔棉花棒。

「這是什麼意思？」他一臉無辜地問。

「你是私家偵探會不知道嗎？如果你不合作，我就告訴文虎。」她威脅他說。

身為司武家的女兒，她除了學會花錢時大手大腳，就是各種形式的勒索，不管是情緒勒索或涉及恐嚇的勒索，要起來毫不手軟。

司武志信踏出失眠的門口三次，每次的心情都不一樣。

第一次是準備爆竊行動，第二次是拿到情報，第三次是被發現和謝舞儀通姦。

拒絕測試等於承認，所以他凝視桌上棉花棒很久後，最終決定接受測試。

他推測，司武謝舞儀和自己上床時，為免被文虎懷疑，所以一定也會和文虎行房。這是在兩張床上發生的３Ｐ，所以，那個孩子的Ｙ染色體，到底屬於自己或文虎，恐怕連司武謝舞儀也無法確定，也不會去找出真相。

他就是賭志慧其實是文虎的兒子這個機會不大的可能性。

其實，就算志慧是自己的兒子又怎樣？司武家沒剩下多少人了。

在文虎眼中，志愛是女人，所以她的想法不重要。志義雖然會恥笑這種荒唐的事，但這人的想法同樣不重要。

以文虎的個性，家醜不會外揚，當然也不可能控告志信。他會怎樣對付司武謝舞儀，就是他們兩夫婦處理了。

司武志信還有另一個想法：司武文虎早就知道這件事，老羞成怒，所以向家人動手。

不，他根本不需要動手，只需要離婚就可以。他有的是錢，可以解決很多問題，包括命令她閉嘴。

現在司武謝舞儀不知道志愛發現兩人的姦情，他是不是該通知她，讓她有心理準備？

不，如果她進化到敢狠下毒手，就不用他擔心。

要不是戚守仁要他去查書店，他就不會發現志愛跟那個組織有關。如果不是他盤問志愛，志愛也不會反過來查他。

這是自作自受？自尋煩惱？或者自作孽？

司武志信懷疑戚守仁知道司武志愛和「土地公義研究組」有關係，連棋局也擺好，所以主動聯絡他，指示他找出真相，再大義滅親自己解決。

但若戚守仁發現大火燒到他身上，肯定會認為案發時不在場、討厭司武家、和堂嫂通姦生子、要掩人耳目、長期遊走黑白兩道的他，比謝舞儀和志愛擁有更完美的殺人動機。

39

「被告李少榮被控告五十六項謀殺罪，案件押至下月十四日再訊。由於案情嚴重，被告不准保釋。」

阿東和其他香港七百多萬市民一樣關心這件轟動全港的案件，但焦點不同。不是「凶手」會受到什麼懲罰，而是希望這個替死鬼會揹好黑鍋，案件永遠不會牽扯到他身上。

阿東和司武家無仇無怨，只是領錢辦事，反正他不幹，一樣有別人幹。他接下來的話，會嚴格遵守江湖道德，就像禁止手下殺掉女人前先來爽一遍。

這無關節外生枝或製造不必要的風險，或者不做客戶沒教你做的事，而是像穆斯林一樣，認為屠宰動物取肉時必須謙卑，不得凌虐動物，也不可讓動物看見牠的同伴被殺，減少動物死亡時的痛苦。

這次下毒雖然讓人要痛苦幾個小時才死去，但阿東已經盡力，這是最不血腥的手法，也是最不容易讓他們身分暴露的方法。

手下比他更關心案件進度，經常透過WhatsApp問：「我可以回來嗎？」

阿東知道，一日未宣判，就一日有變數。不能排除警方可能會利用這種方法等他們鬆懈，在機場和各邊境口岸等待疑犯回來。

這想法當然有點神經質，但阿東信奉小心駛得萬年船。

「你急著回來做什麼？喜歡戴口罩嗎？等那人坐牢再說。」

40

過了二十四小時，司武志信仍然沒有收到志愛的短訊。

他多次查閱不同化驗公司的網站，只要願意付出額外費用，最快二十四小時就可以知道親子鑑定的結果。

她是不是在盤算下一步的行動？

接下來四十八小時裡，他也沒有收到她的短訊。他開始生疑，為什麼志愛沒有聯絡自己？她在打什麼主意？

經過七十二小時了，不只夠做親子鑑定，也可以做「Y染色體DNA排除檢測」，也就是「以DNA科技調查兩位或以上的男性有否相同祖先血緣關係或是否擁有共同父系關係」，目標只限男性。

志慧和他都符合資格。

再過了二十四小時，他終於收到回音。

「不知道是不是要恭喜你，志慧不是你的兒子。」

沒有「不好意思」也沒有「抱歉」。

那個在他心裡盤踞了很多年的想法被推翻，志慧竟然是文虎的兒子。

不過，謝舞儀會否由於不確定，出於自保，繼續展開她的殺人計畫。

他不確定應不應該把這個推測告訴志愛。

知道志慧不是自己兒子，司武志信百感交雜。他的基因後繼無人，彷彿仍然沒找到自己的人生意義。

司武志愛很不滿意化驗公司的答案。

那個「那兩個樣本有親屬關係，卻不是父子關係」的通知電郵，像摑了她一巴掌。

她馬上打電話過去查詢。「怎可能？」

「我們用的是最先進的基因鑑定方式，出錯機會率是五百萬分之一。如果妳需要其他協助，歡迎隨時聯絡我們。」對方很快掛線。

換了在幾年前，司武志愛會大力摔手機以發洩心頭之恨，現在她進步了，只是把手機高高舉起，輕輕放下。

她好不容易找到司武謝舞儀和志信之間的關聯……別騙她說兩人不認識，否則他就算討厭文虎，也不會缺席朋友和文虎的婚禮，甚至，會在謝舞儀婚前勸她千萬不要嫁進司武家，寧願婚事告吹，也不會眼巴巴看著她羊入虎口。

司武志信就是很頑固，才這麼討厭司武家。

那兩人一定是炮友關係，甚至在司武謝舞儀嫁進來司武家後還維持著關係。她的直覺不會錯。

她不會懷疑基因化驗出問題，也不會認為司武志信和司武謝舞儀之間沒有姦情，只是剛好志慧不是志信的兒子。

志信是她在司武家裡唯一談得來的家庭成員，為了找出真相，她不惜和他鬧翻。現在鬧翻了，卻沒有找到真相。

她開始後悔自己的決定。她什麼時候才可以控制自己衝動的個性，不會再做蠢事？有時媽媽罵自己任性，還真有道理，想到以後再也收不到媽媽的電話和短訊，她又沒由來地痛哭。

冷靜下來，她倒是想到另一件事：為什麼他們司武家在一個多月前做的家族基因檢測遲遲沒有結果？

第九章／宴會兩星期後

41

阿東回到墳場，雖然裡面仍然有無人打理的墓碑，陰天時不知在哪裡角落裡傳來的鳥聲，和自己在迷路時加快的心跳聲，但董小姐一口氣把價錢提高到五倍，這個誠意動搖了阿東堅拒不出的決心。

雖然在黑暗世界裡打滾，但阿東一點也不渾渾噩噩，希望存款額早日達標，早日金盆洗手，遠離險惡的江湖，甚至可以擁有自己的家庭。

董小姐比他早到，穿過墓群之間走過來，彷彿這裡不是墳場，而只是模仿墳場的主題公園。

「這次目標只有一個，司武志信。」董小姐開口說道。

阿東記得那個私家偵探，找人跟蹤過他。他一個人住在樂景灣，有隻巴哥狗，和一個三十多四十歲的女人同居。

那傢伙警覺性很高，不好對付，必須一擊即中，否則他有提防後就很難再動手。

阿東的手下早前不斷問什麼時候可以回來香港，現在反而在東南亞夜夜笙歌，樂而忘返，不想回來香港這個規矩多多的口罩之都。

「那傢伙很難對付，我要換另一批人動手，沒這麼快能完成任務。」阿東皺著眉說。

「不行，客戶指定要在兩星期內完成，否則你將無法拿到尾期。」董小姐態度強硬地回應道。

「這是什麼理由？我沒接過這麼急的生意。」他說得漲紅了臉。「妳這樣是壞了規矩。」

他不想和她吵得面紅耳赤，但說到錢上面就不吵不行。

這也是他認為和董小姐保持目前距離的理由。他們不能變成家人。

「只要錢多，客人可以訂各種規矩，不是嗎？」董小姐語氣不悅地說道。「我已經幫你由一星期爭取延長到兩星期。不多說，你盡快開工，不完成的話，我也拿不到尾期。」

42

司武志信把車停在欣澳地鐵站外面，再掃八達通進去閘後的付費區域。戚守仁約了他在裡面。

乘客可以在這個站轉迪士尼線前往迪士尼樂園，因此車站的設計和空間感非常好，月台種了椰子樹，頂棚設有拉膜天幕，營造出夢幻般的氛圍，月台上也會播放他說不出名堂的迪士尼風音樂，讓人一點也不覺得置身於香港。

迪士尼提不起他的興趣，但站內的石灰岩磚牆中蘊藏億萬年前的古生物化石，據說吸引遊客特地來觀賞，也據說會被車站職員驅趕，否則要收罰單。

這個站另一與眾不同之處，就是車站車程五分鐘內沒有商店也沒有住宅，完全不符合香港人追求的經濟效益，原因是迪士尼要求在樂園內不能看到任何外面的建築物，以保持樂園的夢幻特質，就像這個地區原名「陰澳」但迪士尼認為太陰沉所以改名為「欣澳站」英文名叫Sunny Bay Station，因此欣澳站的存在價值就是很單純的交通接駁點，除了接駁迪士尼線以外，站外可搭乘巴士前往香港口岸旅檢大樓，再轉乘跨境直通巴士「金巴」利用造價超過一千億人民幣的港珠澳大橋前往澳門和珠海。

司武志信踏足月台時，月台上擠滿離開樂園的人，有些在頭頂戴上米老鼠的大耳朵，有些挽著印上樂園標誌的塑膠袋。沒人會注意坐在月台長椅上的戚守仁。他換上運動裝，戴上鴨舌帽和太陽眼鏡，不讓人看出他只有一隻眼睛能視物。

「有進展嗎？」戚守仁問。

「你告訴我反丁權組織時，其實心裡有底，對嗎？」司武志信反問。

戚守仁不否認地點頭。「我本來只是單純覺得那是警方沒調查過的方向，值得調查，沒想到發現意想不到的連結，揭開了你家一些不為人知的祕密。」

司武志信不會透露自己幾乎被他害慘，但他又怎會想到自己和司武謝舞儀之間發生過的事？

「但我找不到證據證明是司武志愛幹的，也不認為是她幹的。你還有什麼其他的調查方向？」

「其他的話……」戚守仁盯緊他雙眼。「我會再調查你，查你的仇家，也會查你的手機，把你的內內外外都翻出來，你這個司武家的黑羊是頭號嫌疑犯。」

司武志信覺得好險。「正好你認識的人就是凶手，這不是太巧合了嗎？」

「我不管巧不巧，但每個人我都會懷疑，包括司武志義。你知不知道他有多麻煩？」

「我表妹說他常流連夜場，上次家宴時還帶了一個有貓刺青的女子回去。」

「對，他和你不一樣，聽說男女關係很複雜。他在夜場經常因為女人而和其他人爭吵，甚至動起手來，由於雙方都不提告，所以最後警方只能提出口頭勸喻叫他們克制，但要勞師動眾過去。很多伙計都說送這種麻煩人物去坐牢最乾手淨腳。」

「這倒是沒錯。我支持你們這樣做。」

「幾個月前，他和一個朋友鬧翻。那個人外號叫老虎仔，和他是中學同學，曾經稱兄道弟，兩個多月前兩人開始不和。沒人知道原因。老虎仔的老頭是黑道人物，十多年前在街頭被刀手斬了十幾刀失血過多而死。聽說老虎仔這人自尊心極強，神聖不可侵犯，一個玩笑就會撕破臉。」

司武志信從經驗發現，「有其父必有其子」這句話非常真確，不一定指父親混黑道兒子也會跟隨，有些人見父母或其他親友一輩子都在過刀光劍影的人生後會下意識遠離江湖，追求平靜的生活。

但老虎仔沒有這種覺醒，反而繼承了父親留下來給他的黑道人脈。他和司武謝舞儀一樣有幹掉司武家全家的動機，而且不用煩惱怎樣去找打手。

「司武家出事後，老虎仔就躲在樂景灣，做你的鄰居。」戚守仁的眼睛露出淺淺的笑意。「但我不確定情報的真偽，你要自己去查。」

43

和住高樓大廈的司武志信不一樣，老虎仔住——嚴格來說是躲——在樂景灣樂蜂道五十四號的獨立洋房裡。

從司武志信的家走過去需要二十分鐘。

那屋子位處山腰，環境清幽，外觀優雅，大門對著行車路，平均半個小時才有一台巴士經過，其他偶爾經過的多是居民代步的高爾夫球車、網店貨運車和保安巡邏車，要十分鐘才會有行人經過。

一個人上幾輩子不知道要做多少好事才能在香港住到這種好地方，但現在裡面住了一個涉嫌手染五十六條人命鮮血案件的黑幫分子。

司武志信在山頂和山腰之間的人行道找到一張隱身在一棵大樹之下的長椅，可以從幾棵大樹之間遠眺那間洋房，但要先清理掉長椅上的落葉、枯枝和鳥糞，才能把長椅變成他的基地。

他帶了四部航拍機接力偷拍。

五十四號洋房後面的戶外空間裡有個小花園，外面是樹木茂密的山坡，無法從底下出入，保安度很高，難怪老虎仔會挑這種地點躲藏。

他從早上八點等到下午兩點十九分，才看到一對男女出去小花園抽煙。那男人很瘦很黑，發現航拍機後馬上返回室內，但容貌已經被拍下來。

他截了幾秒鐘影片傳給戚守仁，十五分鐘後得到回覆：「雖然曬得很黑，但肯定是他沒錯。身邊的女伴好像不一樣，不確定是胖了不少，或者轉換了口味。」

「下一步？」

「情報說他躲在樂景灣不是沒有理由，好些鬼仔會向他買『香水』[12]。如果你看到有可疑人物進去，就拍片給我，這樣我們才出師有名。」

「我留意了六個多小時，沒見過有人進去，也沒見到有航拍機飛出來送貨。」

「你再耐心等待吧！」

司武志信又在長椅上坐了兩個多小時，仍然沒有發現什麼屋內有異常，倒是有一個巡邏的保安從山頂走下來問他在做什麼。

「我只是想多享受我們這個社區的空間。」他回答。如果有需要，他可以理直氣壯亮出「樂景灣居民證」。

「這個位置太僻靜，入黑後發生過老笠[13]，你自己小心。」保安說罷繼續巡邏。

司武志信在社區群組知道樂景灣有幾個罪案黑點，這是其中之一，所以就算在自己住的社區裡活動，也沒有鬆懈，帶了一條鈦合金行山杖防身。就算以一敵二，他也有勝算。

夜幕降臨時，他發現這輩子從來沒試過站在郊外一整天看著天色的變化，最後目送太陽沉進大海。一陣莫名的哀傷緊緊包圍他。更哀傷的是，不是所有人都能感受到這種哀傷，只會認為他多愁善感甚至無聊。

這天他除了確定老虎仔的藏身地點外一無所獲，但也只好收拾裝備，打道回府，好好跟Leo和方雨晴互相陪伴。

不料這時有兩個男人沿路從山腰走上來，都戴上黑色單車頭盔和口罩，很不尋常。樂景灣有至少三分之一居民是外國人，他們崇尚自由，不戴口罩，影響所及，就算華人居民騎單車也很少戴口罩。

---

12 香水：即氯胺酮（Ketamine），又稱K仔，在台灣被稱爲「褲子」或「下面」。

13 老笠：即「搶劫」（robbery）。「笠」字來自「robbery」中的「rob」諧音。

這兩個男人顯然不是樂景灣居民。

區外人會特地進來樂景灣騎單車，但不會在晚上，更不會用這種裝扮。

司武志信改變路線，打算取道山頂離開，沒想到又有兩個打扮相若的單車手走下來，都手持長條狀武器，準備上下夾擊。

媽的，出動到四個人想要買他性命！老虎仔也夠狠了。

司武志信沒有「要等對方出手才反擊」的迂腐想法，開玩笑！那四個人不會給他機會還手。他放棄航拍機、鈦合金行山杖、背囊和裡面的筆電。這時保命要緊。他從長椅前面的斜坡連奔帶跑往下衝，耳後傳來密集的腳步聲，明明只有四個人，卻像千軍萬馬。

一台保安的巡邏車正在行車路上慢駛，快走近他前方，只要保安發現他，他就可以脫離險境，可是那車開得太快，很快就在他眼前跑掉。

他失望之餘，冷不防快抵達行車路時，背部被不知什麼擊中，害他失去平衡，在斜坡上翻滾下去，他要用雙手護頭。手背、手肘和膝蓋都被凹凸不平的路面磨爛和發出刺痛。他在行車路上翻滾了不知多少圈才停下，想站起來逃跑，但全身骨頭都像被狠狠敲過一遍般不受控制，只能眼巴巴望著四個男人不懷好意逼近，其中一個人高舉球棒，準備瞄準他的臉敲下去。

明明已經準備了鈦合金行山杖防身，怎會想到對方派出四個人來？他這回必死無疑。

「砰！」

他耳邊一聲雷鳴的槍響，還來不及把頭轉過去，就聽見戚守仁的聲音。

「馬上丟掉手上的武器，再大字型趴在地上。我不會數三聲，直接開槍。」

那四個人沒有猶豫，立刻從剛才的凶神惡煞變成聽教聽話。那一支支球棒掉地的聲音就在司武志信耳邊響起，卻讓他鬆了口氣。這是他又一次和死神擦肩而過。

司武志信爬起來坐在地上，問戚守仁：「別告訴我你整個下午都守在這裡。」

「當然不是，我去廣場的餐廳吃飯，還用那邊的廁所，不像你只是吃麵包，又在草堆裡小便。」

司武志信一邊笑，一邊慢慢站起來。四個男人繼續大字型趴在地上。他忍著不往他們背上踩的衝動。

「幸好你帶了槍，我以為你不會。」

「怎可能？那人是黑社會，不是黑澀會。」

44

保安巡邏車、救護車和十多台大大小小的警車幾乎同時抵達。司武志信被包紮好傷口後，送去北大嶼山醫院接受治療。過百警察如臨大敵，給四個男人銬上手銬後帶走，並在現場繼續搜證。

戚守仁指示一名警長去長椅取回司武志信的物品。

「要用來做呈堂證供嗎？」警長問。

「不用。還給事主就可以。」戚守仁阻止道。一旦成為呈堂證供，就至少要幾個星期後才會還給司武志信。

樂景灣不屬於西嶼警署管豁範圍，但只要獨眼神探開口，很多伙計都會給面子。當區的高級督察鄭偉純已經下班，特地開私家車過來。他是混血兒，身材高大，膚色黝黑，五官和輪廓都很狙獷，如果留長髮和鬍鬚，就會像水行俠，所以自從那部電影上映後，他就多了個「水sir」的外號，他也非常受用。

他向戚守仁伸出手。「戚sir，你怎會跑到樂景灣這裡？」

他注視戚守仁的眼神非常認真，也充滿戒心。不奇怪，任何人都害怕無端被警察調查，就算是警察也不例外，尤其是被其他部門調查或其他環頭的伙計跨區查案。

戚守仁感受到鄭偉純強而有力的握手，拉他到一旁，細聲道：「水sir，我收到線報，有個毒販在五十四號獨立屋，而且找人襲擊我的線人。」

在這種情況下，警方毋須裁判官發出的手令（又稱搜查令），就可以直接入屋搜查。

水sir的眼神和手掌同時放鬆。「我可以怎樣幫忙？」

戚守仁不確定他是否講反話。「這案和我手上的案件有關，你可以讓我接手嗎？麻煩我處理，功勞歸你。」

水sir繼續握戚守仁的手，現在連左手也用上，變得非常親切。

「戚sir，這怎好意思？」

「沒關係，一家便宜兩家着。」

「那我就不客氣了，謝謝戚sir關照。找天請你飲茶。」

戚守仁等水sir的手下打點好五十四號屋後才進去，經過玄關，踏上二樓，進去大廳，裡面家具不多，只見一男一女被十多個警察包圍，兩人都給鎖上手銬。

「戚sir，我認得這個人叫老虎仔。」有個督察指著那個很瘦的男人說：「經常在夜場鬧事。」

那個督察其實在十分鐘前才聽過戚守仁提到老虎仔的名字，但演技不俗。

老虎仔黑眼圈很大，很瘦，看來一點也不像是賺到大錢的毒品拆家。他站起來抗議道：「你們搞錯了吧？外面發生的事和我無關，我們一直在玩《人中之龍》。」

在五十吋電視畫面裡的，是戚守仁不熟悉的電玩世界。兩個黑道人物在男廁裡對峙，一個持長棍，另一個持球棒，似乎準備開打，但警方的出現，阻止了這場在電玩世界裡的惡鬥發生。

戚守仁指示同僚把這一對無業男女帶回去。

45

司武志信被救護車送去北大嶼山醫院後接受治理，頭和手都給包紮後，再由警車送他去西嶼警署。

這天他的角色不是疑犯，警員待他都非常有禮，也關心他的傷勢。

戚守仁帶司武志信透過單面鏡去看審問室裡的情況，老虎仔和一個蓄八字鬍的中年男人正低聲交談著。

司武志信看著老虎仔，他身上並沒有明顯的戾氣，反而略顯倦容。

「戚sir，這人和你說的那種有嚴重暴力傾向的描述完全兩樣。雖說人不可貌相，但你看這傢伙的毒蟲模樣，覺得他會策劃大屠殺嗎？」

「也許是情報有誤，這種情況很平常。」

戚守仁放軟了口風。他是觀人於微的大行家，如果連他也抱同一想法，司武志信覺得自己的直覺沒錯。

「剛才襲擊你那四個人和老虎仔屬於不同字頭（黑幫堂口），有牙齒印開過拖（打過架）呢。」戚守仁說。

「你意思是我在打探老虎仔的動向時，剛好就是那四個人伏擊我？」

「沒錯，但我們利用他們攻擊你，找到藉口進去老虎仔的大宅。」

司武志信覺得這情況很詭異。「我應該感謝這四個人嗎？」

「他們供出中間人叫阿鬼，但也只是個二打六[14]，不會知道是誰落order。我建議全力向老虎仔發動猛攻，問出他和司武志義的過節。」

司武志信點頭同意，和戚守仁一起進入審問室。他坐在老虎仔面前問：「你知道我是誰嗎？」

老虎仔從上至下打量他一遍。「我不認識你！」

「我是司武志信。你找人把我打到這個樣子呀！」

「我只是在家打機（打電動），什麼事也不知道，你們別亂來！」

老虎仔想站起來，馬上被他的律師按下去。

「別再騙人了。」戚守仁恐嚇道：「你策劃司武家的大屠殺。夜場裡所有人都知道你和司武志義不和，所以你懷恨在心，要殺掉司武家全部人。司武志信因為懷疑你，所以你找人打他。」

「你老味別冤枉我！我識你老鼠[15]。」老虎仔用手指指著司武志信。「剛才就是你用

14 二打六：即「閒角」的意思。

15 我識你老鼠：在粵語中指不認識對方，並含有嘲諷、不認可對方的意味。

航拍機拍我？」

「對。你還對航拍機比中指。」司武志信毫不客氣地回應。

「但我不知道是你呀！這裡很多來歷不明的航拍機，我以為是哪個鬼仔偷拍我。」

「你們對我的當事人的指控有證據嗎？」老虎仔的律師說。

「沒有。」戚守仁瞇起眼。「但我們在你的屋裡搜出一．二公斤冰毒，不知道現在市值多少錢？」

「我只是自用，不是拿來賣！」老虎仔連忙道：「司武家的事情跟我無關。你說的是兩件事，為什麼要扯在一起？」

戚守仁用力拍桌子。

「你當阿sir無知呀！現在我們說的不是豬肉而是冰毒，一．二公斤夠你三五七年。懲教署的兄弟很樂意照顧你三十年，裡面除了你們這些蠱惑仔，還有很多社會精英，像律師、會計師、建築師、工程師、大學教授，你可以在裡面親近他們，不用繳學費就學到很多專業的知識，響應政府在『自在人生自學計畫』裡鼓勵市民終身學習。」

戚守仁的語氣非常冷酷無情。

「夠了。」老虎仔舉手投降。「我要和我的律師私下談。」

半個小時後，律師來到戚守仁的辦公室，比司武志信和戚守仁估計的時間還要久。

「事情的真相跟你們想像的完全不一樣，有人可以為我的當事人作證。」律師的聲音沉穩而自信。

戚守仁和司武志信對視了一眼，問：「誰？」

律師吐出一個教人大跌眼鏡的名字。

「司武志義。」

46

律師離開後，戚守仁關上辦公室的門，喝了一杯黑咖啡後，打電話給司武志義，扼要說明目前的狀況。

「沒想到你們居然出動到這一招，太無恥了吧！」司武志義的聲音中帶著些許憤怒。

「不走到這一步的話，我們不會知道原來他一直是你的好兄弟，不過，如果你不給我解釋清楚，你的好兄弟就要給送去坐牢。」

「我要和司武志信見面，只能跟他說，也不能在警局裡。」

「老虎仔目前被關押在警局裡，等著被控販毒罪坐三十年牢，你有什麼本錢討價還價？」戚守仁擺出不讓步的氣勢。

「我只是想保護其他人，不想留下紀錄。」司武志義解釋道。「志信你在聽吧？」

戚守仁向拿著桌上另一部有線電話的司武志信點頭。

「我在。」司武志信簡短回答。

「我不知道是誰想幹掉司武家，但肯定不是我。我可以告訴你另外一件事。如果你要知道，就要聽我的安排。」

司武志信討厭和志義打交道。志義知道他好奇心很重，願意付出很大的代價。

為免自己被紗布纏手背和額頭，還有上衣和褲子都被磨爛的模樣嚇壞方雨晴，他趁戚守仁去洗手間時打電話告訴方雨晴，說這晚不回家。

「你要去哪個女人家睡覺？」方雨晴的聲音中帶著些許嬉笑。

「我要和戚sir討論一些事情，難道妳以為我想在警署過夜，貪意頭好嗎？」

「我就知道是這樣，Leo告訴我說牠很掛念你。」

「我也掛念妳和牠。妳幫我好好抱牠。」司武志信對撒謊騙她很有歉意。

「牠已經在我的大腿上。」

掛線後不久，她發了三張和Leo的selfie過來。這一人一狗都咧嘴對著鏡頭笑，笑得很開心。以前他總是孤單一人，沒有家人和寵物陪伴。但現在，有家人等他回家。

他突然感觸起來，默默地流下淚。

47

這夜，司武志信在志義下榻的酒店投宿。第二天早上十點，他去了戶外泳池。艷陽下的水聲和人聲混雜在一起，氯氣的味道在空氣中瀰漫。池邊有一堆小孩在玩耍，也有不少女性穿三點式泳衣曬日光浴，似乎都是在staycation。但這天沒有美女能吸引司武志信的視線，他難得對三點式泳衣包裹的豐胸不感興趣。

志義在一張沙灘椅上向他招手，但臉上沒有笑容。他的膚色很白，證明他平日沒有曬多少太陽。

志信記得以前這傢伙的笑容和Leo一樣多到叫人想痛毆他，不要一直把笑意掛在臉上。

「沒想到我們會在這個情況下再見。」司武志義關切地問：「你的傷口能沾水嗎？」

「不可以。」司武志信答得不客氣。

「那就跟我去ＢＢ池（兒童池），那裡沒多少人。」志義站起來。

「有必要這麼保密嗎？」

「你聽完就會理解。」

ＢＢ池的水深只有一呎。兩個大人坐下，被一對對嬉水和發出笑聲的家長和小孩包圍，還要無視他們投來的奇異眼光。

倒是戚守仁安排的四男一女警員仍然待在成人池裡，沒辦法，只要他們一起爬上來，就會被發現。

現在兩人都弓腳坐在池裡，像時間回到兩人還沒被社會這個大染缸污染的青春歲月。

「老虎仔從來沒有和我鬧翻，我們一直都是好朋友，鬧翻是假的。信我。」

「到底發生什麼一回事？」

「你還記得我們小時候一起去泳池，有一次我的指甲抓破了水泡嗎？你教我游泳前把指甲磨平，不要亂摸。」

「真不敢相信你還記得。」司武志信回憶道。「那應該是我們第一次一起去泳池。」

「對，一點沒錯。」志義用手掌盛了些水倒在自己頭上，很快把頭髮沾濕。「你離開司武家後，我摸了不應該摸的東西。」

司武謝舞儀剛嫁進樂景灣前兩年，還沒有考到駕照，出入都要靠司機接送，如果司機忙，就找阿德，但阿德也不一定有空，最後她只好發訊息到家族群組求救。

如果司武志義剛好在外面要回西嶼，就順便讓她搭順風車。兩人就這樣熟絡起來。

後來，她說要感謝他，請他去酒店吃自助餐，每個星期一次，他沒有拒絕。沒有一個血氣方剛的男人能抗拒一個長相漂亮又有教養的女人的邀約，就連後來她邀他去樓上的房間，他也無法拒絕，即使明知那是禁忌。

「你不相信我嗎？」

司武志義的表情和語氣混合孤獨、無助和乞憐。司武家的人別說沒見過他這個真誠的表情，也不會相信他那張老是嬉皮笑臉的面具底下埋藏了難以啟齒的祕密。

「當然相信。」

司武志信一點也沒懷疑，還努力克制，保持鎮定，不能被志義發現他也有類似經歷。如果說司武謝舞儀為了給司武家延續香燈而無所不用其極，倒不如說司武家保守的家規和高壓的氣氛把她逼到狗急跳牆。這件外人聽來極為荒唐的事，只要是司武家成員或者了解司武家的人，都不會覺得奇怪。

內射授精這種方法用二十一世紀的目光看來很既荒唐又原始，但快捷、直接、便宜，而且擁有一個極大的優點：只要參與的人不說，就永遠沒有外人會知道。

聰明人做事會有Plan B，司武謝舞儀為了讓這個懷孕大計能成功，甚至準備了Plan C。司武志信本來以為是３Ｐ，沒想到其實是４Ｐ。

不管志慧到底是誰的兒子，就算嫌疑人有一百個，對司武謝舞儀對來說一點也不重要，也沒必要找出來。

然而，科技發展的速度超乎預期。當年他和她以為神不知鬼不覺的事，現在竟然會被基因公司揭發。

「我見過文虎生氣的樣子，只有那麼一次，非常火爆，和平日冷靜的外表完全相反，他只是很懂得偽裝和自我壓抑。」司武志義說時露出懼色。

志信想起司武謝舞儀說過他在床上的表現很暴力。「所以你想幹掉他？」

「如果文虎發現志慧不是他兒子，一定不會放過我們，絕不只把我逐出家門那麼簡單。我不是應該先下手為強嗎？所以我假裝和老虎仔鬧翻。如果文虎遇襲，就沒人會懷疑我找老虎仔幫忙。」

司武志信無法把和他一起玩的少年與眼前意圖殺人的成年人連接起來，也無法把曾經和他在床上談論各國電影的謝舞儀，跟向不同男人借種的司武謝舞儀連在一起。司武家就像一個肉類工廠，會把送進來的肉類透過司武家扭曲人性的家規進行加工，變成這個家族需要的味道，去滿足家族的需求。

「可是，老虎仔和找來的打手還在策劃階段，家宴就出事。」司武志義解釋道：「老虎仔怕惹上麻煩，只好躲起來。」

「你們的計畫本來是怎樣？」

「就是幹掉文虎，但我們還沒有開始動手。你要相信我。」

其實沒有相不相信，司武志信也沒有志義和老虎仔行凶的證據。倒是另一件事他想知道答案。

「司武謝舞儀只是表面罵你，但一直和你祕密保持聯絡，對嗎？」

「對。」司武志義點頭。

「也一直見面？」

「對。」

司武志信不用問下去。他們一定在隱蔽的地點見面，也一定不會乖乖坐著聊天。她一定會帶他上去酒店，躺在床上張開腿，讓他滿足她旺盛的性需要。

為什麼她對待他們的方式完全不同？司武志信感到說不出口的心碎。

「你們想幹掉文虎這件事，司武謝舞儀知道嗎？」

「我告訴過她，但她不同意，說文虎想法古老，是活在二十世紀的人，很抗拒基因測試這種玩意，所以沒有參加，也不會被發現。」

「沒錯。」

「不過，文虎今天不會參加，但說不定明天會有新的科技發明跑出來讓他很感興趣。」

司武志信點頭。「幹掉他的話，你就會成為司武家的領袖了，再也不用裝模作樣，可以做回自己。這個才是你要動手的真正理由。」

司武志義沒有答話，等於默認。

「你的吊兒郎當，也是掩飾，對吧？」

「對，全都是戲。我在英國只讀了一年電腦，就轉去讀哲學，以一級榮譽畢業，你們可以去查證。我比司武家裡很多人更清醒，也看清這個家的荒謬，但我沒有你的勇氣逃出去。我習慣了不事生產的生活方式，但司武家的命案真不是我做的。老虎仔和我從沒想過對付你。要對付你的另有其人，我們現在還沒脫離危險，你和警方應該盡快去查是誰。」

□

司武志信在停車場登上戚守仁的車。戚守仁戴上墨鏡，默默把車開動，直到中途才開口說話。

「我認識的臨床心理學家告訴我，他們聽過很多黑暗的祕密，如家暴、性侵、自殺未遂、吸毒、患上性病、非自願懷孕、墮胎等等。每一個祕密都會侵蝕靈魂，所以當事人要付錢找臨床心理學家傾訴，但臨床心理學家基於保護病人私隱原則而不能透露。這些祕密像一個個黑點般貼在他們的靈魂上，直到靈魂上面再也找不到容納黑點的空間，他們就會代替當事人自我了斷。」

司武志信不確定戚守仁講的是真話，或者只是他套話的手段。

「放心，他告訴我的事沒有這麼黑暗，但毒殺司武家的事肯定不是他做的。」

司武志信沒有把自己和司武謝舞儀有一腿的事告訴任何人，所以成為地球上知道司武家最多祕密的人。

「下指示襲擊你的人，肯定就是下令毒殺司武家的人。」戚守仁繼續盯著前方。

「對，到底是誰有個巨大的理由非要把司武家上下幾十人全部殺掉？」

現在只剩下司武文虎有這個可能，他會不會因為發現自己被戴上綠帽所以要殺人？但他只需要把要負責的三個人解決掉就可以，沒有理由需要殺掉其他司武家成員。

□

老虎仔在警署被關了近三十小時後獲得保釋，水sir聽從戚守仁指示，只控告他罪名較輕的藏毒罪。然而，經驗老到的法官會否相信價值幾十萬的毒品是自用，就是另一個問題。

48

什麼是家人？有血緣的就是家人？住在一起但互相欺騙的算是家人嗎？被各種家規綁起來住在一起的，到底是家人或者囚犯？

司武志信認為司武家是個無形的開放式監獄。雖然囚友每個月都可以領到生活費過不愁衣穿的豐盛物質生活，但靈魂卻被無形的枷鎖囚禁，就算有這個自覺的志愛也一樣，研究同樣無可避免以司武家為題材。

其實，連司武志信自己也一樣，現在他全副心思都拿去調查司武家的命案。

他打開家門後，Leo又撲到他腳上。牠比很多司武家成員還要愛他。方雨晴也一樣。這個女人和丈夫處於分居狀態，目前住在他家裡。他和她會不會天長地久，誰知道？但這個沒有血緣沒有法律捆綁甚至由不同物種構成的小團體，司武志信認為就是一個家。

他享受這個家帶來的溫暖。

真正的家人不一定需要有血緣關係和法律認可，也不一定要是同一個物種。

「你在外面做了錯事嗎？」方雨晴驚問。

雖然他換過新衣和新褲，但手背和額頭貼上紗布的傷痕無法遮掩。

「沒什麼，就是跌倒。」

「騙我啦！肯定不知出了什麼大事沒告訴我和Leo，要不要吃點心或者煎餃子？」

司武謝舞儀只想和他打炮和借種，他無意批評她的作風，反正他也享受，算是各取所需，但他更喜歡可以一起生活的方雨晴，即使這一刻她仍然是別人的老婆，但反正她的老公也不愛惜她。

那兩人雖然在法律上是夫婦，但早就形同陌路，也不關心對方的生死。

方雨晴這一刻是在他身邊沒錯，不過說不定半年後就會和他分開。每個人都有自由決定自己想過怎樣的生活，和跟什麼人生活，要不要在自己的原生家庭生活。

這種自由是最基本的人權。

所以，他對方雨晴的態度抱平常心。不在乎天長地久，只在乎曾經擁有。

和方雨晴做完愛，他很意外收到志愛的短訊，本來以為她不會再理會他。

「兩天前文虎在家裡暈倒，給送進醫院。醫生說他嚴重貧血，暫時還未找出病因。」

他還沒找到是誰殺害司武成員，文虎又出事，壞事接二連三，他一時反應不過來。

她還有另一則短訊。

「我的基因結果出來了。不是和其他親友做那次，那個遲遲沒有回來。我上星期開始，在網路上給所有能找到的基因公司都做一次測試，最後在其中一間找到一個我們不知道是誰的女人，擁有司武家的基因。」

第二部

第十章

49

基因公司的網站列出和司武志愛有血緣關係的名單。這些名字用英文姓名縮寫表示，並標明親屬關係（多少等親）、居住地和模糊掉的大頭照，也會標明來自父系或母系，母系就是原司武家的人，姓氏都是S字頭。只要是男性，就會記錄在族譜上，每月可以領生活費，每年出席司武家的家宴，除非像司武志信那樣被踢出司武家的成員。

這個司武志愛不認識的神祕女人，姓氏是C字頭，可是司武家的女兒沒有一個是嫁給姓氏英文是C字頭的男人。

司武志愛感到非常詫異，利用基因公司內部的通訊系統聯絡對方，騙她說自己姓司馬。司武家太惹火，不說為妙。

對方回覆說姓張，是個四十五歲的女人。

「奇怪了，我沒有親戚姓司馬。」

就算是純文字溝通，司武志愛也能感受到對方的驚訝。她也一樣，司武家沒姻親姓張。

「妳有沒有親戚是複姓？」

「也沒有。」

訊息來往三次後，兩人決定直接見面。雖然住處相隔二十個地鐵站，但解開「對方是誰」這謎團有巨大吸引力，加上香港人喜歡速戰速決，促成兩人第二天晚上在酒樓見面。

司武志愛第一眼看到張女士就覺得，司武家裡沒有這麼胖的女人。不是說親戚的樣貌和體型一定相似，但張女士的五官和自己一點相似之處也沒有，直覺告訴她這是和自己沒有血緣關係的陌生人。

「我們真的是親戚嗎？」連張女士也尷尬地問：「會不會是基因公司出錯？」

「我也不確定。」司武志愛很不好意思浪費了對方的寶貴時間。

這晚兩人聊了整整三個小時。張女士的廣東話很標準，但其實在上海出生，在八歲時隨父母舉家移居香港。父母和好幾輩子的祖先都是北方人，成長背景和司武家毫無交集。

張女士和丈夫經營網店，疫情期間生意大受打擊。司武志愛聽得懂對方的話，這一餐的帳單由她負責。

第二天，張女士用短訊告訴志愛，她問過父系和母系的親戚，沒有一個在基因公司的資料庫裡連到志愛，這有違基因族譜學的常識。

司武志愛隱隱覺得，雖然張女士和司武家沒有血緣關係，但她的出現會讓她發現無法預料的線索。

□

司武志信注視手機上，司武志愛的短訊。

「你覺得會不會是基因公司出錯？」

因為這件莫名其妙的事，本來在冷戰且有可能逐漸疏遠的志愛，現在又親近起來。

「我不確定，須要詳細調查。」司武志信用輕鬆的語氣道：「妳好大的膽敢一個人去見她。」

「我連大屠殺也死不掉，還有什麼好怕。」志愛的回答也同樣輕鬆。他們破冰了。

「基因公司當然有可能出錯，但機會不大，可能是其他原因，我在網路上讀過相關新聞，但一時忘了。我想到時再告訴妳。」

晨型人方雨晴信奉早睡早起精神飽滿，所以在十點就上床。Leo難得沒睡在她旁邊，而是去客廳陪司武志信。

這年頭，只要願花時間去利用搜尋引擎，用正確的關鍵詞，就算庸才也能冒充專家。他的手指在鍵盤和滑鼠之間快速移動，沒多久就找到答案。

「可能是那位張女士弄錯了什麼。」司武志信發短訊跟志愛說。「她應該在做基因測試時，沒有看清楚說明書。」

「是什麼？」志愛問。

他怕自己拼錯這個英文詞語，所以從網頁上複製了文字傳給她。

「chimera。」

司武志愛覺得那個答案超乎想像，很不真實，就像在香港搭地鐵竟然去到王十字車站（King's Cross station），看到哈利波特從九又四分之三月台登上名叫霍格華茲特快車的深紅色蒸汽火車一樣。

她和大部分都市人一樣，對科學和科技的認識主要都是關於３Ｃ產品，除此之外就和白痴一樣完全無知。對於一般人而言，太陽系裡的行星是八大或九大，遠遠不及十二星座那麼重要。

志信告訴她的那個答案聽起來就像是科幻小說的情節，但只有透過這個科學解釋才能解釋張女士的情況。

「妳得過重病嗎？」她打電話問張女士。

「妳怎知道？」張女士很快回覆。
「是不是和血液有關的重病？」
「對呀！妳怎麼知道？」
「可以告訴我是什麼病嗎？」
「淋巴瘤。」
「後來怎樣康復？」
「透過紅十字會安排的骨髓移植。」
「是哪一年？」
「好像在八年前。」
「記得什麼時候做基因測試嗎？」
「我忘了。」
「是在骨髓移植後的半年內嗎？」
「好像是。應該是呀！妳怎知道？」
「因為妳的基因測試結果亂掉。」

志信告訴她的英文字chimera，中文意思為「嵌合體」。在基因學上，指一個人身上存在兩個人的基因。

這種現象在自然界很罕見，但在接受骨髓移植的人身上卻很常見。有些人接受移植後連自身基因也被改變，有個男人甚至連精子也只攜帶捐贈者的ＤＮＡ，從傳宗接代的角度來看，他的人生已經沒有意義，因為他本身獨特的ＤＮＡ已經從地球上消失。

「和我有血緣關係的不是妳，而是妳的捐贈者。妳聯絡過他嗎？」司武志愛追問。

「沒有了。我們只見過兩次，第一次在紅十字會，第二次就在我們上次見的酒樓。」

「他是個怎樣的人？」

「姓曾，那時應該二十多歲，但給我的印象很奇怪。坦白說，不像好人。」

「不像好人？他捐骨髓給妳呀！」

「沒錯，我不知道怎樣說明白，但他給我的感覺很複雜。他沒跟我提及他的家庭背景。他一方面很冷冰冰，但另一方面又說，如果我有什麼錢銀上的煩惱，可以直接找他。我聽到這句話時嚇了一跳。這種話不是應該反過來，富有的受贈者對捐贈者說的嗎？」

「對，這種講話方式很有江湖味。」

「對對對，但他看來不像蠱惑仔，沒有穿金戴銀。」

「電影裡的蠱惑仔都經過藝術加工，真正出來混的江湖人物不是那樣。妳有和他合照嗎？」

「他長得很像志義，像兩兄弟。」司武志信把志愛傳給他的照片放大在電視上看。

張女士一看就知道沒有司武家的血緣，男人的容貌卻可以斷定是他們家的人。

「張女士不願意把他的聯絡方法告訴我們，怕惹上麻煩。」志愛補充說。

「她肯告訴我們有這人的存在已經幫了我們大忙，功德無量。這人是不是姓曾我們要調查清楚，但不能讓他知道我們在調查他。」

方雨晴坐在沙發上，沒有插嘴，靜靜地看著電視，但司武志信不認為她沒有在偷聽他和志愛講電話。

「OK。我查過你說的chimera。這個女人現在身上還有司武家的基因嗎？」

「我不是專家，無法確定。有什麼要事嗎？」

「沒有，但她坐在我對面時，我感覺有些微妙。就算一個人有司武家的基因，也不代表她是司武家的人，而且她也不願意承認是司武家的人。科技把事情變複雜了。」

「對，這也是最近很困擾我的問題。什麼是家人？靠血緣關係？法律關係？住在同一屋簷下？我發現以上答案全部都不準確。」

第十一章

50

「為什麼你和你父母不一樣，一點也不胖？」

「我也不知道呀！」

曾尚文從年幼時朋友的無心快語，一點一滴發現自己跟家人和親戚不一樣。他常去照鏡子，自己的長相一點也不像父母。父母都是圓圓胖胖的人，但他一直保持中等身材。同枱吃飯，他總是自覺是與他們拼桌的陌生人，而不是一家人。

一九九七年是他人生的轉折點，不是因為香港主權移交中國，而是年底發生的亞洲金融風暴。

只有十歲的他不知道金融大鱷狙擊亞洲各國的貨幣，不知道香港政府出招打大鱷，不知道銀行隔夜存款利息拉高。然而，這些他不知道的事情加起來的總和，對經歷歌舞昇平多年的香港人造成巨大的衝擊。很多靠炒樓致富的人在短短幾個星期內淪為負資產甚至破產，有些人承受不了打擊，只能尋死，反正沒錢的話，在物價指數高也沒有生活保障的香港就是死路一條。

其中一個踏上黃泉路的人是他父親，在深夜裡從自宅的露台跳下去，餐桌上留下半瓶酒和一封遺書，在床上留下妻子和兒子，在資產負債表上留下三個會被銀行當成銀主盤（法拍屋）拍賣的房產。這都是多年後他查到的。

曾尚文沒機會讀到遺書的內容。母親在處理父親的後事期間，把他遺棄在護幼院。他不懂為什麼母親要像丟垃圾般遺棄他。親戚也不理會他，就像他從不屬於那個家庭一樣。他換過另一間學校，這間離護幼院只有十分鐘車程。以前認識的同學全部切斷聯絡，他不得不重新認識一批新同學。

護幼院裡的小朋友和學校裡認識的小孩子不一樣。這裡的小朋友服從性都很高，不是少數服從多數，而是服從年長的小孩和大人。

服從是護幼院院童的生存法則。他們須要揣摩大人的意思，才能分配到數量有限甚至緊絀的資源，像慈善團體、教會送出的書本和節日限定的食物，或者打電話的時間。後者曾尚文倒不在意，因為他已經沒有親人和朋友可以聯絡。有些小朋友的家長失去經濟能力或要坐牢，所以還有其他親友探望他們，但他一個也沒有，只得一直孤苦伶仃。

有些小朋友非常懂得生存之道，會在參觀者來訪時變臉裝可愛，博取同情和領養，否則就要繼續在護幼院裡過非常刻板和重視紀律的生活，像關燈後就必須睡覺，不能看書或者做功課。

院童每天獲分配的食物都一樣，無視個人喜好和所需分量都不同。大家只能默默承受，無法投訴，頂多和其他孩子交換。

不過，這種交換有時並不是自願。護幼院內有幾個惡霸。如果他們要強逼交換或者直接搶走，你並沒有還擊能力。這種人身邊有一大群依附他的跟屁蟲。惡霸非常擅長逢迎管理員，想盡辦法討他們歡心，去獲得特別照顧和特權。有些惡霸很會唸書，因此被視為護幼院的模範生，也就是可以為所欲為。幾個已經成為大人的惡霸每年聖誕都回來探訪和發禮物，身後跟著記者和攝影師，鎂光燈「咔嚓咔嚓」響個不停。他們即使成為社會上的成功人士，但無阻院童把他們的惡行口耳相傳一代又一代。

護幼院的生活方式形塑了曾尚文的童年。惡霸雖然不是好東西，但他們口中的「知識改變命運」沒有錯，他們就是透過上大學改變自己的人生。

不過，大前提是，你在護幼院要有唸書的機會。惡霸有溫習空間，沒人敢打擾，但其他人卻吃不飽、穿不暖、什麼資源都不足、連片刻安寧也找不到，又如何能安心讀書？

曾尚文始終不明白為什麼爸爸去世後，媽媽會把自己遺棄。院裡的小孩說這是因為她打算改嫁，身邊帶著小朋友只會嚇走男人。

但他不明白，他和媽媽是母子關係，她怎下得了狠心？

滿十五歲生日時，曾尚文從中學輟學，轉去職業訓練局學習屋宇裝備工程，希望學習一門手藝後能馬上找到工作。離開護幼院，去找媽媽，問她為什麼棄養自己。

這個疑問是他心中的一根刺，並不隨同年齡增長而消失。

屋宇裝備工程需要唸四年，第二年時就是學徒，每月領的「職學金」、薪金和政府津貼加起來近萬元，夠他一個人生活，但是工作非常辛苦，一座大廈裡行內人稱的「風」、「火」、「水」、「電」，也就是通風和冷氣系統、消防系統、給排水和供電及電梯系統，不管哪一項都是體力勞動，其他人下班後可以去玩放輕鬆，他卻累得只能回宿舍倒在床上休息。

第三年時，他搬離宿舍，租了個小地方住，以模範生的身分在聖誕節回護幼院分享心得時，碰上以前照顧過他的「大哥哥」大袋。

大袋比他長三歲，在餐飲業工作，每年聖誕都會回護幼院探望。他小時常被惡霸群毆，發育後長得高大，沒人敢貿然向他動手，除了有次因新仇舊恨和「肥雞」等人打起來。

不同於很多青少年打架只是想教訓對方，大袋以一敵六，朝對方下體攻擊，毫不留手，一拳就令對方倒地無還手之力。肥雞向管理員惡人先告狀，大袋被警告後，不但沒收手，第二天反而再向肥雞等人動手，一樣攻擊下體，恐嚇他們說再向管理員投訴，就踩爛他們的蛋蛋，讓他們全部變太監，就算被踢出護幼院，也會回來找他們尋仇，絕不食言。

大袋一向言出必行，從此沒人敢再找他麻煩。他的仇家也送他「大袋」這外號。曾尚文本來只知道「袋」指「春袋」（陰囊），要人家解釋才懂「大袋」是「大人物」的粗俗說法。叫他「大袋」是諷刺他「扮大袋」，自以為是大人物。

不過，大袋喜歡這外號，也盡力保護弱小，這一招只有他能做到。大袋離開後，霸凌行為又成為護幼院的日常。

三年沒見，大袋拉曾尚文去吃牛排慶祝聖誕。曾尚文在努力存錢，不捨得花大錢吃聖誕餐。

大袋看得出他的難處，豪邁地道：「文仔，我請客，你不去就不給我面子。」把手搭在曾尚文肩上推他走，不容他拒絕。

二人來到旺角的港式西餐廳，好些食客都是三山五嶽的人，因此餐廳裡不乏濃烈的煙味，也有他們女伴身上的俗艷香水味。這些和餐廳不搭的味道蓋過食物的香味，但能和在童年時照顧過自己的大哥共度聖誕，就算清茶淡飯也意義非凡。

兩人都點鐵板雜扒。黑椒汁倒到鐵板上的滋滋聲讓人食指大動，也讓食物冒出一陣令人垂涎欲滴的肉味，但很快就又被其他氣味蓋過。

互訴近況後，話題很快就轉到職場欺凌上。

任何一個護幼院出身的人，都會帶著從護幼院成長的目光去看世界。一是一輩子服從性極高，習慣迎合有權有勢之士。另一就是對霸凌這事非常敏感，敢於反抗。

大袋聽了曾尚文的近況後，皺起眉頭。

「外面的惡霸比護幼院裡的更多，他們有財有勢，無法扳倒，你怎麼辦？」

「可以怎辦？只能默默承受，敢勇於反抗的人，我認識的只有你一個。」曾尚文覺得就像這裡的牛扒味道其實不怎麼樣，但大家都假裝好吃。

「當然不只我一個，社會上有很多我們這種人，對世界有不一樣的想法，也希望能決定自己的命運，過更好的人生。」

51

高輝二十多歲，長髮及肩，左耳戴耳環，手腳像運動員般修長。他懂的事情比護幼院裡那些中年管理員要多，思考也更成熟。

所以，他能成為大袋的大佬。

「這世界只有兩種人，第一種被環境決定自己命運，第二種是自己決定命運。你想做哪一種？」高輝這句話比大袋的說法簡潔，也更有力。

「當然是第二種。」曾尚文想也不用想。

「那你就要改變身處的環境。大袋跟我講過你的背景。你能讀屋宇裝備工程，腦筋肯定不錯。」

「不，我不是讀書的料。」曾尚文連忙否認。「在香港這個填鴨式教育制度下，讀書好只表示背書的能力好，學習態度良好，是社會需要的人才，但不代表什麼。人際關係、創造能力、組織能力和危機應變能力等都無法衡量。你讀工程，數學能力應該不錯吧？」

「只有數學不錯，其他都不行。」

「夠了，我們不需要講英文，只需要懂得數學的人才。你現在一個月賺多少錢？」

「一萬兩千八百元。」曾尚文老實說。這數字在網上可以查到，騙不了人。

高輝噴了一口煙。「比我想像中的要多，但十年後能賺到多少錢？」

「大概兩萬左右，好運的話有兩萬五。」

「如果能賺到十萬八萬，你有興趣過來幫我嗎？」

高輝並不急於要曾尚文馬上幫他工作，而是要他好好完成屋宇裝備工程的職專文憑，給他一年多時間去考慮。

曾尚文有自知之明。以他這學歷畢業，只能一直從事維修電梯的工作，十年和二十年後也一樣，除非他去進修拿到學位，但他的英文根底太爛，學位遙不可及。

思考了一年，曾尚文答應高輝，理由不僅是金錢回報比較好，而是高輝真的關心他，在他十九歲生日那天帶他去五星級酒店吃自助餐慶生，還找了兩個女性朋友雯雯和阿妹一起來。

曾尚文盯著兩個穿短裙，身上有淡淡香水味的女子不放。他比較喜歡阿妹，她長得較漂亮，妝化得淡，腿很白也很修長。雖然叫阿妹，也有張娃娃臉，但年紀不比他小。

高輝看來和她們很熟，會在她們面前談自己的私事。她們的話不多，主要是陪笑。對於沒碰過女性的曾尚文來說，這就夠了。他想講話能引她們發笑，但又緊張得說不出話來，最後整晚都是由高輝主導話題。

「我是棄嬰，所以找不到父母，也無親無故，但怎麼你的母親拋棄你，又沒有親戚探望你？這太怪了。你有找過親戚嗎？」

曾尚文學高輝般，無視兩個女子的存在，坦白道：「我忘記了他們的電話號碼。」

「這不妙。出世紙（出生證明登記書）在你手上嗎？」

「在護幼院裡。」

「問他們拿回來，萬一你母親出什麼意外，又沒有立遺囑，你有出世紙才可以證明母子關係去領她的遺產。」

「不可能了，她應該另外組織家庭，就算有遺產也輪不到我。」

「那就別管遺產。出世紙是你的，是你的東西就要拿回來，不是嗎？」高輝堅定地說。

兩個女子連連點頭，雖然這事情與她們無關。

吃完飯，四人前往餐廳旁邊的酒店。高輝訂了兩個房間。曾尚文本來要跟著高輝走，不料被高輝取笑。

「你傻的嗎？今晚一男一女一間房！」

四人一起大笑後，高輝又說：「你挑一個，不能反悔。」

曾尚文當然挑阿妹。他沒告訴她這是第一次到酒店開房間，她當然不是第一次，熟悉各種開關和電插頭的位置，目光也不像他般會對大床、浴缸、粉紅色牆紙、桌子上的巧克力等感到好奇，更不會對他的目光感到異樣。她只是溫柔地替他和自己脫下衣服，和他一起洗澡，替他擦乾身體，最後讓他躺在床上，坐在他上面搖動，讓他第一次舒服到升天。

兩個小時後，曾尚文想再來一次，天知道什麼時候可以再見到阿妹，但阿妹拒絕。

「你還要留給自己。」

「留什麼？」曾尚文不明白她的意思，但她沒有解釋。

不多久，高輝敲門，說要和他交換女伴，曾尚文對阿妹依依不捨但沒有拒絕。雯雯外表成熟，但床上技巧反而比不上阿妹。不過，她叫得比阿妹激烈，讓他興奮不已。

天亮前，高輝又敲門，這次不再是交換，而是和阿妹一起進來，四人同床，兩女主導，把他們吃乾抹淨。這夜刺激又荒唐，他不只正式轉大人，也體驗多人運動，可以回味多時。

後來高輝告訴他，那晚的活動除了讓他體驗床上運動，也給他上人生寶貴的一課。

「是什麼？」曾尚文好奇問。

「讓你知道通過合作去發揮『一加一大於二』的協同效應。」

52

三天後，曾尚文前往護幼院索取出世紙，但被拒絕。

「這違反私隱條例。」「周大媽」周姑娘在他離開護幼院時替他辦理手續，現在仍然頑固和官僚，也一如以往地擺臭臉。

曾尚文在社會工作了兩年多，不再是以前那個只會絕對服從的少年，而是敢於表達自己的意見。

「這是什麼理由？」

「這是社會福利署訂下的規矩。任何涉及生父母和養父母的私隱，都須要出生登記處同意。你去問他們吧！」

他二話不說馬上搭巴士過去。

坐在他對面的職員是個胖胖的中年婦女，擁有公務員的那種面無表情，默默把他的身分證號碼輸入電腦。

「我們須要保護你『媽媽』的私隱，不能告訴你。」

又是這個理由，曾尚文很不滿意。「我媽媽有什麼不能告訴我？」

她以公式化又平和的語氣說：「你最好找律師索取意見，他們會知道怎樣做。」

「有必要嗎？」

她壓低聲音道：「你的情況我不清楚，但以我的經驗。你所認識的媽媽並不是你的生母。出生登記處要保護的是你生母的私隱。」

曾尚文把這句話來回想了好幾遍才聽得懂。

原來他的身世是謊言。

一股後座力在他的腦海裡來回衝擊，他聽不到其他人的聲音，幾乎忘記仍然身處出生登記處的大堂。他像被丟到一顆無人星球上，孤獨地思考自己的過去與未來。

他一直想知道媽媽放棄他的理由，現在這個困擾了他很久的問題終於找到答案，卻又生出另一個問題：他的生母是誰？

她很有可能是未婚媽媽，甚至是未成年少女，他該感謝她把他生出來後就把他送到護幼院，而不是丟進垃圾桶裡，甚至墮胎。

「我應該找哪個律師幫忙？」他六神無主地問。

「律師只能給你意見，也會講我剛才講的話，但他們也幫不上你的忙。」

「為什麼？」

「你生母的檔案連社會福利署署長也開不到。」

「誰能開到？」

「找警察，要警司或以上職級，但我無法保證他們會幫你。」她把身分證還給他，補上一句：「祝你好運！」

53

中秋節那天，高輝找曾尚文和大袋去吃日本料理。沒有女孩相伴，整晚氣氛就像沒有氣泡的汽水一樣失去活力。

曾尚文懷念上次的４Ｐ，但也擔心萬一哪個女孩懷孕，就要把孩子送去護幼院，歷史又重演一遍。他三次射精時都戴了套，懷孕機會很低，腦中仍塞滿種種不切實際的想法。

喝了半支麒麟後，他向高輝和大袋訴說在出生登記處碰壁的經過。

「說不定她組織了另一個家庭。」大袋向他敬酒。「你該慶幸在十歲前有個快樂的童年，我從來沒有過。」

大袋從有意識開始，就在護幼院裡度過。媽媽在他八歲時才第一次探望他。她面黃肌瘦，說他爸爸因病離世，以後她會多去看他，但始終沒再出現。直到他十五歲離開護幼院時，周大媽才把他爸媽的事告訴他。

「他們兩人都因為藏毒而坐牢。」大袋停頓了一下，很是傷感。「我媽在牢裡生下我。不用懷疑，生我時我敢肯定她被手銬銬著手臂和床。我爸在獄中暴斃，我媽出獄後沒有工作，去做雞，也沒有戒掉毒癮，最後因為吸毒過量而死去。兩人都活不到三十，所以我的願望就是活過三十歲，還有八年，很快。」

高輝搔了搔頸後，皺起眉頭。「大時大節不要講這麼悲慘的事吧！」

曾尚文不知道在「沒有快樂的童年」和「曾經擁有快樂童年後來卻失去」兩個選項裡，哪個比較悲慘？他身邊不少人都揹負類似的悲慘背景，但在富裕的國際大都會香港，沒有多少人關心他們。大家只想怎樣賺錢、買磚頭、發大財、上岸、提早退休。

幾年前，外號「神童輝」的著名商人羅兆輝談到包養女明星時，留下膾炙人口的名言：

「你給她一百萬她可能不會就範，你給她一千萬她可能也不瞧一眼，但你如果給她一億、兩億或者十個億，她能不動心？不合常理呀！不就是睡覺嗎？和誰睡不是睡……」

曾尚文並不覺得「花上億想睡誰都行」荒唐或道德敗壞，而是這種性交易裡涉及的款項居然達到驚人的天文數字。他們這些沒有家人、一輩子也存不到一百萬的「窮撚」[16]，在香港就像寄生蟲般依附在大城市的有錢人身上生活。

曾尚文完成學徒訓練後就去幫高輝工作。高輝和大袋像家人一樣關心他，大時大節會找他吃飯，和他慶生，有時只有他和高輝兩個人。大袋塊頭大，擔任「睇場」，負責維持娛樂場所內的秩序，把喝醉後鬧事和其他不受歡迎的人撵走。

這些聚會讓曾尚文自從十歲被送進護幼院後，感到人間的溫暖。大家不但互相關心，也會談未來，談對人生的看法，即使幾年後回想，其實內容膚淺無比，但發現自己年少時的膚淺，就是成長。

和他沒有血緣關係的高輝和大袋，卻比親生父母還要親近，成為了他的家人。

54

戚守仁仔細端詳司武志信傳來的照片，思考了良久，覺得相中人有點眼熟，但說不出名字，也想不出他的背景。

警方早年重金添置ＡＩ人臉辨識系統，幫忙尋找失蹤兒童和辨識通緝犯，威力強大，但不是所有警察都擁有使用權限，連他這神探都不例外。

16 窮撚：「撚」字是髒話。

幸好，不是只有ＡＩ才具有人臉辨識的能力。

「這傢伙我當然認得。」劉克勤高級督察噴了口煙，「曾尚文，外號『師爺文』，是個食腦[17]又數口（對數字的敏感度）不錯的黑幫人物，在我們的電腦裡有完整檔案。這張照片起碼五年前了，你在哪裡找到？」

「偶然找到。」戚守仁給劉克勤看的是曾尚文和那個女人的合照，但只有曾尚文的半身部分。

「他和司武家的案件有關嗎？」

「會有嗎？」戚守仁試探地問。

「我只是隨口說。如果你需要找他的話就跟我說一聲，我聯絡那個環頭的伙計把他五花大綁押過來給你。」

戚守仁聽劉克勤說過，他老爸以前是警察，有次掃場時遭未成年的蠱惑仔以美工刀割斷大動脈，因失血過多腦缺氧而成為植物人，所以他對黑社會恨之入骨。他在反黑組時向一個「白紙扇」[18]嚴刑逼供長達三十小時，伙計形容那場審訊比滿清十大酷刑還要殘忍，不料那人竟然是代號為「公雞」的臥底。負責該行動的警司給他取這代號，就是希望他能瓦解犯罪集團一鳴驚人，但擔心他被劉克勤打到一命嗚乎，不得不介入叫停。公雞的心理創傷嚴重到無法再執行任務，整個臥底行動不得不即時結束。

劉克勤因此被調離九龍西反黑組，送進西嶼，一個嚴重罪案屈指可數的地方。戚守仁在很多伙計身上看到不同故事，在犯罪分子身上也一樣。包括曾尚文。

根據檔案，曾尚文在十歲時，養父因亞洲金融風暴破產而跳樓亡。養母把他送去護幼院。他在十五歲那年入讀職業訓練局學習屋宇裝備工程，其後加入黑社會。

戚守仁見過很多這種例子。在衣食住行每一樣開支都昂貴的香港，一個成年人要生存下來就很不容易，單是房租已經蠶食一大半的收入，更別說一個十五歲的少年要養活自己。一個連居所也沒有的少年要好好生存，根本沒有多少選擇。

與其指責曾尚文選擇走上黑路，不如指責社會沒有好好照顧青少年，讓他們淪為街上的流浪狗。在弱肉強食的街頭裡，只有活得像狼的流浪狗才能生存下去。

曾尚文加入黑幫後，由於對數字敏感，為人老實，獲地區負責人「高輝」徐日輝的器重，目前是夜場RED Dragon的負責人，也因此被帶返警署十多次，但RED Dragon裡沒有毒品交易、賣淫或其他犯罪活動，因此他從來沒有被起訴過。

17 食腦：在粵語中指「肯動腦筋」。
18 白紙扇：指香港黑社會裡的軍師，負責談判和出謀獻策。

「曾尚文和他大佬都屬於『食腦』的黑社會成員，在警方的辭典裡，表示『不容易對付』，是智慧型罪犯。」戚守仁在手機上說。

司武志信聽著，心中不由得想起一句古語：「一命二運三風水，四積陰德五讀書」。你投胎在有錢人家或窮人家就決定了你這輩子的命運，就像曾尚文雖然擁有司武家的基因，但因為被棄養，斷絕了和司武家的連結，因此展開和司武家成員有天淵之別的人生。

「知道他生母和生父是誰嗎？」

「閱讀曾尚文生母的檔案需要警司級的權限。」

「為什麼？」司武志信覺得不尋常。

「想知道的話，你要有心理準備。」戚守仁略微一頓。「最好找張沙發坐下。」

55

高輝身為夜場負責人，不但須要建立自己的班底，也須要上位。如果沒有親信可以接手RED Dragon，他就只能永遠成為這個夜場的負責人，被這份看來很有面子有很多女人投懷送抱卻沒有前途的工作困死。他的目光很遠大，希望成為地區領導，所以積極栽培曾尚文做接班人。這職位除了需要出色的人際手腕，也要了解商業運作，所以他指示曾尚文去職業訓練局攻讀為期三年的全日制商業文憑。

「我不懂英文。」曾尚文馬上否決這建議。

「我知道，所以這課程用中文授課。」

「我就是不喜歡讀書，所以才去學屋宇裝備工程。」曾尚文很抗拒返校讀書。

「但你以後不須要再管什麼風火水電，而是要幫我處理這裡的業務，不懂商業不行，別這個樣子，學費我負責，你就給我好好去讀，不要去溝女（把妹）。」

曾尚文對數字敏感這本領，在會計這一科上表露無遺。他從來不用煞費思量要把數字放在丁字式帳戶的左邊或者右邊，總是一擊即中。他靠白修在三個月內就學會一年內要教的內容，也沒有聽進高輝的勸告，以「一起溫習」的名義，溝了半打女同學，和其中四個上床，並以全班第一的名次畢業。

反過來，其中一個女同學為他補習英文，提高他對英文的興趣，他也終於明白英文的時態是什麼一回事。

曾尚文繼續進修，從文憑唸到副學士，最後在公開大學拿到工商管理學學士（二級乙等榮譽）。在這九年裡，曾尚文睡了兩打半女同學，其中一半是幫對方實現破處的願望。他不信安全期，一定帶套，不能又意外製造一個生命出來。

這年年底，高輝的大佬「冬茹」和門生打邊爐（吃火鍋）時突然中風，變得行動不便、口齒不清，雖然不用退隱江湖，但無法再勝任地區領導這個須要講好多話的職務，不得不退下火線，並推舉高輝為接班人。RED Dragon負責人的工作就交給早就能獨當一面的曾尚文接手。

在只有他們兩人吃飯時，曾尚文恭喜高輝道：「你成為龍頭指日可待。」

但高輝揮手否定道：「不會了，成為龍頭須要爭取很多各區有勢力人士的支持，是另一個層次，是跑一百米和馬拉松的分別。很多叔父[19]都不好應付，比電影裡的惡死叔父更難搞，算了吧！」

等到曾尚文累積更多江湖經驗後，發現高輝的比喻有錯。要成為地區領導，已經是跑馬拉松，要成為龍頭，就是攀登珠穆朗瑪峰，除了考驗個人能力，也講究團隊合作和運氣，稍一不慎就會粉身碎骨，風險太大，不是所有人都敢參與。

高輝三年前成為新手爸爸，兩年前和太太簽字離婚，讓她以乾淨的背景通過投資移民的方式移居加拿大，和小孩一起過自己不曾擁有過的正常人生活。如果幾十年後他須要過去，就由子女申請家庭團聚。雖然和前妻不再具夫妻之名，但他是孩子的父親這點事實永遠不會改變，始終是一家人。萬一加拿大移民署發現他有黑社會背景而拒絕他的申請，他就疊埋心水（一心一意）留在香港度過餘生，建設大灣區。

這天兩人吃飯時，照樣在桌上放了三副碗筷。

高輝早就不是曾尚文初見那個蓄長髮、敢於冒險的年輕人，現在他已邁入中年，也開始掉髮。

晚飯吃了一半，高輝苦口婆心說：「文仔，你可以參考我的方法去組織家庭，為自己謀後路。」

曾尚文搖頭道：「不用了，愈多家人愈麻煩。一支公（單身男性）自由自在，無後顧之憂。」他向高輝舉杯。「我很小心，盡量不惹麻煩。面對衝突，盡量大事化小，小事化無。輝哥飲勝（乾杯）！」

「飲勝！」高輝和曾尚文同時向空置的第三個座位舉杯。

「如果大袋學到你一半就好了。」高輝不無慨嘆。

大袋的火爆脾氣一直沒變，容易和客人生衝突，也改不了愛用拳頭的習慣。高輝警告過他好幾次，要戒急用忍，夜場的客人不像護幼院的小朋友那樣被抓春袋就嚇到不敢反抗，他們不是善男信女。

「放心，我一出手，沒人打得過我。」大袋自信滿滿地道。

19 叔父：即黑社會元老，爲卸任的龍頭。

一個星期前的深夜，他下班後在街上被多個刀手伏擊，身中十七刀失血致死，轟動全港。那個位置的閉路電視遭破壞，警方找不到凶徒，只能呼籲看到案發經過的市民舉報提供協助。

但誰會那麼蠢去送死？

高輝發動人馬去找凶徒，但一無所獲，最後有人爆料說，下令買起大袋的人叫「肥強」，是自己字頭的人，事後着草（逃亡）到中國大陸。

高輝約對方的大佬「魚生」講數，既為自己的面子，也為大袋取回公道。

「我跟你過去。」曾尚文在手機上說，但其實不無恐懼。魚生十六歲時就因傷人被判入教導所，是監獄常客，在裡面廣結黑幫人脈，所以出獄後他老大馬上找到肥缺安插他。魚生雖然已經四十多歲，但仍然是個危險人物，生人勿近。

不過，曾尚文認為他和高輝是兄弟，就要共同進退。

高輝拒絕他的好意。

「不用了，你只有身高過人，沒劈過友（用刀砍過人），留在RED Dragon就可以。萬一我出事，還有你可以頂住。」

魚生約高輝在字頭其中一個位於工廠大廈的單位見面，這裡很多年前是製毒工場，後來風聲太緊把工場搬到別處後就一直丟空。高輝記得裡面除了桌椅和供奉福祿壽三尊金像的神枱外，就沒有其他雜物，空蕩得不管講話聲和腳步聲都會有回音，而且通風很差，每吸一口氣，就會吸一種不知來歷的酸腐味進入肺部。

高輝和魚生各帶兩個手下上去，留下十多個人馬在街上集結。高輝另外安排三十多人在外圍埋伏，估計魚生也一樣。萬一談不攏，就馬上開打。

高輝在每個月的字頭例會上都會見到魚生，但沒喜歡過這傢伙。當年魚生的大佬給他取這個外號，不是因為他愛吃魚生，他也不姓余，而是一副臭臉像死魚一樣，特別是那對沒有神采的雙眼。

這天的主持人是五十多歲的叔父富東。他十多年前是字頭的「草鞋」[20]，以做事持平客觀見稱，幫理不幫親，因此說話極有分量，擅長拆彈（解除危機）平息江湖恩怨，黑白兩道都很給他面子。

富東的手下用力打開兩道大門，讓眾人進去。富東扳下大燈開關，十幾支燈膽亮起，其中一支起先持續閃動，最後終於熄滅。

20 草鞋：負責當傳令兵及對內外事務之聯繫，人際交遊廣闊，也參與幫派談判等工作，甚至充當情報來源。

「連燈膽壞咗都冇人換，收埋咁多陀地把鬼咩！」（連燈膽壞了也沒人換，收那麼多保護費有什麼屁用？）

富東抱怨一輪，和他們揸扒後，坐在長桌頂端最接近神枱的位置，教手下給高輝和魚生點煙和擺杯。

揸扒和擺杯都是黑社會術語。古人透過揸扒這種互相握手的方式表示個人職級。擺杯陣是社團講數儀式，只有司職高位的黑幫成員才懂，四九仔[21]不懂也不感興趣。

「東哥，你要搞清楚是誰先搞事？」魚生一開口就開炮。「肥強想要帶幾個女孩進去RED Dragon玩，可是大袋講不到三句就把肥強打傷，這是什麼道理？高輝，你怎樣教你的馬仔？」

魚生一向不講道理，高輝糾正他道：「魚生，RED Dragon門口有明文規定，十八歲以下不得入內。肥強硬要帶人進去，大袋只是做好分內事。」

「大袋查過她們的身分證嗎？」魚生不依不饒。「你看到她們拿兒童證或成人證？」

「那幾個學生妹下身還是校服裙呀！以為披上外套遮掩校服後我們盲的不知道嗎？」

「她們只是扮學生妹！」

「扮學生妹會在RED Dragon的女廁裡遺留學生證？」高輝反擊。「上面有學校名、姓名、出生日期、編號、班級和學生相。我們要找人把證件帶去麥當勞，假裝她們在那邊遺失。上次那幾個靚妹能夠進去RED Dragon是好彩（幸運），剛好差佬（警察）沒來查牌是好彩，她們掉了身分證是我的人撿到也是好彩。萬一被街客檢到，把學生證貼在討論區說RED Dragon供應大量學生妹。魚生，你負責嗎？」

高輝瞪著魚生。

魚生沒再多話，只是拿出紙巾擦臉。

客廳裡煙霧瀰漫，富東繼續吐出煙圈，過了一陣才開口：「對，差佬查牌怎辦？RED Dragon冚旗誰孭（負責）？魚生，就算你賣埋老婆仔女都孭唔起（就算你賣了老婆和子女也負擔不來）。」

「肥強二十幾歲人，很有自己想法，我管不了他太多。」魚生話裡的鋒芒徹底消失。

富東收到魚生的意思。「ＯＫ！大袋的殮葬費由魚生負責，另付五十萬安家費（撫恤金），以後兩不相欠。」

「大袋仔細老婆嫩，五十萬連奶粉錢也不夠。」高輝不妥協，決定打蛇隨棍上。

「什麼牌子的奶粉？」魚生反嗆。「五十萬連奶媽也可以請幾打。」

21 四九仔：在黑社會裡，不同數字表示不同身分。四九仔是組織中的普通成員／馬仔。四二六指紅棍／揸fit人。四一五指白紙扇。四三二指草鞋／鐵板。四三八指二路元帥／香主／先鋒。四八九指龍頭／坐館／話事人。

「安家費要夠他兩母子活到個仔十八歲。五百萬就差不多。」

「他只是個朵[22]叫大袋，不是真的大袋（大人物）。」富東揮手，表示這個價錢已經是最後定案，沒有討論空間。「他只是看門口，條命只值咁多。」

「五十萬這種小錢我隨時拿得出來，殮葬費我負責。魚生，如果你現在三口六面（面對面）講清楚肥強一人做事一人當，我們以後就沒有拖欠。」

魚生思考了一陣，點了點頭，這表示日後肥強及其黨羽是生是死，要劏要斬或者剁成碎肉拿去做叉燒包[23]，就由高輝發落，魚生不干涉，不求償，不「覆桌」[24]。

曾尚文問高輝為什麼不收魚生的五十萬而寧願自己出錢，高輝回答：「大袋雖然衝動，但我一直當他是兄弟，有今生沒來世。如果收那五十萬後，坐視殺我家人的仇人繼續風流快活而無動於衷，我做不到。」

半年後，肥強在湖南長沙的一個賓館裡打完炮，正準備打的離開時，三台電單車突然逼近，在行人道上把他前後包抄。肥強心知不妙，想拔槍時，三個車手先發制人。子彈射個不停，附近的行人馬上四散，幾條街外的市民甚至以為是放鞭炮。

每個槍手都用上兩把槍，六把槍共射出三十三顆子彈，肥強當場身亡。子彈數量是高輝指定的要求，因為大袋死時只有三十三歲。

這是曾尚文所知，高輝第一次買凶殺人。

高輝說過，香港三合會的起源各有不同，有些是工會組織，有些是同鄉會，有些是清朝時反清復明的組織，後來他們接手一般人不做的黃賭毒偏門生意，並把那些業務組織化以便管理。如果沒有癮君子、嫖客和賭徒這些市場需求，他們這些供應商早就轉行。

收買人命不是經濟行為，所以不是高輝的作風，頂多找人挑斷仇家的手筋腳筋，一定留下活口。

然而，大袋的死讓他破了戒，因為他一直視大袋為家人。

在黑社會的腥風血雨裡，曾尚文看到江湖中人對人生的不同追求。大部分人追求金錢、權力和女色，高輝是重視家庭和講義氣的少數派。他告訴大袋的老婆不用擔心錢的問題，他會每個月都給她生活費，等小孩進幼稚園後，再給她介紹薪高糧準的工作，既有穩

22 朵：黑幫術語，指「外號」。

23 叉燒包：一九八五年，澳門發生凶殺案，凶手殺害澳門八仙飯店東主一家九口及一名員工，盛傳凶徒把死者屍體製作成叉燒包，並於飯店出售。此案轟動港澳，並被改編成電視劇和電影。

24 覆桌：字面解釋爲「翻桌」，黑幫術語指「尋仇」。

定的收入，也能照顧好小孩。

每當夜闌人靜，曾尚文的心思就回到過去，回憶大袋教訓惡霸、自己第一次拿到薪水、荒唐的四人混戰……這些不知不覺已經是十多年前的事情，他也從對社會一無所知的懵懂青少年，變成在黑暗世界浮沉的男人，不知道十年後會變成怎樣？

但不管他的人生軌跡怎樣改變，始終有一件事纏擾他心頭。

他的生母是誰？為什麼懷胎十月生下他後又放棄了他？

他非常渴望知道答案，否則，雖然不會懷疑自己人生在世有什麼意義，卻讓他覺得萬一明天突然死掉，留下這個人生謎團無法解決，會是人生一大遺憾。

他想盡方法找出自己的身世，包括捐血和在紅十字會的「香港骨髓捐贈者資料庫」登記，雖然沒有找到親人，但找到一個和他的白血球組織型高度吻合的無血緣受贈者，是僅有五千至一萬分之一機會。

他在紅十字會安排下和這個中年女人見面，胖胖的善良女人，一直感激他的捐贈。

「別再哭。」他在她面前放下平日黑幫的口吻：「妳好好照顧家人，和他們一起過得開開心心，就是感謝我。」

後來又和她去飲茶。雖然她和自己沒有血緣關係，但他感到一陣莫名的親切感。他希望這個女人真的是自己的親戚，希望認識她的家人，讓自己享受天倫之樂。

可惜他是個有江湖背景的人，活在和正常人不一樣的世界裡。沒事的話，他會避免和那個女人再接觸，就讓她繼續活在平靜的世界裡。

56

司武志信聽從戚守仁的建議，在沙發坐下。

「他生母是一宗強姦案的受害人。」戚守仁在手機上說道：「一九八六年，在禮義邨。」

這個答案讓司武志信大感震驚。「天！怎會這樣？」

「當年負責這案件的總督察仍然在世，我訪問過他，知道來龍去脈。」戚守仁說得有條不紊。「這宗強姦案在禮義邨其中一個很僻靜的樓梯發生。事後黑幫協助警方調查，交出一個外號叫化骨龍的蠱惑仔。他一直聲稱自己無辜，是黑幫和警方聯手砌生豬肉[25]。」

「沒有基因鑑定嗎？」

25 砌生豬肉：「砌豬」是英語「charge」的廣東話譯音。「charge」指「警方落案控告」。「生」指「生疏」。「砌生豬」指「不熟悉以法律途徑保護自己的人被砌詞落案控告」。此說法口語化爲「砌生豬肉」。

「這技術在一九八六年才面世，那時香港還沒引進，整個警隊沒多少人聽過這玩意。」

司武志信心裡暗罵。「曾尚文知道自己的母親被強暴嗎？」

「這是最糟糕的地方，二〇一八年有個警司告訴他，原因我不能跟你說。」

香港警隊的電腦系統不但記錄每個使用者的搜尋紀錄，也會記錄檔案被誰調閱過。這個紀錄只有警司級或以上才有權限讀取。

曾尚文的檔案被很多警員調閱過不足為奇。相比之下，他生母的檔案在最近三十年裡只被閱讀過一次，是O記[26]的張建泉警司。

強姦案關O記什麼事？難道那是黑幫指使的嗎？放話強暴目標的家人，比威脅目標的性命更有效。

戚守仁不認識張建泉，但身為著名的獨眼神探有個好處，很多伙計都會賞臉，願意透露一點消息。

如果對方是提早退休的同僚就更好，他們比在職警察更能暢所欲言，最好的是退休後移居外國領長俸的同僚。

張建泉目前人在英國，戚守仁找到他的聯絡方法，和他在WhatsApp上打招呼後，約定時間通話詳談。

「沒想到要退休後才有機會結識大名鼎鼎的神探。」張建泉對戚守仁說的第一句就是恭維。

戚守仁不喜歡互相吹捧，但也識時務地恭維對方破過幾宗轟動的大案。市民對張建泉印象最深刻的一件事，是他任職〇記總督察時，帶領過百名反黑和軍裝警員在某黑幫叔父出殯的殯儀館外戒備，並和同等數量的黑社會分子對峙，互相喝罵，衝突一觸即發。在雙方劍拔弩張時，張建泉單人匹馬穿過十幾個蠱惑仔，走到某幾個黑幫頭目面前斥罵。

「你哋咁想入靈堂就留響入便一世唔好出嚟！」（你們這麼想進靈堂，就一輩子留在裡面不要出來！）

張建泉的聲音高亢，被十公尺外的記者用攝錄機錄下來，影片可在YouTube上找到，獲市民留言一面倒讚好。

「十年前的事怎麼還拿出來說？」張建泉道。「我現在頭髮都白了。」

---

26 〇記：即「有組織罪案及三合會調查科」（Organized Crime and Triad Bureau），英文縮寫為「OCTB」，而〇記是俗稱。

戚守仁馬上轉入正題。「你記不記得讀過八六年禮義邨強姦案受害者的檔案？可以告訴我理由嗎？」

「原來是這件事，很敏感呀！你想給化骨龍翻案嗎？」

「我要知道更多情報後再下決定。」

「你能不能保證不轉告給第三者？」

「當然。我以性命保證，但你相信我的口頭承諾嗎？」

「當然相信。你在警隊裡的風評很好，你不知道嗎？」

「我什麼也不知道。你知道，我在警隊裡是獨家村，不常和其他人來往。」

「我當然知道你獨來獨往，但是以前和你一起的同僚都對你讚譽有加，他們說，他們能夠在那場槍戰活下來，能夠結婚生子，能夠在五十五歲時退休，只有一個原因：你衝上前時不顧一切，不怕犧牲，救了他們的性命。如果說出色的警察會辦案，你就屬於偉大的層次。」

戚守仁無法確定張建泉這話到底是真有其事或者杜撰，但他實在沒必要捧自己到這個地步。

「扯太遠了，回到正題。」張建泉的語氣一本正經。「我當時收到風說某個社團有一批貨運來香港，但不知道地點。『師爺文』曾尚文找中間人約我見面。他說那個社團是他的死對頭，而他也知道藏毒地點，可以告訴我們，條件是交換他生母的情報，包括她中英文姓名和出生日期。」

「強姦案受害者這個身分呢？」

張建泉稍一遲疑。「對，他特別問我在她身上發生過的事。我曾經猶豫要不要透露。說的話，怕他做出不知道什麼事。不說的話，我又過意不去。就是那個成長環境讓他變成這個樣子，他有權知道自己的身世。每一個人都有權知道自己的身世，對吧？」

是這樣沒錯。「他後來成為警方的線人或臥底嗎？」

「沒有啦，那是只此一次的利益交換。他找到自己身世，我們幫他幹掉競爭對手，也可以向市民交代，不是雙贏嗎？」

「他生母現在在哪裡？」

「她不是失蹤人口，要靠他自己找出來。」

「他生父的身分呢？」

「不就是化骨龍嗎？」

「我看過報告。那位女士是案發一個多月後發現月經沒來，才由校長陪同下去報警，所以警方沒有採集到指紋，也沒有可以指認色魔的衣物纖維，全部加起來，等於沒有客觀的科學鑑證。這個化骨龍很有可能只是替死鬼。」

「那案件與我無關，但在警方的電腦系統裡，他是生父。」

「你告訴曾尚文，是相信他會找出真相。」

「是你説的。我從來沒想過。」

司武志信和戚守仁通電話時，把自己關在房間裡，把方雨晴和Leo擋在外面。

窗外是一座座相連的山峰，山後面是著名的彌散石澗摩天崖，他考慮過去攀登，但山崖陡峭地勢險要，時有市民失足墜崖身亡，甚至有市民因救人而失去重心墜崖底身亡，所以，山友立碑稱摩天崖為「捨身崖」，碑上刻有「永懷捨身仗義客，安全遊樂惠眾人」。

要找出曾尚文的身世、他和司武家千絲萬縷的關聯和衝突，就像登上摩天崖，要有粉身碎骨的準備。

曾尚文會如何看待司武家，是視之為有血脈相連的人，或者是不共戴天的仇敵？

司武志信很想打電話問曾尚文，或者直接打開他腦袋在裡面找答案。

司武志信打開房門，想去廚房倒水喝，卻發現坐在沙發上的方雨晴和坐在地板上的Leo幾乎同時抬頭注視他。

「你神色很凝重，剛才和誰談電話？」

「沒什麼。」

「告訴我，讓我分擔你的煩憂。」

雖然她一番好意，但這種分擔也可能把她拖落萬丈深淵，和他一起粉身碎骨。

他可以抱着她睡覺，進去她裡面，但還沒找到和她分享複雜情感的距離。不管講太多或講太少都可能傷害她，甚至在情報分享的分量這個話題上，他也不敢與她交流。

「小事，不值一提。我去外面走走。」

「什麼時候回來？要不要煮你的飯？」

「不用。」他向她揮手，沒有看向她，只在心裡向她說抱歉。

57

曾尚文拿到生母的姓名後，立刻丟進google搜尋引擎裡，第一個跳出來的結果是一位天主教小學的副校長。

他在那間學校網站上只找到校長的照片。副校長和老師的照片都不見蹤影。他花了點時間才在學校活動的ＰＤＦ中找到了黃麗貞副校長的照片。

這女人看來五十多歲，符合他生母的年齡，容貌和他也很相像，特別是鼻子和嘴巴，是他生母沒錯。

她身兼數學科主任，自己的「數口好」應該就是來自她的遺傳基因。

此外，她還有個外表看不出來的重要特質，就是善良。即使因姦成孕，仍然沒有打掉他，讓他來到這個世界上。

他又找了她的其他照片來看，發現她個子不高，估計不到五呎四吋，所以自己的高人身材來自那個色魔。

因為他的強暴，才讓曾尚文能有出生的機會，但要感謝他嗎？

不，他不只傷害一個年輕女子（她當年比現在的曾尚文還要年輕），還把曾尚文丟到殘酷的黑暗世界裡，一輩子只能在裡面打滾。

這種惡行不能沒有報應，就算和自己有血緣關係也不例外。

曾尚文寧願自己沒有來到這個世界的機會，也不能讓那個年輕的女子受到傷害。

58

曾尚文去中央圖書館，翻閱微縮菲林（微縮膠片），看到八十年代關於那案件的新聞報導。

化骨龍堅持自己無辜，本來曾尚文半信半疑，直到在監獄親眼見到化骨龍本人，就相信他是被砌生豬肉。

化骨龍很瘦，身材矮小，好像和嬌小的生母差不多高。以他們兩人的基因，怎會生出高大的兒子？

當年香港尚未引進基因鑑證技術，就算後來引進，要推翻法庭判決也不容易，起碼要找大律師幫忙，但這是化骨龍沒有的基本條件，所以只能一直蹲苦牢虛耗人生。

化骨龍對著曾尚文一臉茫然，「你是誰？」

曾尚文不是第一次去監獄，卻是第一次去探訪自己不認識的人。

「你不認識我，我們也不是親屬關係。」後面那個理由讓曾尚文下定決心。「但我也許可以幫你忙，還你清白，請你告訴我所有事情。」

化骨龍因強姦罪被判坐十二年牢，但在獄中表現極差，和其他犯人打架，不停加監，結果坐了三十多年仍然沒有呼吸到自由的空氣。

他沒有接觸過電腦、手機、網路等現代科技。他的世界停留在八十年代。他最後一次接觸的貨幣和郵票都是用英女皇伊莉莎白二世的頭像，最後一次能自由行走是在八十年代的香港，最後一口自由的空氣是在英國殖民香港的時代。

從入獄開始，化骨龍了解的香港就只在不到三十吋的電視機上播映。不管香港環境怎樣變遷，他的世界裡只有鐵欄和圍牆。他的大餐不是自助餐，而是農曆年初一、二才有的炆齋（雲耳、枝竹及粉絲）、臘腸和羊肉。他的「度假」不是去外國旅行，也不是去操場放風，而是被關進黑房裡受罰。他的願望不是賺大錢或者置業，而是重獲自由，去他以前住過的地方、吃過飯的大牌檔和機舖（電子遊樂場），和探望自己的家人。

「幾十年沒見過他們，也不知道他們的下落。我父母應該走了，我辜負他們。我想去他們墳前拜祭。」

化骨龍說時抬不起頭來，像在偷偷淌淚。

曾尚文沒有告訴他，香港沒有充足的土地提供土葬，大部分人都是火葬。大牌檔和機舖早已息微，連他以前住的禮義邨，也全部拆卸重建為新邨。他留下足跡的地方差不多已全部消失，一如他在監獄裡被浪擲掉的黃金歲月。

曾尚文要找出誰是自己的生父，也要還化骨龍清白。做過壞事的人不該逍遙法外，無辜的人也不應該被懲罰和失去自由。

59

司武志信坐在欣澳站月台上的長椅等候戚守仁。每隔幾分鐘就有幾百個離開迪士尼樂園的遊客來到月台轉車，非常吵雜，而且月台長期播放迪士尼音樂，非常滋擾，但就是這些人和音樂為他和戚守仁帶來絕佳掩護。

戚守仁遲他五分鐘來到。

「那傢伙探過化骨龍，應該是想確認他是不是自己的生父。但他不是只探望化骨龍一次，而是每個月都去。」

囚犯和探訪者之間的對話，會被懲教署職員記下，內容也在戚守仁手上。

「他想繼續問出當年的事進行確認嗎？」司武志信問。

「不，他們談的內容非常瑣碎，他也拿書和食物過去，好像真的是兩父子，但沒有人會這樣對待強姦自己母親的男人吧！除非他知道化骨龍是坐冤獄，所以非常同情他，要幫他脫罪。我沒有聽過黑社會成員會做這種事。他做這種事沒有好處。」

「他可不可以用自己的DNA證明和化骨龍沒有血緣關係來幫他上訴？」

「要推翻當年裁決——」

月台突然響起「請企喺黃線後面等候／請站在黃線後面等候／Please wait behind the yellow line」的兩文三語廣播，分別是廣東話、普通話和英語。

戚守仁等廣播結束才繼續說：「那需要複雜的法律程序，還需要受害者站出來，和通過法律程序確認曾尚文是她兒子，否則他在法律上和當年的強姦案一點關聯也沒有。」

司武志信不認為曾尚文會為了還一個男人清白，而去找素未謀面的生母，要她回顧不堪回首的悲慘過去。

所以，曾尚文除了探望化骨龍，就沒有其他實際的協助。

60

曾尚文的工作場所雖然只限於RED Dragon，但這工作讓他認識很多人，而他們又會介紹其他人給他認識。怎樣利用這些人，和他們周旋，就是他的本事。

以他在護幼院的成長經歷，本來不喜歡處理複雜的人事關係，但比起處理電梯底下的垃圾和冷氣機裡的灰塵，人事工作反而讓他覺得比較容易處理。

其中一個和他來往甚密的是科技公司老闆馮世傑。他在人稱「傑仔」時，幫黑道架構「一樓一鳳」[27]網站，方便嫖客在網上找到鳳姐的資料。等到這模式被其他黑幫抄襲，網站設計師相繼被警方以「依靠他人賣淫收入維生」的罪名起訴時，「馮少」已經賺到第一桶金，並利用這筆錢轉作正行開網路公司，幫客戶建設網站做Ｂ２Ｃ和ＣＲＭ的業務。腦筋靈活的他不斷改變公司的發展方向，現在的客戶是上市公司和跨國企業，公司規模也早就大到他沒能力管理，所以他和另外幾位股東都退居幕後，聘用專業的管理團隊去經營。

四十出頭的「馮博士」目前享受半退休生活。雖然很多年前就和黑幫沒有生意來往，但沒有切斷和黑幫人士的聯繫。出來跑江湖，人脈永不嫌多。

曾尚文和「傑仔」識於微時，感情深厚。不管傑仔需要妻子以外的女性朋友慰藉，或者曾尚文需要電腦專家提供專業意見，都會找對方幫忙。兩人的友情建立於祕密和信任之上，雖不至於刎頸之交，但固若金湯，仍然稱呼對方作文仔和傑仔。

曾尚文想知道怎樣從不同基因公司找出有血緣關係的人而不被發現，理所當然諮詢傑仔。

「基因公司不是金融機構，不會花大錢投資在網路和資料庫保安上。要駭進去他們的資料庫，比教我那個反叛期的女兒吃飯時不看手機還容易。」

根據基因公司的機制，基因公司把他的基因報告輸入資料庫後，系統就會自動啟動基因配對程序。

不過，只要他隱藏自己的戶口，就不會收到通知，和他有血緣關係的人也一樣，不會知道他的存在。

傑仔找來的駭客，就是直接去不同的基因公司配對資料庫裡把他的配對結果下載，發現他和四個人有關，全都屬於他生父那邊的親戚。

駭客又根據那些人的登記電郵和送貨地址，在其中一個資料庫發現了一個姓張的中年女人，和一個姓司武的年輕女人。在另外一個資料庫裡，發現剛才那個姓司武的年輕女人，和另外兩個同樣姓司武的女人。

「司武家是西嶼的地主，在工廠大廈擁有很多物業，非常有錢。我跟他們家的老大司武文虎博士吃過飯交換過名片，雖然忘記和他講過什麼，但他老婆挺漂亮。」

傑仔一邊講，手指一邊像彈鋼琴般輕敲桌子。傑仔只要想到性方面的事情，就會有這

27 一樓一鳳：香港法律並不視性交易為違法，但禁止組織或操控性交易活動，因此業者以一個住宅單位裡只有一個性工作者的性服務形式運作，妓女也因此被稱為「鳳姐」。

個小動作。

「我不會過問你和他們之間發生過的事。」傑仔繼續道：「但奉勸一句，不要衝動，凡事三思而後行。」

曾尚文把目光從傑仔的手指抬起來，沒有答話。

司武志信僱用的駭客在不同的基因科技公司的資料庫裡找到四個和志愛有親屬關係的人，撇除張女士和兩個姓司武的人外，就只剩下一個信用卡上名字叫Tsang Sheung Man的男人，而且戶口被隱藏。送貨地址是位於旺角的智能櫃。

駭客撤退前刪掉志愛的檔案，不讓其他人追蹤到她。這是其他駭客沒考慮到的失策。

曾尚文發現司武家成員這點，再一次震驚司武志信，也大為感慨。

他不是自誇，這個人擁有司武家的基因，不會蠢到哪裡去。

ＤＮＡ檢測確實能發掘很多隱藏在基因裡的故事，能幫忙找到有相同基因來源的親友，但也能翻出不能見光的過去。

用ＤＮＡ找出強暴案的真凶，雖然是還原真相的正義之舉，卻也讓受害者找到他們這些加害者的家屬，再把他們變成另一批受害者。

從基因學的角度看，曾尚文擁有司武家的基因，也就是司武家的人。他的存在可以傳播司武家的基因。他們這種自相殘殺站在基因學的角度上完全荒謬。

曾尚文沒聽過「司武」這個姓氏，但罕有姓氏方便搜尋引擎找出準確的答案，不會找出一大堆同名同姓的人。

置頂的幾個結果都是和「司武文虎」有關。綜合這些資料，他五十出頭，在年齡上勉強可以做自己的生父，但嫌疑犯也有可能是其他姓司武的男性成員。

不管是誰，在這個世代住在西嶼的家族裡，怎會有人在三十多年前大嶼山對外交通還不算發達時跑去禮義郈犯案？

61

司武志信需要見到志愛本人。重大的話需要面對面親口說。

他不會約志愛到地鐵月台，也不會在樂景灣的餐廳，而是約她在東涌搭登山纜車「昂坪３６０」前往昂坪市集。

車程需時二十五分鐘，沒有人在他們身邊打擾，但纜車外的壯麗風景分散志愛的目光和心思，她只顧看着纜車從一座山頭翻過另一座山頭、揮手和腳下棧道上登高的人打招呼、眺望機場和港珠澳大橋，害他遲遲無法把沉重的話說出口。

下車後，他本來打算在前往天壇大佛的路上把話說出來。山上遊客不多，地上一坨坨風乾的牛糞，散發著濃烈的氣味，因為這裡的牛很雜食，所以牛糞比坐於蓮台祭壇上的天壇大佛更引人注目，他暗唸：「罪過罪過。」

志愛的注意力很快被一隻懶洋洋趴在地上的黃牛吸引過去，又在垃圾桶旁搶去一隻小黃牛叼著的塑膠袋。

「你不能亂吃東西，會噎死的！」她教訓完小黃牛，叫他幫她和一臉無辜的動物拍照。牠不注視鏡頭，很不合作。

他不擔心和她上來是錯誤，行程最後一站是在寺院旁觀的小食店，位於半開放式的空間裡，雖然坐下來可以隱約嗅到香燭味，但不至於受不了。

購買流程採自助式，她點了山水豆腐花和魚肉燒賣後問他：「你吃什麼？我請客。」

「不用了，等下我負責說，妳負責聽，但要把故事聽完。」

這個可以坐上過百客人的空間現在只有零星不到十個食客，他們輕易找到一個遠離其他食客的位置坐下來。

她一邊吃一邊聽她從未沒聽過的家族故事，臉色愈來愈凝重，聽到強姦案時，手裡的湯匙掉進只剩下一口的碗裡，發出響亮的「噹」一聲。

他的視線往下，確定沒有豆腐花濺出。「司武家只有兩個人有嫌疑，就是文虎和他老爸司武炎。」

「姓曾那人多少歲？」她問。

「三十五。文虎今年多少歲？」

「他本來去年或者前年想擺五十大壽的壽宴，我忘了，但當年頂多十六歲。」

「就算只有十四歲也有嫌疑，不管是誰，為什麼會跑去禮義邨？」

她沒打算吃剩下那一口。「你不知道嗎？」

「知道什麼？」

「我媽講過家裡的八卦，文虎和他老爸以前並不住在西嶼。那時他們還不是司武家的人，但我不確定是在哪年搬過來，也不知道他們以前住在哪，只知道文虎是屋邨仔。」

這八卦的內容司武志信聞所未聞，這輩子第一次為對家裡發生的事無知而感到臉紅耳熱。

「他們以前不是司武家的人？什麼意思？」

「司武炎是我們太公（曾外祖父）在外面的女人生下來的，小時不給當成是司武家的成員。後來，當時司武家的長子……我不知道怎樣稱呼……你當是太子或儲君……意外身亡。司武炎因為是唯一的男丁，所以給接回來。這事在當年很多人反對，但太公一意孤行，沒有人阻止得了他。」

司武志信這輩子第一次覺得交換家族八卦這種事並不是沒有好處。「媽的，原來司武炎就這樣由一個我們沒見過的外人，搖身一變成為司武家所有人都要聽他話的皇帝！」

「一人獨尊的家族裡就會發生這種的事情。宋朝好幾個皇帝都只有女兒沒有嗣子，繼任人都是從其他旁支找回來，像宋理宗趙昀就是在平民家庭出生及成長。」

「妳的記憶力真好，連名字也記得。」

「這是我碩士論文的內容，我能不記得嗎？」

在回程路上，天色漸漸暗下來，遊客漸少，黃牛絕跡，烏鴉的啼叫聲卻逐漸變得清晰。昂坪市集給人一種廢墟之感。

司武志信趁最後機會抬頭看佛像。佛陀以慈眼廣視眾生，雙手的不同法印像救拔眾生痛苦。

世人執於尋找真相，以為真相可以帶來解脫。曾尚文想盡辦法去找自己的身世，卻找到自己不可告人的過去。

司武志信和志愛也一樣，他們本來只想找出曾尚文是誰。

每一個找到真相的人，沒想到真相反而給自己帶來莫大的痛苦。

司武志信在報館工作的後期，常面對無解的心煩意亂之事，整個人的情緒非常低落。他聽從某位女同事建議去背誦《般若波羅蜜多心經》，到現在還記得其中幾句。

「照見五蘊皆空，度一切苦厄。」

「諸法空相，不生不滅，不垢不淨，不增不減。」

「心無罣礙；無罣礙故，無有恐怖，遠離顛倒夢想，究竟涅槃。」

62

司武志信發短訊問戚守仁：「可以查到司武文虎一九八六至八八年住在哪裡嗎？」

「有機會，但無法保證，我試試問。」

戚守仁的回覆一向保守，但兩個小時後傳來確切的答案。

「禮義邨。」

司武志信心想，兩條線終於連起來了。

「你怎樣查出來？」

「簡單，教育署有紀錄，他那時由『禮義邨朱之文紀念中學』保送及遞交資料報考『香港中學會考』。」

「所以，司武炎和文虎兩父子的其中一個，當年在禮義邨強暴二十多歲的教師黃麗貞，讓她生下曾尚文。曾尚文其後被送進護幼院，曾經被領養，後來像人球般又被送回去。十多歲時加入黑幫，和張建泉警司交換情報找到生母的下落，也找到無辜坐冤獄的化骨龍，最後利用基因技術找到強姦生母的色魔是司武家的人。我說得沒錯吧！」

「完全正確。姓曾那傢伙的運氣很好，能查到那麼多。有時我利用最先進的基因系譜（Genealogy）找到DNA，也不能做到什麼，就像去年找到一具十多年前在水塘發現的女屍的身分。」

「但你至少找到她的身分。」

「對，但也只能做到這個地步，沒有任何證物可以找到凶手。就算找到，也不代表找到公義。我前年替一個二十多年前的強姦案找到唯一的疑凶，可是男人移居外國退休，無法引渡回來。」

「如果是在二〇一九年之前，外國政府可能還會幫忙引渡。」

「沒錯。撇開引渡不說。如果你還沒找到凶手身分，你會抱一絲希望，說如果找到，就能把他繩之於法。找不到是你的無能。可是等你眞的找到凶手，卻發現什麼也做不到，你就會被無力感壓到透不過氣來，也會認爲世上並沒有公義。這比沒有發現眞相更糟。」

第十二章

63

那天司武文虎回家後覺得頭很暈，上樓梯時氣喘吁吁，眼前一黑，再睜開眼時發現自己身處私家醫院的私家病房裡。身邊擺滿了各種醫療機械，發出「嘟嘟嘟」的聲響。他的右手手背被插上導管接受輸血治療，吸進肺裡的空氣隱約帶有消毒藥水的味道。

阿德和司武謝舞儀都在床邊。她憂心戚戚地說：「我發現你倒在二樓的梯旁失去知覺，嚇得半死，馬上致電救護車。」

「見鬼！我一點記憶也沒有。」他答，想下床去小便，但被阿德和司武謝舞儀阻止。

「姑娘（護理師）會幫你。醫生說你嚴重貧血，所以馬上給你輸血，同時安排各種身體檢查，希望盡快找出病因再對症下藥。」

司武文虎不認為自己的病情嚴重。

「妳不用留下來陪我，回去吧！阿德陪我就行。」

「阿德一個人夠嗎？」司武謝舞儀問。「還沒找到誰對付我們，要是那人追到醫院來——」

「妳們誰能打得過阿德？」司武文虎打斷她的話。「阿德不多話，可以讓我好好休息。要講話很累人。妳回去！好好給我看著志慧。」

沒人能夠說服文虎，就算他病倒後也不例外。

司武文虎上次在病房過夜，是爸爸司武炎彌留時，不到六十歲，爺爺活不到七十歲。司武家男人不容易活到古稀之年，顯然基因都不夠健康。

只要想到爸爸，他就會想到禮義邨。

「新同學，你要交保護費，否則後果自負。」

司武文虎早就忘記阿鬼。那傢伙是他這輩子第一個碰到的小混混，也是第一個向他收保護費的小混混。

司武文虎討厭十八歲前的自己，所以把十八歲前的記憶埋到維多利亞港的海底。

在七、八十年代，司武文虎並不是住在大嶼山，而是和爸爸一起住，也隨著爸爸的生活條件改變而一直搬家和換學校，最後在中四和中五那年搬到禮義邨，也順理成章就讀「禮義邨朱之文紀念中學」。他在轉校的面試裡聽老師說，朱之文是一位熱心公益的社會賢達，在七十年代初以高齡離世後，家人以他的名義捐錢蓋學校去紀念他。「之文」取自《論語》的「敏而好學，不耻下問，是以謂之文也」，意思是「靈敏又好學，向比自己學問差的人請教時，不覺得沒面子，所以稱為『文』」。

幾十年後，司武文虎成為社會棟樑，因緣際會認識和朱之文同年代的叔父輩，才知道朱之文年輕時並不如學校宣揚的那麼正氣。那傢伙本來叫朱海富。五十年代韓戰爆發時，美國對中國和朝鮮實施禁運。美國商務部官員指出「凡是一個兵可以用的東西，都不許運往共產中國」。港英政府按聯合國決議對中國大陸執行全面禁運令。當時一批愛國商人甘冒被港英政府追捕的風險，組織船隊向中國售賣、運送禁運物資。朱海富身為其中一批下游船隊的領導，居然盜竊禁運物資，轉往東南亞和台灣傾銷，暴得大富。

朱海富這個走私客中的走私客，由於有黑幫背景，沒有人敢對他下手。後來他轉做正行生意，再改名朱之文給自己洗白，並透過各種慈善捐獻，最後成為名字用方正大氣的字體留在各商業大廈、圖書館和學校等外牆上的企業家、慈善家兼社會賢達。

而他取「之文」這個名字的主要原因，是他識字不多，那兩個字加起來只有八畫。

司武文虎覺得朱海富的真實人生，比學校宣傳那個形象不只更生動和立體，也更值得學習。

雖然朱之文家族捐錢蓋學校，但是同學的質素無法用錢買回來。禮義邨朱之文紀念中學裡的環境就像朱海富成為社會賢達前的真面目那樣，充斥大批有黑社會背景的同學。

司武文虎第一天上課就被阿鬼等人拉去一間離學校頗遠的快餐店吃中午飯。他們以赤裸裸的方式盤問他的家庭背景和轉校情況。

文虎轉校經驗豐富，早就知道這套遊戲怎樣玩，也知道保護自己比什麼都更重要，把準備好的一套說辭搬出來。

「……我媽死了，我爸是銀行經理，在中環上班。」

阿鬼等人聽了都笑出來。「你講大話不眨眼！銀行經理會住在禮義邨這麼兜踎（落魄）嗎？」

文虎沒有因此而緊張，過了一會才說：「我爸做散工，欠了大耳窿（高利貸）很多錢，經常有人上門找他，你們不要到處跟人家說。」

他從小就學會一個道理：愈是想騙人的話，愈不要一開始就告訴別人，反而要裝得難以啟齒，這樣人家才會相信。那些同學雖然有黑幫背景，但也不過是一群沒有多少見識的中學生。

司武文虎輕易騙過這群自以為比他更懂行走江湖的青少年。

其實他的話不完全是謊言。媽媽生下他後不知所蹤，和死掉一樣。他一直由爸爸照顧。爸爸雖然沒有欠債，但確是沒有固定工作。

□

七十年代的香港大興土木，紮鐵這行業不愁工作機會，讓司武炎賺到錢餬口。

這行業要求的學歷不高，所以工人品流複雜，有些包工頭本身就是黑社會成員，給你工作，你也要回佣三到五成，這是行規。

紮鐵工作非常辛苦，司武炎每天都帶著汗臭和一身痠痛回家，有時更帶著工傷，和同事發生嚴重意外時的心理創傷。雖然他不到四十歲正值壯年，但連續工作三天後就要休息兩天，否則會累得無法站起來。

他在工地工作了幾年後，在八十年代轉行做裝修，反正都是「三行」[28]。雖然從事裝修的收入不及紮鐵，但付給包工頭的回佣也沒有三成那麼多，有些包工頭當你是兄弟，不收回佣，所以最後落袋的和做工地的差不多。

和他談得來的幾個裝修師傅都是禮義邨街坊，他們喜歡收工後坐在大牌檔打躉[29]胡說八道。常有人說要「食大茶飯」[30]，但一直都只是「大隻講」（打嘴炮），沒有行動。那些從大陸偷渡到香港打劫的省港旗兵都開過紅星[31]，他們這些裝修佬頂多就是車大炮（吹牛）。

---

28 三行：指泥水、木工、油漆三個行頭。

29 打躉：指長時間停留在同一個地方。

30 食大茶飯：粵語中指做大事，也指犯罪勾當。

31 紅星：紅星手槍，仿製自蘇聯的馬卡洛夫手槍。

他們會在大牌檔「百香園」對經過的女性評頭品足，戲稱為「睇雀」（觀鳥），並一直坐到下午五點，因為整個禮義邨長得最漂亮的女人會準時出現。

她二十多歲，身材瘺平，臉蛋非常標緻，街坊稱她為「靚絕禮義邨」（貌美冠絕禮義邨）。很多惡形惡相的男人在她面前會因為不想講粗言穢語卻又不知道怎樣開口而變得結巴，不少禮義邨的女性甚至會模仿她的衣著和打扮，但當然，沒一個學得了她一半。他聽過有人用一個四字成語叫什麼「學步」的形容這情況，但只有小學畢業的他怎會記得那麼清楚。

總之，這女人被公認是禮義邨的邨花、禮義邨的傳奇。

很多人都不認識她，但都在談論她，對她的事瞭如指掌，彷彿躲在她的床底下偷聽。

「她是附近一間小學的老師，姓黃，住在第六座。」

「她如果去參選港姐，一定可以拿到冠軍。」

「可惜她太矮，只有五呎三。」

「那叫嬌小，女人牛高馬大有什麼用？她又不是男人？大部分香港男人也不是很高呀！」

「對，她那種是真正的『美貌與智慧並重』[32]。」

即使對美女，不，特別對美女，司武炎和朋友的嘴巴更加不乾不淨。

「我要請她喝木瓜奶，以形補形。」

「如果能和她來一次，短五年命我都制（願意）。」

「你憑什麼讓人家看上你？人哋係老師，你盲字都唔識多個。你識唔識個盲字點寫？」（人家是老師，你卻識字不多，你知不知道『盲』字怎寫？）

「咪就係一個『亡』字底下加個『日』字，有幾難寫？」（不就『亡』字底下加個『日字』，有多難寫？）

「挑！你個文盲真係連盲字唔識寫！」（靠，你這文盲真是連『盲』字也不會寫！）

□

阿鬼他們沒有勉強司武文虎交保護費，他以為可以樂得清靜，不料一個月後，阿鬼強逼他做跑腿，把貨送去指定地方，如果不聽話或告訴老師甚至報警的話，就會找他麻煩。司武文虎當然不敢不聽話。阿鬼不是裝成蠱惑仔，而是真的有黑社會背景，就算訓導主任要見家長也沒用，因為阿鬼的老爸就是管理機舖的黑道分子。文虎常在百香園看見他兩父子一起吃飯。他老頭的外表就和爛仔一樣，和他一起抽煙的人都是凶神惡煞的紋身漢。

32 美貌與智慧並重：爲香港某選美活動的競選口號。

這天司武文虎回到住的大樓門口時，阿鬼等人又突然出現，挾持他到大廈後面一個人跡罕至的死角。

「二十分鐘後幫我們把這包東西帶到公園裡，放在垃圾桶旁邊的椅子底下就可以。」阿鬼硬塞一包東西給司武文虎，不容他拒絕。

司武文虎很清楚裡面是什麼。「為什麼要找我？萬一被捕怎麼辦？」

「你看來和我們不一樣，也沒有和我們一起玩，沒人會懷疑你。」

司武文虎覺得這傢伙真的不蠢，但也不好對付。

「放在椅子上？不用交給人？」

「你離開公園後，就有人會去拿。放心，我們比你更怕你被捕，這一小包東西比你這條命還要值錢。」阿鬼拍他肩頭。「老師不是說同學要互相幫助的嗎？」

阿鬼真的不蠢，所以司武文虎這張牌只會一個月打一次，平日絕不打擾他，甚至不會和他打招呼，但如果其他同學要找他麻煩，阿鬼就會出手阻止。

「信仔嚟讀書㗎，你班粉腸唔好搞人地。」（信仔來讀書的，你們這些廢物不要打攪他。）

沒人聽得出阿鬼說的，到底是暗諷，或者真心話，也許有人猜出司武文虎是他的駁腳（跑腿），但總之，文虎活在阿鬼的保護罩裡，可以樂得清靜。

不過，外在環境的安靜，不代表心如止水，特別是司武文虎正值青春期，在身邊出現的漂亮異性很難不吸引他注意。禮義邨朱之文紀念中學的女學生不只每天都精心打扮來學校，也像是不斷挑戰學校規定，竭盡所能使裙襬短一些，努力阻止男同學專心上課。

但最讓他分心的是「靚絕禮義邨」的邨花黃老師，剛好和他住在同一棟公屋。他跟蹤過她很多次，刻意搭同一部電梯，記得她洗髮精的味道。就算不知道她的全名，也知道她住在他樓下。她每天早上六點半就出門，七點十五分抵達禮義邨天主教小學。他要目送她的身影滑進校門，才再繼續自己的行程，反正她的學校位於他家和朱之文紀念中學之間。

她從來沒有回過頭看他，大概在她眼中，就算他比她高出一個頭，但只要披上校服這種保護衣，他就只是一個普通不過也不起眼的中學生，教師的眼睛又會本能地篩走其他校服的學生，因此他就和化學課上聽到那種能殺人於無形的一氧化碳一樣，是無色無味無臭的氣體。

所以，即使他好幾次在快餐店坐在她附近的桌子，聽到她向學生補課，聽到她們叫她「Miss Wong」，她始終沒發現他的存在，目光沒有和他對上。

他喜歡聽她指導學生功課。即使坐在鄰桌，他覺得她就在指導自己。這個很懂數學的女人讓他覺得非常有魅力。如果能和她約會，會有莫大的成功感。這不是像阿鬼他們去溝女同學可以比得上，但她不可能答應和他約會。禮義邨裡垂涎她美色的男性多不勝數，就算他排隊，也輪不到他。

□

禮義邨是全港最大的公共屋邨，共有四十二座七層高的公屋，容納兩萬多居民，兩個數字都是全港之冠。

這條邨分五期興建。第一和二期不設電梯，第三、四和五期雖然有電梯，但只停靠在雙數樓層，單樓樓層的住戶須要經過樓梯往雙數樓層搭乘。

大廈呈長方形，每層四十個單位平均分布於走廊兩側，三部樓梯分別位於這個長方形的左中右，電梯和中間樓梯相鄰。大部分居民出入都取道中間樓梯，而左右兩側樓梯則相對冷清，只有早晚繁忙時段才會有人經過，吸引少男少女在人不多的時候去「扑嘢」[33]，因此連男居民也不願走，因為賭鬼認為見到這種事情會行衰運。

司武炎剛好跟黃老師同住在屬於第五期的三十九座，雖然分屬七樓和六樓，但搭電梯時同樣使用六樓的出口，因此不時和她一起搭電梯。她認得他，不會因為電梯裡只有他一個男人而不敢進去。

這當然不是好事。他不想她記住他的容貌，就像不想她知道他站在她旁邊時對她的各種狂野幻想。

禮義邨居民喜歡交換黃老師的八卦，不論真假，彷彿談論她，就能拉近她和自己的距離。男人喜歡談論她，好像這樣就能把她變成自己的女人。

司武炎不喜歡這種自欺欺人。

他收集她的各種小道消息，只要有機會就跟蹤她，認真地判斷消息的真偽。

她和媽媽相依為命是真的。富家子開高級房車來找她是假的，她也沒有不可告人的私生子。

她每逢星期日去天主教小學旁邊的教堂參加主日崇拜。常自備保溫壺和飯盒去三十二座底下的明記粥店買皮蛋瘦肉粥和蝦米腸當宵夜。明叔會趁明嫂不注意時，盛比平日分量多一半的粥給她。她會吃吃地笑，向老闆道謝，然後明嫂又會出來罵明叔做賠本生意。

當然不會賠本，就算不收黃老師錢也不會。不少居民光顧明記的理由就是很單純的「黃老師也幫襯（光顧）」。在那個「電視汁撈飯」[34]的時代，黃老師的影響力不下於電視明星。

照理說，黃老師一個人在晚上出門來回走二十分鐘很危險，不過，在鄰里守望相助的禮義邨，任何人高聲呼叫，就會有一堆街坊衝出來，有的還會拿掃把、雞毛掃或者其他可當武器的工具幫忙。

33 扑嘢：爲粵語中「發生性行爲」的粗俗說法。

34 電視汁撈飯：在港劇高峰的八、九十年代的流行語，指對著電視吃飯的一種文化。

所以，黃老師雖然引起無數男性的目光，讓他們夜裡利用手，配合腦袋進行不切實際的幻想和運動，仍然可以出入平安。

司武炎曾經計畫在雨季雷電交加時，趁她出門買宵夜回家前，把她拉去梯間，就算她喊聲再大，也會被雷聲掩蓋。

可是，誰會在壞天氣下出門買宵夜？

64

戚守仁調查當年在禮義邨的案件，發現風化案極為罕見，常見的是黑社會打鬥和收陀地費（保護費），或是持刀搶劫。

教他眼前一亮的發現，是在強暴案案發前幾個月裡，有三個人不約而同報警說頭上遇襲而暈倒，這三個襲擊案有三個共通點，第一，事主都是不到十五歲的少男。第二，事主沒有受傷，也沒有財物損失，因此警方僅加強巡邏。第三，襲擊案在強暴案後就不再出現，所以後來也不了了之。

其中一個遇襲少年，是當年大牌檔百香園老闆的小兒子周志威。

大牌檔這種食肆的歷史可以追溯到十九世紀中，當時政府規定這類在街頭露天經營熟食的小販必須在當眼位置展示牌照而得名。大牌檔因供應食物種類繁多，價格低廉，而深受中下階層歡迎。去到八十年代，港英政府認為大牌檔衛生環境差，在屋邨重建時，用法規逼令大牌檔交出牌照，變相逼使其無法經營下去而結業。

百香園因此難逃結業命運，但那姓周的東主並不甘心，和原班人馬在新邨開茶餐廳，繼續賣他們遠近馳名的樽仔奶茶、火腿炒蛋牛油多士、忌廉雞湯通粉和奶油咖央脆脆。八六年離現在三十多年，早已物是人非，但那這四道「名菜」，至今還在餐單上，否則難以吸引食客光顧這間自八十年代開業起就沒再翻新的茶餐廳。

當年遇襲時只有十三歲的周志威，現在也差不多五十歲，並接掌為老闆。這個頭髮灰白的壯碩男人穿上印上十號Messi的紅藍格子巴塞（巴塞隆納足球隊）球衣，在幾個月前接受過YouTuber訪問，分享經營百香園的心得。

「你看現在的冰室都是扮懷舊，我這裡是真的舊，不只裝修，就連杯碟也是盡量使用當年留下來的，全部都有幾十年歷史。師傅退休換了人，但食物仍然保持當年的味道。」

香港有二百五十多個公共屋邨，但戚守仁在香港住了超過半個世紀，踏足過的公共屋邨恐怕不到三分之一。

禮義邨在八十年代重建，把舊式公屋拆卸重建，二〇一〇年代進行大維修，由於不靠近地鐵站和市區，成為中年人獲分配也不想選擇的鬼地方，所以現在屋邨裡大部分居民都是老年人，從他們的破舊衣著就看出是弱勢社群。

這裡不管公園、球場、涼亭和大廈外牆都露出歲月的痕跡，破損不堪、掉漆，「等待維修」的牌子隨處可見。

身在其中的百香園也不例外，黃底紅字招牌用上圓角字體，旁觀有一個展露笑容的卡通頭。茶餐廳裡面的硬卡座，高身水吧吧枱，吧枱上的食物照片等都常見於八九十年代的港產片。

如果說這一切在YouTube影片上看起來懷舊，戚守仁親身來到現場發現的就是殘舊，特別是抽油煙機不夠力而在空氣裡殘留的油煙味。

在這裡用餐的食客多是上年紀的街坊，有些還衣衫襤褸，沒辦法，禮義邨翻新至今已經超過三十年，當年的中年人現在都成為老人。

戚守仁剛在卡座坐下，就向正在和食客吹水（閒聊）的周志威下單，點了一杯樽仔奶茶和一份奶油咖央脆脆。雖然此行是來工作，但美食也不可錯過。

他剛脫下口罩準備大快朵頤，周志威下單交到水吧後回來，對他定睛細看。

「你是不是獨眼神探戚sir？」

戚守仁很久沒有試過被陌生人認出來，以為自己早就被遺忘。他喜歡被遺忘，被認出不但不方便，也不好意思。

「你怎會認出我來？」

「我從小就開始喜歡看奇案節目。」周志威用姆指擦鼻子。「也看過《獨眼神探》很多次，你一個人一支槍救下一隊警察，又保護市民，非常犀利，如果香港所有警察都像你那樣就好了。」

又一個《獨眼神探》的粉絲！在那部片裡，主角被改名為「鄭守仁」，而且單人匹馬用一枝槍擊斃了好幾個悍匪，又掩護十幾個市民離開後才中槍倒地，把他大大神化了。電影公司用這個手法把主演的男星英雄化，讓觀眾對他產生好感，後來他也大紅大紫，片酬過千萬人民幣。

但在現實中，那位男星和他這個獨眼神探都只是普通人。

「有什麼好？像我那樣被射爆眼嗎？」

「哈哈，當然不是，我非常尊敬警察！」周志威堆出笑臉。「司武家早前才出事。我有預感警方遲早會來找我。」

戚守仁不喜歡被人家居高臨下注視。「為什麼？坐下來告訴我。」忍住沒有說出「反正你也沒有多少客」這句傷人的話。

周志威不是整個人鑽進卡座，而是側坐，雙腿放在座外。

「你是因為我當年遇襲的事而來吧？」

這個外貌不揚的男人，比很多警員還要聰明。戚守仁問：「你遇襲怎會和司武家有關係？先聲明，我並不認為是你做的。」

周志威把右手手肘壓在桌上。

「我不確定，但當年百香園還是我老竇（父親）開的大牌檔時，就有四個裝修佬長期坐在路邊的桌子對經過的女人品頭評足，用字非常下流。他們自稱『吹水四人幫』，但我老竇叫他們『爛口四人幫』，其中一個人姓司武。」

戚守仁幾乎想拍手，這天不枉此行。

「相隔三十多年，你怎會記得這麼清楚？」

「姓司武嗝！怎會不記得？那人的兒子司武文虎是我們學校的名人。他兩父子常幫襯百香園，我當然認得他老爸。」

「你對司武文虎有什麼印象？」

周志威沉思了一陣才答：「他高我幾班，很高，很安靜，不搞事。」

「你聽過當年發生過強姦案嗎？」

「有，好久了，八十年代中，受害者是個大學生。」

戚守仁點點頭。為了掩護黃老師的身分，警方刻意散播錯誤訊息。

周志威回頭看水吧，去把樽仔奶茶和奶油咖央脆脆拿過來。

「我老竇當時就向差人報料，說爛口四人幫很有嫌疑。很多食客都聽過他們說要搞邨裡的女人，但警方一直找不到證據，只好放生他們。」

「如果再遲兩年，不，十八個月，警方就會引入基因鑑證，把色魔緝捕歸案。」

「媽的，那色魔真好運！」

周志威說得咬牙切齒，戚守仁感受到他一家人有多討厭那個爛口四人幫。

「說回你遇襲，可不可以告訴我詳情？」

周志威聳了聳肩說：「這個我反而沒什麼印象，就是被人從後方猛力攻擊頸部這個位置。」他用手掌作勢劈劈自己頸左邊。「然後我就暈倒不醒人事。」

「那時你多高？」

「五呎三四左右吧！我算遲發育。我以為你是來問我司武家被人下毒的案件，怎麼變成問我的事？」

「沒什麼。」戚守仁不會和周志威分享自己的想法，因為色魔的身分已經呼之欲出。

他轉移話題問道：「你們這個奶油咖央脆脆很好吃，是怎樣做的？」

65

雨季來臨，雨勢從春雨綿綿，變成傾盆大瀉。

司武炎等的就是這個時節。

黃老師不會在雨夜外出買宵夜，不過，有件事她風雨不改每晚九點都會做，就是倒垃圾。

垃圾槽就在電梯旁邊，需要用鑰匙打開木門，裡面有一條槽直通地面的垃圾房，往裡面丟垃圾，可以從高處直接掉到垃圾房，方便工人統一收集。這個設計唯一缺點，就是有時垃圾淤塞，工人進去裡面清理時可能不慎失足跌死。

在每天晚上九點電視台的廣告時間，黃老師會穿長袖睡衣和長褲，趿拖鞋出門，趕緊倒垃圾，不用一分鐘就會回到家裡。

司武炎在六樓的側梯偷偷盯她看了一個星期，記下她從打開家門到打開垃圾槽那道木門之間所需的時間，記下她關上木門回到她家門口的時間。他也換過位置站在中間樓梯，確定她關上木門後不會回頭。

他掌握整層樓所有單位在八點五十分至九點零十分之間所有有規律的活動，確定在九點會出門倒垃圾的只有她一個。

他戒了煙，把舊衣丟掉，不讓黃老師記得他身上的煙味。

那晚下很大的雨，雨聲劈劈啪啪。

他離開家門後，去她單位旁的側梯裡，把從七樓到五樓之間的垃圾清理掉，再把三層側梯的燈泡全部拆下來，放進塑膠袋裡，拿去樓下丟掉。

側梯的燈炮壞掉或被偷大家都習以常，不走側梯就是，管理員第二天會換成新的。

其實，側梯在晚間很少人走，但他要把「很少」這個可能變成零。

從七點零五分電視台的「黃金時段」開始的一個小時內，家家戶戶都守在家裡「用電視汁撈飯」。電視劇主題曲、角色講話的聲音和背景音樂傳遍整條走廊。

第二線劇集在八點半至九點半之間播出。雖說是第二線，但水準並不比「黃金時段」的來得差，有時甚至更好，像同樣由萬梓良[35]飾演，時裝劇《流氓大亨》就比武俠劇《陸小鳳之鳳舞九天》好看很多。

但他沒有機會看完一集《流氓大亨》，因為每天八點五十分，他都要出門躲在側梯，留意黃老師倒垃圾的動靜。他希望能趕緊完成要做的事，這樣他就可以安坐家中，舒舒服服從頭到尾看完一集。

所以，這天他非常期待，一如以往躲在中間樓梯。踏正九點，其中一個單位的門打開，十一秒後垃圾房木門關上，一秒後傳來垃圾掉到垃圾房的聲音，並帶有延後和明顯的回音。

木門隨即關上，上鎖，聲音微弱，只有在剛好那時電視劇很安靜才能聽到。

用絲襪套頭的他，從中間樓梯轉進長長的走廊。

黃老師不當側梯燈炮壞掉是一回事，回家時沒有加快腳步，也沒有回頭，走路就像講

---

35 萬梓良：香港著名演員，前妻爲台灣女演員恬妞。一九九二年時，兩人的盛大婚禮成爲電視台現場直播的「特備節目」。

話一樣溫柔。

他可不一樣，雖然踏白飯魚（廉價帆布鞋），卻加快腳步，走廊裡的各種聲音把他的腳步聲掩蓋掉。她沒發現他在身後發動偷襲。他伸出右掌成手刀，劈往她頸上的「人迎穴」。她馬上倒地昏迷不醒。這一招是以前某個學過武術的師傅教他用來自衛。

她倒在他手臂裡的重量比那些初中生來得輕。他趕緊把她拖進側梯，把毛巾塞進她嘴巴，在她後腦打結，又把她雙手綁在身後。

失去知覺的她變成不設防，任由他擺布。

雖然看不到她漂亮的臉蛋，也嗅不到洗髮精的味道，但他早就牢牢記住。他的慾望在剛才出門時已經被勾起，現在只需要在她身上盡情發洩。

第十三章

66

曾尚文本來以為把對家的藏毒地點爆料給張建泉警司，是一家便宜兩家着，不但可以獲取自己身世的真相，也可以重挫對家。

沒想到太天真了。

幾個月後，對家幾個兄弟的屍體在山頭被發現，被斬手斬腳。法醫說，死者被斬時仍然有知覺。

不用警方解釋，明眼人都看得出這是黑幫執行家法。

曾尚文慶幸他的線人沒被發現，否則他們兩個肯定難逃一死。

但是，高輝做了他的替死鬼，有天回家時被衝上人行道的私家車撞死，警方最後只找到肇事的失車，司機下落不明。

字頭為高輝舉辦喪事，讓他風光大葬後，展開地區領導的補選，選出三十出頭的「單眼明」。他曾經和另一位叔父在殯儀館外被〇記的總督察——就是後來的張建泉警司——喝罵，仍然面不改色，被叔父輩盛讚有大將之風。這人一向心狠手辣不擇手段，曾尚文很清楚他會除掉自己，換上他的人馬打理RED Dragon這個金庫，方便上下其手中飽私囊。

張建泉警司不久後就提早退休，底下的總督察接下他的班，再底下的高級督察升任總督察。這個姓鄭的警察急於立功，又開始掃場，即使他們知道RED Dragon不會有違禁品不會有毒品交易不會有未成年少女，但仍然每月一次掃場行禮如儀。

曾尚文討厭這種警察。他們嫉惡如仇，理由是升職。

三十多年前，就是這種人急於立功，把錯誤的人送去坐牢，讓真正的犯案者逍遙法外。

曾尚文算起來，和張建泉警司進行利益交換，雖然令對家損失了一億多貨，但換來自己身邊多了兩處火頭，得不償失。

特別是高輝喪命，讓他非常自責，悔不當初。

他用高輝的性命換取自己身世的祕密，可是知道又怎樣？他生母帶他來到世界，但高輝教他認識這個世界。雖然高輝和他沒有血緣，但比生母和自己更加親密。他們的兄弟情有今生無來世。

他失去世上唯一的兄弟，失去最親的人。

他每天睜開雙眼，都希望能回到還有高輝的世界，每逢假期都和這個親如家人的兄弟度過。每當回想起那些美好的時光，他就笑不出來。

最好就是回到大袋也在的時空。當時他們三個還很年輕，對未來充滿美麗的想像，也希望用行動改造自己的命運，而且也真的做到。

只是沒想到要付出巨大的代價。

67

「那些遇襲少年高度和黃老師相若，因為他們都被色魔當試驗品敲暈。就算司武文虎敢出手，也不會想到這麼周詳，但三行佬會，他們做事要非常小心，避免出現錯漏。」

戚守仁語氣平靜，但司武志信的心跳仍然很快，現在他周圍只有風的聲音，也感到寒冷。灰色的雲層好像離他們頭頂不遠，隨時可以壓下來。

這裡是樂景灣山上的有蓋瞭望台，可以把腳下的社區一覽無遺。雖然有四張長凳，但沒有人會在冬天上來。

司武志信懷疑戚守仁挑這個地方的原因，除了僻靜以外，還表示他已經為司武家撥開迷霧，讓大家看清楚那場家宴大屠殺的始末。

謝謝你的用心良苦，但這裡真的好冷。

「現在動機找到，當年凶手找到，也有證據證明這姓曾的找到他和司武家之間的連結。」戚守仁又道。

「可是沒有他找人動手的證據。」志愛雖然雙手塞進外套口袋裡，但仍冷得打哆嗦。

「他是黑社會，做這種事駕輕就熟，怎會讓人家找到證據？」司武志信想坐下來，但坐在長凳上會更冷。

「就算把他送上法庭，我更擔心他爆大鑊（揭開引起轟動的重大祕密）。」戚守仁在長凳坐下來。「這樣不但沒解決問題，反而會給你們家帶來更大的麻煩。」

「對，化骨龍坐了幾十年冤獄，至今仍然未重獲自由，而我們這個家的成員都不事生產，如果有人爆料並發起公投，我敢說有九成人贊成我們罪有應得，死有餘辜。」司武志信道。

「還有司武文虎的兒子，他會因為『強姦犯的親友』這標籤而成為被欺凌的對象。」戚守仁續道：「小學生對同輩的欺凌和大人世界相比一點也不遜色。我不希望那個小孩經歷這樣的事情。你們家的事已經成為國際新聞，就算送他去外國讀書也無濟於事。」

司武志愛被兩個人的話弄得心煩意亂，雙手從袋裡抽出磨擦取暖。「但我們不能讓這個殺了司武家幾十個人的混蛋逍遙法外。說不定他連我們這幾個還活著的也會想殺掉。」

「這點我很懷疑。」戚守仁搖頭。「如果他要動手，妳不可能還能站在這裡。」

「也許他有別的事在忙。」司武志信提出質疑。

「我不會坐以待斃。」司武志愛激動地道：「我想到一個很徹底的解決辦法，就是以其人之道還治其人之身。」

司武志信沒想到志愛會當著戚守仁面前講出這樣的話。這一點也不像她的作風，證明環境可以逼人作出巨大改變，變成另一個人。

「先是強姦，現在殺人，這樣做的話，我們和那些黑幫有什麼分別？嚴格來說，他也是司武家的人，他也有司武家的基因。」

「和他的基因沒有關係。我們要等他把我們全部殺光嗎？要跟他和談嗎？」她幾乎用吼的說出這幾句話。

戚守仁站起來，一邊拂去衣服上的灰塵一邊說：「我當沒聽過剛才你們講的話，也不管你們怎樣胡思亂想，但先聲明，如果你們真的犯法，我不會阻止同僚拘捕你們。」

司武志信和志愛目送他離去，直到消失後，志愛才再問口：「要不要和文虎商量？」

司武文虎確診患上急性骨髓性白血病（Acute Myeloid Leukemia，AML），屬於血癌的一種。如果能夠移植適合的骨髓，就能活下去，可惜親友慘遭大屠殺，骨髓庫裡也沒有適合的可以救他。

「不要驚動在養病的他。」司武志信嘆了口氣。「文虎自身難保。這件事註定只能讓我們兩個去處理。」

「我們可以找志義。」司武志愛繼續磨擦手掌。「那傢伙鬼點子很多。」

「不用。不要找他。」司武志信沒說的是，他不想見到那傢伙。

68

曾尚文剛踏足江湖時，發現很多夜場都向ＶＩＰ提供毒品和妓女，因此以為夜場就是靠這些非法收入來源營生，再加上酒水的收入，也就是把一瓶成本只有五十塊錢的酒，在帳單上以二十倍以上的價錢出售去賺錢。

後來他發現，原來那只是一部分夜場的做法。有些夜場即使晚上沒有客人，也要在帳簿上寫到高朋滿座，把從妓女、販毒、賭檔、保護費等賺來的非法收入漂白，轉換成合法收入，也就是幫社團洗錢。

不過，社團開夜場不愁生意，這裡是黑道人士消遣和聚會的安全場所，保證裡面不會有不必要的盜錄和竊聽裝備。

RED Dragon的功能更單純。從高輝接手開始，就只有洗錢一個功能，一晚能洗的錢超過五十萬，所以不能讓毒品交易和性交易成為警方把它關門的藉口。

他們跟警方有不成文協議，執法人員就算下班，也不會來消遣，敵對的黑幫成員也一樣。高輝會禮貌地勸對方離開。管理夜場不是靠惡就能勝任，需要恰當的應對能力。

偏偏最近有個看起來很放蕩的二十出頭落魄男人每晚出現，一個人坐在吧枱，還會跟年輕女性搭訕，更甚者，會明目張膽問人怎樣買毒品。

上任總督察只會直接帶隊來掃場，絕不行使這種拙劣的技倆，否則無異於告訴他們：

「我們準備找你麻煩！」

黑道不是蠢的，任何一個大佬都會提防滲透。

這天開工前，曾尚文特別召集手下在RED Dragon的大廳開會。沒有女人，沒有音樂，沒有吵雜聲，所有的日光燈都被打開，同一個RED Dragon變成另一個完全不同的場所。每一個人的容貌，包括皺紋、傷疤、疲態等都一清二楚。

曾尚文用冰凍如寒刀的眼神掃視所有人一遍，語氣帶有不容置疑的絕對威嚴。

「新上任的大sir想要我們收檔。『大舊』以後要在門口留意有什麼生面口的人，不要讓他們進來。寧願不做他們生意。『高佬』和『馬尾』叫兄弟來充撐場面，不要讓這裡靜過鬼。」

警方會記錄夜場的客人人數，日後再和他們的帳目交叉對比，要是看見有巨大差距，就會控告他們做假數或洗黑錢。

「『肥龍』，金毛玲有個很高好像叫阿麗的女孩，你記不記得？她到底有沒有十八歲？你叫金毛玲把所有女孩的身分證拿給你檢查。如果發現容貌和身分證上不一樣的。」有些未成年少女會和姐姐或其他女親友交換身分證，甚至盜用身分證，萬一被警方發現，少女和夜場都會很麻煩，警方會控告夜場教唆少女犯罪，就算告不贏，夜場負責人也要出庭應訊，非常麻煩。「就叫她去整容！要整到一模一樣才能進來。」

大家笑出來，但是曾尚文很快就拍手打斷了他們。「留意梳化、廁所水箱、假天花板和其他角落有沒有可疑的東西，不要給差佬有機可乘。馬上去找。」

69

方雨晴一眼就看出司武志信帶著滿滿的失落和痛苦回家，體內積壓一大堆負面情緒，一聲不響拿毛巾進去洗澡。

他出來後，癱坐在沙發上，雙眼像凝視虛空。

方雨晴坐在他旁邊，伸手摸他額頭。「發生什麼事？」

「沒有什麼。」他點頭，目光停留在坐在他面前的Leo上。

「你不能什麼都不告訴我，難道你只當我是床伴嗎？」

「當然不是。」他的視線終於和她對上。「但這件事不知道妳受不受得了。」

「放心，我承受得了。」她騙他，但其實不確定。如果打算離婚後和他在一起，不但要接受Leo，就連他內心的陰暗也要一併接受，而不是單純地和他過徒有光鮮外表的同居生活。

「好吧！這是個很久前發生的黑暗故事。」

方雨晴把Leo抱到大腿上，聽司武志信講話，彷彿需要Leo提供心靈上的慰藉。

司武志信說的故事沒有她想像中可怕，但可能只是因為她不是姓司武。

現在這案件比單純找出凶手是窮凶極惡之徒還要難搞。如果發現自己是強姦案的產物，沒有人能無動於衷。那個叫曾尚文的人，就是由受害者的親屬，變成加害者。一個因強暴而誕下的人，算不算是司武家的成員？他為報仇而殺人固然是病態，但比起強暴他母親的男人，到底誰更病態？

「雖然那人是因為司武家不知道哪個成員強暴他母親把他生出來，但他捐過骨髓救人，本質不壞。」方雨晴說。

「他也許只是希望可以找到親人，或者幫到有財有勢的人。我不是說捐骨髓不偉大，救人這件事很偉大，但他這種救人不用付出什麼代價，只是舉手之勞，然後被感謝，成為英雄，不需要努力和犧牲。」

「他願意探望一個坐冤獄的人，是有情有義的表現。」

「凡事都有兩面，有情有義代表這個人非常執著，把情義放在理性之上，也不好對付。」

方雨晴說不過他，他說的每一句話都有道理。

「你一定覺得我想法太天真。」

「有一點。但這表示妳是個善良的人。」

「這是拐個彎恥笑我蠢嗎？」

「不，這表示妳這輩子留在我身邊最安全，也讓我對人性不會完全失去信心。」

□

鄭sir連續兩星期的掃場都沒有收獲，對曾尚文說：「你醒醒定定（當心點），不要行差踏錯。我，會，盯，實，你！（我會盯緊你！）」

這句話表示他的掃場會暫時告一段落。

警方離開後，全場歡呼聲此起彼落。曾尚文高聲喊道：「今晚大家來喝免費的酒，想喝什麼都可以點，不必客氣。」

當然，沒有人會蠢到真的開一支一萬塊錢的酒，而是點最廉價的飲品。

幾天後，RED Dragon又再次熱鬧起來，甚至回到疫情前的盛況。和其他夜場不一樣的是，這裡的熟客都沒有移居到外地。

曾尚文終於能好好睡一覺。自從鄭sir上任後，曾尚文愈來愈難入睡，本來最遲三點就能入夢，現在到天亮時仍然睜大眼毫無睡意，卻連出門吃早餐的動力也沒有。

他沒有馬上覺得能從此安寢無憂。警方不會從此不再掃場，所以他一點也沒鬆懈。

他沒有慶祝，只是給高輝上香。自從高輝死後，他就失去唯一分享喜悅的對象。他以後的人生，就只剩下肉體上和表面化的歡愉，而失去真正的意義，和行屍走肉沒有兩樣。

想到未來幾十年要以這種黯淡無光的方式生存下去，他就痛苦萬分，很想打開窗跳出去自我了斷。

但高輝一定會勸阻他說，人生本來就沒有意義，你自己要找個意義，是自尋煩惱。想辦法過得開開心心，就是人生意義。難道我們這些孤兒生下來就沒有快樂的權利嗎？反過來說，我們沒有家庭壓力，可以過我們想過的人生，多麼自由自在。

高輝說得沒錯。

高輝是他人生路上的明燈，可是這盞明燈已經永遠熄滅。

鄭sir再次帶隊掃場，曾尚文並不感到意外。

但這一次，掃場時間從晚上九點一口氣提早到五點半。老實說，曾尚文有點不習慣在日光下出門，覺得什麼都能看得一清二楚很沒有安全感。

幾十個警察分成好幾層，包圍在RED Dragon外面，而且帶上至少三隻緝毒犬。警方前所未有的大陣仗，曾尚文嗅到不尋常的味道。他穿過一層又一層警察，無視他們的銳利目光，去到RED Dragon門口的鄭sir面前，裝作輕鬆問：「你們不夠警察，所以用狗仔頂上嗎？」

鄭sir不以為然。「我們還有幾十個伙計要過來。」指著一條大街外面的旅遊巴士說：「我們會把你們全帶走，一架裝不完，我能安排第二架、第三架，保證你們人人有位。」

一眾警察笑起來。

曾尚文沒有回嘴，現在不是賣弄口才的時候。

他指示手下拉起RED Dragon的鐵閘，打開兩層玻璃門。警方來過無數次，熟悉裡面的布局，他們別的地方不去，直闖曾尚文的辦公室門外。鄭sir親自敲門。「鎖得這麼緊幹什麼？給我打開。」

曾尚文覺得很不對頭，但不能不合作。一項「阻差辦公」的罪名就能判監禁十五日，即使承認罪行獲得減刑，也要判十日，但他擔心的不僅如此，還有警方此行有備而來。

字頭不會把重要檔案放在夜場的辦公室裡，裡面所有文件都可以公開，就和電話簿一樣安全。

曾尚文打開門，扳下燈掣。以前他會盯著那些進去搜查的警察，特別是他們的手，提防警方拿出一小包毒品栽贓。

但這一次，曾尚文不是留意警察，而是從上到下，從左到右，快速地掃視了整個辦公室，果然很快在辦公桌旁邊發現一個沒見過的黑色公事包，新得發亮那種。

媽的，明明唯一鎖匙就在自己身上。RED Dragon這裡有內鬼！

他馬上把目光移開，以免警察順著他的視線發現不尋常之處，可是鄭sir二話不說，直接伸手把公事包提起。

不用說，警方輕易打開了公事包，裡面全是一包包的白色結晶體粉末。

從剛才警方在RED Dragon門外開始，就有三個警察用四防全高清攝錄機從不同角度把過程記錄下來，可以讓陪審員看得一清二楚。

曾尚文雙腿發軟，覺得自己像被人從背後用棍襲擊，幾乎要跪倒在地上。

「這是什麼？」死差佬明知故問。

誰是警方的毒針？他腦海浮起一張張臉，但不是「沒有一個有可能」，而是「每一個都有可能」。

曾尚文不會只留下一個手下單獨在RED Dragon裡，所以警方在他身邊埋下不只一支毒針。

警方一定收集了很多對他不利的證據，人證物證俱在，只等他站上被告席。

「我要找律師。」

這是曾尚文被鎖上手銬前講的最後一句話。

第十四章

70

「警方傍晚在九龍一夜店進行掃蕩，起出一公斤冰毒，市值六十九萬，並拘捕三十五歲的夜店負責人。」

在香港，這種涉及毒品的新聞，一般市民都不感興趣。毒販和他們分屬兩個黑白分明的世界，河水不犯井水。只有業內人士和癮君子才會憂心，前者擔心生計受影響，後者擔心供應緊張而加價。

司武志信不屬於這兩種人，但一樣關心這案件。

曾尚文突然以藏毒被捕，不可能是巧合，就像在同一天，在司武家命案中被控教唆殺人罪名的廚師李少榮，獲控方撤銷指控。

只有知道內情的人，才能把這兩個看來毫無關聯的案件串連起來，並找到調查方向的變化。

既然戚守仁無法找到曾尚文下令毒殺司武家的證據，那就只能從其他方面入手。就像警方無法證明曾尚文販毒，但藏毒罪夠他坐七年牢，期間他沒有心思去對付司武家，只會焦頭爛額去找出是誰栽贓害他，萬萬想不到和司武家有關，反正他也沒有證據。

「謝謝你幫忙。」司武志信發短訊給戚守仁。「我欠你和警方一個大大的人情。」

「不，你只是欠我的。警方在曾尚文身邊埋了臥底，他遲早會被送去坐花廳（坐牢），是我說服他們提早收網。」

□

「志愛告訴我說，案件調查已經結束，凶手已給處理，但沒告訴我內情。」司武志義發短訊給司武謝舞儀。

「太好了。」

她的回答仍然非常冷淡，沒有回到家宴前的熱情，他懷疑永遠回不去。

「要不要見面？」他試圖重燃他們之間的激情。「我們很久沒見面了，反正他現在住院。」

「不，我很忙。」

司武志義很想告訴她，她和自己之間的事，志信全部知道，恐怕連志愛也知道，甚至連那個獨眼神探也知道。他們沒有找她麻煩，是因為他幫她擦屁股，把所有不能見光的髒事都擦掉。

他上輩子一定欠了她，所以這輩子努力償還，幫她懷孕，生下司武家的長子嫡孫，提升她在司武家的地位。而且，為了掩護她們兩母子，他變本加厲在外面玩樂，讓她在其他人面前說他的壞話，不讓任何人相信他是志慧的生父。

那個孩子也永遠不會叫他作父親，只會輕蔑、給他白眼，會在耳濡目染下叫他混蛋和爛人。

而他得到什麼？就是和她在偷情時的歡愉。

這是一場美好的交易，或者代價過高的犧牲？

最無辜的是老虎仔，他幫自己一點好處也沒拿，只是出於兄弟之間的兩脇插刀。老虎仔重義氣、不好色、不爛賭，什麼都好，就是喜歡碰毒品，拿元素週期表上的東西去組合和販賣。

司武志義早就提醒他，就算《絕命毒師》裡的主角聰明絕頂，最後也難逃英雄末路的下場。

「沒人會為毒販求情，而且，毒品涉及的錢太多，用這種方式暴得大富，和一個不懂得自我保護的美女一樣，都會招來很多麻煩。」

老虎仔嗤之以鼻，說那只是電視劇。司武志義深信，那傢伙自己中了毒癮，難得清醒，早就分不清美醜，豬乸當貂蟬（母豬賽貂蟬），果然最後警方檢控他的理由，不是他涉及司武家的案件，而是藏毒。

司武志義只好希望，老虎仔可以在囚禁期間徹底戒除毒癮，出獄後好好做人。

71

司武志信驅車載志愛行經蜿蜒的山路，最終抵達九龍西一座小山丘上的聖德醫院。從這裡可以俯瞰整個九龍半島和香港島，醫院本身是一間建於二十世紀初的第二級歷史建築物，僅容納不到兩百名病人，外觀及內部設計均保留了上世紀的「愛德華建築」風格，但內部極其現代化，並且非常重視視覺給人帶來的舒適感，在走廊和轉角的各處都懸掛著色調柔和的油畫。

雖然司武文虎臥坐在尊貴的私家病房的床上，但臉色卻很糟糕。他不是穿病人服也不是睡衣，而是特地為了見他們而穿便服，兩邊肩膀的位置都向下滑，估計比以前瘦了至少兩個碼。

就算這裡的環境再好，也無法逆轉司武文虎的病情。他只是在人間苟延殘喘，一條腿已經在天堂裡。在司武志信的心中，文虎早就死了，現在像耶穌基督般暫時以復活的形態現身。這個病房就是個漂亮的墓室而已。

司武文虎坐在床上，張開雙臂，但只能稍稍提高過床單。

「志信，好久沒見了，你知不知道我多期待這一天？」

司武志信對文虎沒有熱情到要去擁抱他，但也找不到理由去拒絕。這個文虎不再是十多年前他最後一次見面的那個人了，而是老婆被他兩個親戚睡過，其中一個就是他自己，也不知道志慧並非親生兒子。他在公共屋邨長大，懂得應付反丁權組織，是在司武家大屠殺後妥善處理後事控制大局的男人。

雖然和司武文虎十多年沒有見面或者講過一句話，但司武志信沒打算也無法把十多年沒說過的話補完，他有太多祕密不能透露，特別無法坦白過去幾個星期調查曾尚文和司武炎的事情。文虎快走了，沒有必要知道他老爸年輕時犯下的罪行，否則只會給他增加心理負擔。

「司武家人丁單薄。」文虎說話時聲線抬不高。「志義又吊兒郎當，成不了大器。你回來司武家吧！我會安排，你可以領生活費，也可以蓋你的丁屋，阿爺會付錢。」

雖然司武家的成員只剩下六個，但志信認為西嶼仍然是一個無形的大監獄，家規森嚴，長幼有序，男尊女卑。即使文虎不在，那些家規仍然會繼續壓下來，把大家壓得喘不過氣，受害者包括尚未成年的志慧，他日後將會承受傳宗接代和振興司武家的壓力。

「我再考慮。你專心養病就好了。」

「考慮什麼？我這個樣子頂多只剩下半年，你就當答應我這個快死的人吧！」

司武志信懷著贖罪的心情點頭，不是答應，而是敷衍。他怎也不會回去司武家，也不想裝作沒事那樣面對司武謝舞儀。她一定會覺得他好蠢。

文虎伸出手和他握著，久久不放。「今晚和我兩個人一起吃飯吧！」

司武志信握著文虎那隻皮包骨的手掌時，想到不只他快死這件事，還有他到快死也改不掉把女人當成外人的習慣。

「你們兩個人吃吧！反正我要回學校。」志愛回答得毫不在意。明明剛才她還打算和志信在採訪完一起吃晚飯。

「好吧！」司武志信答應時，連自己也覺得難以置信。

「阿德在外面，我叫他去日月樓買大餐回來。」司武文虎大悅，拿起手邊的手機。

「你不用戒口嗎？」司武志愛問。

「戒什麼？我很快就要見閻羅王。難道連最後能享受美食的機會也要被剝奪嗎？我寧願做飽鬼，也不要做餓鬼。」

72

曾尚文聽有個坐了很多年牢的老叔父說，收押所好比中陰身，介乎生與死之間。如果好運的話，你可以回去自由世界重生，否則就要送去坐牢，如果人到中年，刑期又長，就很有可能死在獄中。

曾尚文不同意，在監獄裡，你可以倒數日子，知道什麼時候出來，但是在中陰身階段，不知道自己未來是生是死，反而更磨人。

曾尚文在收押所無所事事，如果碰到以前認識的人，都會聊幾句互相打氣的話，即使對方並不是同一字頭的人。

慶幸自己沒有家人，慶幸媽媽不知道自己的下落。

如果有家人，怎樣向她們解釋他的處境？有些兄弟被捕後，家人才發現他是社團成員，最後令家庭破裂。這種心理打擊比坐牢更加嚴重，也構成還押人士在收押所自殺的主要理由。

所以，曾尚文從來沒有想過像高輝那樣組織家庭，連親密的異性朋友也沒有。逢場作戲的女人雖然不少，但沒有人能以她們的性命相逼威脅他。

他在收押所失去自由時，什麼都想一通，包括自己的未來。

社團律師第一次見他時，就說他惹上大麻煩，恐怕牢獄之災免不了，只能幫他求情減刑。

「沒關係，我就當進來度假。」曾尚文在加入黑社會的第一年就有心理準備。如果怕坐牢，就要遠離黑社會。

他的未來非常黯淡。高輝死後，沒有人為他撐腰。出獄後，他就失去利用價值，社團會給他工作，但只會是不重要的雜工，也許只是泊車或睇水（把風），就像他以前意氣風發時看不起的那些人。

活到三十多歲，他學到的其中一個道理，就是不要看不起人，因為你永遠不知道什麼時候會變成你看不起的那些人。

73

司武志信戴上一頂白色帽子，黑框眼鏡和白色假髮，披上格子外套，故意穿得稍微老氣，連方雨晴也認為他看起來超過五十歲。

他本來以為日月樓就算不是高檔的五星級酒樓，也是裝修光鮮，但去到現場，發現只是一間老派的平民酒樓。雖然有幾個大魚缸放置新鮮的海鮮，供食客挑選，但站在門口可以看到裡面的樑柱上雕龍刻鳳，完全是二、三十年前的老派風格，難怪在YouTube上一支影片也找不到。沒有YouTuber會去這種地方吃飯。

司武文虎會去這種食肆肯定是老一輩帶他去。他們喜歡沉醉在往日時光裡，忘不了那種老味道。

他拿起放在門口的菜單，赫然發現上面仍然有金龍吐珠，旁邊印上「廚師推介」的星形圖案。

「你們還賣這道菜嗎？」他問門口的知客（接待員）。

「當然啊，為什麼不賣？」知客戴上口罩，但眉眼的濃妝和眼角的魚尾紋透露她的年齡不輕，低沉的聲音表露她老煙槍的身分。「這道菜式自從司武家出事後，就大受歡迎，很多食客指定要點。我們不是『到會』（外燴），會特別小心處理食材，讓食客可以安心食用。」

「當然放心，我以前就和那個司武家的老大來過一次。」他說。

「對，金龍吐珠是他經常點的菜式，一直都沒有問題，是在外面吃才出意外。」她說得幸災樂禍，司武志信喜歡大嘴巴的人。「他以前幾乎每個月都來，和朋友一大伙人就坐在裡面的VIP房裡，你那時也是吧！」

「對，只有兩、三次，所以聽他說在家宴才第一次吃金龍吐珠，我就覺得奇怪，會不會是我記錯？」

「他貴人事忙，一時忘了。他是我們的VIP，我們當然記得他愛吃什麼。」

她帶他去看接待處旁邊那道貼滿照片的牆。照片上的人，不管男女都堆出笑臉。有的是三五知己的半身照，有的是十多人一起拍的合照，面前的桌子鋪滿一碟碟美食。

她用做過水晶紫美甲的手指指向其中三張照片。他認出司武文虎，從他容貌的變化判斷，這些照片橫跨至少十個年頭。

「你用手機把照片放大，就可以清楚看到他們在吃金龍吐珠。他不會這麼多年也不知道在吃什麼吧？」她說。

他用只有她才聽到的聲量道：「幸好妳們沒說破，不然他就麻煩了。」

「當然，他是ＶＩＰ呀！既然你們這些朋友不說，為什麼我們要給自己找麻煩？如果公開的話，不只他不會再來，連你們也不會來了，你知道那裡是多少生意？」

「放心，我們會繼續來，我記得，那個叫李少榮的廚師以前就在你們這邊工作，他還出來和我們打招呼。」

她的眉毛揚起。「是嗎？怎麼我沒有印象？」

這個知客似乎終於猜到他不是文虎的朋友，而是來套情報。

「所以你們袖手旁觀看著他被警方拘捕。」

「最後他給放了出來呀！不如你站在我們的位置去想，我們只是打工仔，也有家人要養。如果有人會心狠手辣殺這麼多人，我們又算得上什麼？為什麼要惹禍上身？如果我們出事，誰會去照顧我們的家人？」

74

社團律師再次現身探訪時，詢問曾尚文能否適應收押所生活後就轉入正題，好好把握探訪限時的十五分鐘裡剩餘的十四分鐘。

「有什麼需要我幫忙？」

曾尚文很清楚社團不是特別關心自己，而是只要你準備出庭，社團怕你亂說話，所以仍然有利用價值。

曾尚文自從發現自己和司武家有關後，就一直留意那家人的動向，無法不留意，不是因為他們是一家人，而是他被逼擁有司武家的基因。

那家人在社會上算低調，不會在時事新聞上出現，直到早前的集體中毒事件才被揭發在香港九龍新界都擁有大量物業。

而又在那件事發生兩個多月後，自己就被警方找上麻煩。如果說這是巧合，他並不完全信服。

「我在獄中聽說早前發生的司武家集體中毒事件，覺得很有趣，可以給我剪報嗎？」

由於懲教助理會記錄他和律師的對話內容，所以兩人講話都非常謹慎。曾尚文不認為助理會聽懂他的意思，畢竟他的案件和司武家完全無關。

不過，律師會聽得懂他的真正意思。

「這事可能和姓司武的人有關。你們好好去查。」

75

雖然身處私家醫院最高等級的私家病房，窗外景觀開揚，可以眺望九龍和香港，早上也會聽到鳥鳴，司武謝舞儀和志慧每天都來探望，有時會推他去曬太陽，但司武文虎覺得自己更像在監獄甚至煉獄裡。

他懷念在西嶼家抬頭可見的麻鷹。他不僅嚮往牠們自由自在的生活，也羨慕牠們位於食物鏈頂層的無敵位置。

志信後來又探望了他一次，帶來大牌檔的美食。司武文虎已經很久沒品嚐這種街頭美食了。司武謝舞儀不喜歡他亂吃東西，所以沒有留下來陪他一起吃。這一餐就只有他和志信兩個人。

「你有沒有什麼遺願想我幫你完成？」司武志信關切地問。

「很單純，就是回來司武家。」司武文虎有氣無力道：「你知道我以前不是司武家的人嗎？」

「知道。」

「那時我什麼也沒有，和一般街童沒有兩樣，自然沒有人生目標，是司武家讓我找到人生方向。單靠一個人的力量在這個殘酷的世界生存很辛苦，你要投靠大靠山才能過上好日子。你生來就有司武家這個人人羨慕的強大依靠，為什麼要放棄？」

司武志信看來很懷疑。「可是在你的世界裡，只有司武家，沒有自己。」

「司武家就是我，我就是司武家，還需要什麼其他的？」

「因為你是司武家的首領，才會這樣說。對其他司武家成員，所有想法都要服從司武家的繁文縟節，沒有自己。」

「有什麼不好？服從司武家就一世無憂。你看志愛可以心無罣礙去繼續深造，讀碩士讀博士，不用像其他年輕人那樣為住所問題煩惱，就算一輩子不工作也可以到處玩去旅行，過自由自在的人生。」

「我同意她可以過財務自由的生活，但司武家除了提供金援以外，就一無所有，像一個提供高級伙食的大鐵籠，規矩多到無處不在，所以，入贅司武家的男人都不快樂，即使生孩子也只是一個起兩個止。哪有大家族是這樣？」

他和志信的理念南轅北轍，那晚兩人雖不至於不歡而散，但也不教人懷念。

三天過去了，他再也見不到志信的蹤影，志愛也沒有來探望，甚至沒回答訊息。如果是志義的話，這個情況還合理，但是文虎並不希罕他出現。

志信和志愛的表現太不尋常，司武文虎嗅出了不對頭的味道。

76

每晚十點，司武志信都會帶Leo散步。那毛孩沒有固定路線，主人去哪裡牠就跟在後面，不過，如果碰到其他狗，特別是互相嗅過屁股的朋友，牠就會改變路線，和對方打招呼。司武志信也會順從牠，讓牠選擇自己想走的路線。

但是，這晚他不能被Leo改變路線。

戚守仁把黑色私家車開進樂景灣，停在離他家兩分鐘腳程、一個不起眼的角落。

Leo應該沒去過那個位置，想停下來到處吠好好探索周圍，卻被狗繩強行牽走。

司武志信覺得自己和Leo一樣，對人生有自己的想法，想走自己的路，但最後就像現在一樣被帶去自己不想去的方向。

戚守仁的車廂開燈，方便他看書，但沒有阻止他瞄到司武志信和Leo時打開車門。

「你坐在後座。」

是「你」，不是「你們」。

戚守仁也沒跟Leo打招呼，司武志信覺得他不喜歡狗。

戚守仁關上門，把世界隔絕在車門外。

「我特別查過當天的口供，確認司武文虎說他可能去過日月樓，但沒有印象，對有沒有吃過炸河豚也沒有印象。筵席專家昌叔在口供裡也是這樣說。昌叔又說，金龍吐珠這道菜是他推薦給文虎的。」

司武志信和Leo交換眼神。人類喜歡寵物，因為寵物不會欺騙，永遠對人付出真心。

「我剛才去問過我認識的廚師，他們都說李少榮離開日月樓後沒多想，就直接加盟昌叔的筵席專家，全行都恥笑他自貶身價。」

「所以表面看來是文虎主動聯絡昌叔，昌叔推薦他吃炸河豚，但炸河豚是昌叔近年經常推薦給客人的菜式，在文虎預料之中。」

「沒錯，其實要策劃一個這麼複雜的行動，最清楚日期和地點去準備的，當然就是文虎。」

「身為警察，我和你不一樣，不輕易排除任何人的嫌疑，包括你，也包括文虎，但我一直想不出他動殺機的理由。他有財有權，沒人能挑戰他在司武家的地位。」

司武志信比戚守仁更了解司武家裡一堆不能見光也有違人倫的事，甚至自己就摻上一腿，但就算志慧不是文虎兒子，文虎也不需要殺那麼多人。

這點當然不用告訴戚守仁。

利用排除法，加上最新的情報，司武文虎的殺人動機只剩下一個可能。

「文虎不會為了掩飾他老子的暴行而幾乎把司武家的人殺得精光。這不合理。」

「我懂你的意思。」戚守仁發出沉重的呼吸聲，打開車門。「繼續去和你的狗散步。我幫你去找證據。」

77

曾尚文在收押所被關押了兩個多星期，那種早上六點就要起床晚上十點要睡覺、每天生活都很固定也就是刻板的生活，讓他想起在護幼院的黑暗歲月。

他離開了童年那個令人窒息的鬥獸場，在外面繞了一圈十幾年後給送去收押所，甚至會進一步被送去嚴苛的監獄，彷彿他命中註定要失去自由，不管怎樣也逃不掉。

他被懲教助理叫出去時，以為要見社團律師，沒想到是給帶去會議室，裡面坐著一個男人，雖然穿便服，但身上散發警察的氣息，左眼看來很不自然。

曾尚文看過《獨眼神探》的重播不知多少次，雖然電影情節有很多不合理之處，但主角重義氣，輕生死，讓他很有認同感。

他覺得眼前這人就是那個赫赫有名的主角原型人物，姓名卻記不上來。怎麼自己這案件會去到他手上？他近年不是只查懸案的嗎？

「我姓戚，是情報科高級督察。」那男人自我介紹道。

「我認得你，獨眼神探，戚守仁。」這名字突然在曾尚文的腦海浮起。「為什麼情報科找我？是要加控我其他罪名，或者和我交換什麼嗎？」

曾尚文會這樣問，因為警方有時會和被捕的疑犯進行利益交換，只要疑犯合作，爆宇頭的料，協助警方逮捕黑社會高層領導，就可以換取減刑，甚至獲「保護證人計畫」協助改名換姓，在外國重過新生，徹底遠離江湖。

不過，黑社會不會容忍這種二五仔（內奸）。在江湖中人的道德標準裡，黃賭毒殺人放火姦淫擄掠都是可以接受的手段，但出賣字頭和自己人卻十惡不赦。

曾尚文期待獨眼神探會說「如果你爆字頭的料，我們就撤銷控告你販毒，改為藏毒，最快只要幾個月就可以獲釋」之類的話。他不是沒和警方做過情報交換，只有一次，但那次是爆敵對字頭的料。如果爆自己字頭的料，被發現的話後果非常嚴重。有個二五仔雖然獲警方用「保護證人計畫」保送去英國，但最後仍然難逃一死，被當地的殺手槍殺。

「我們懷疑你——」獨眼神探把一個口腔採樣棒套裝放在桌上向他推過來。「涉及一宗強姦案，須要你的ＤＮＡ。」

曾尚文瞪大眼睛。

「你們是不是搞錯了什麼？我不是因為管不住自己的小弟弟而被送進來。」身為夜場負責人，很多人都千方百計巴結他，不管男女都很多。「我一向非常尊重女性，送上門的女孩多到不計其數，要把身高一百六十五以下和腰圍在二十六以上的推掉，我需要強迫嗎？」

「我沒有搞錯，你叫曾尚文。這次的受害者是一個五十多歲的女人。」

曾尚文再也無法鎮定，站起來指著戚守仁罵道：「你們班仆街差佬真是屈得就屈（你們這些他媽的警察能冤枉人的就去冤枉），我怎會去搞阿婆？我要見律師。」

獨眼神探面無懼色，不為所動。

「你以為你的律師知道你在這裡嗎？乖乖和我合作，除非你想你的律師去殮房見你。愈快採完樣，就愈快回去休息。」

第十五章

78

後悔有兩種。第一種，後悔犯過錯誤，做過錯誤的決定。第二種，後悔的不是犯錯，而是沒有把事情做好。

司武文虎屬於第二種。

三十多年前，司武文虎和爸爸常跟黃老師一起搭乘電梯，每次都發現爸爸對黃老師上下打量，褲襠也鼓得高高。如果自己的想法來自爸爸的遺傳，他大概知道爸爸在想什麼。

後來，爸爸每晚九點出門抽煙，但爸爸身上早已經沒有煙味。家裡的煙味是他長期抽煙殘存下來的。隨著他清理雜物，把容易吸收氣味的棉服、衣服、床單、窗簾布等一一換過，這些煙味漸漸消散。

爸爸莫名其妙戒了煙，這是好事，文虎不用再被逼吸二手煙。

他懷疑爸爸在外面認識了女人，因為很多女人不喜歡男人抽煙，所以，他在爸爸出門後，悄悄跟在後面，想看那個女人是不是他認識的人，就算不認識，也想知道她長什麼樣子，是怎樣的人。文虎不想要一個愛打麻將的後母。他很多同學的媽媽只要坐下來打牌，她們的世界裡就只有一百四十四隻牌，可以把丈夫、兒女和所有煩惱等都拋諸身後。

文虎每晚在八點五十分出門，藉口是去在另一座的同學家溫習功課，可以經加蓋走廊來回，連傘也不用帶。

「我會在九點半至十點間回家，要不要我順便幫你買宵夜回來？」他問爸爸。

爸爸搖頭。「你能顧好自己，我就謝天謝地！」

文虎出門後，躲在七樓和天台之間的側梯，靜靜地觀察爸爸的行動，發現他也是前往側梯，在六樓和七樓之間停留，但不是抽煙。

他和爸爸保持距離，就算爸爸回頭，甚至走回頭路，也不會發現他。

爸爸在六樓和七樓的走廊上來回走動，花最多時間在六樓的側梯和中梯躲藏。他的行動看起來不像漫無目的，但也不像有什麼目的。

文虎等了幾個晚上，不見爸爸和人碰面。爸爸在禮義邨有不少朋友，但沒有一個住在六樓。

不過，六樓有一位特別的住客，就是「靚絕禮義邨」的黃老師。

難道爸爸要找的是她？

但黃老師怎會看上爸爸？爸爸是個連字也寫不好的老粗。

爸爸「去抽煙」的習慣風雨不改，就算雨季來臨也一樣，走廊上可以清清楚楚看到他的鞋印，當然也有文虎的鞋印，幸好爸爸沒有留意到。

有一天，文虎在垃圾桶翻到一個粉紅色的絲襪包裝袋，上面印有一雙女性的長腿，但他們家沒有女人。

新聞報導說悍匪會把絲襪套頭後去打劫，但爸爸要去打劫嗎？不可能，爸爸沒有AK-47，只有電鑽和鋸子等無法打劫的道具。

所以，如果用爸爸的行動去推理，他的目標只有住在六樓的黃老師這個可能。

這個跟蹤活動持續了兩個多月後，有天文虎看到爸爸拆掉側梯在七樓到五樓之間的所有燈泡。

這表示爸爸終於採取行動。

文虎守在六樓和七樓的梯間偷窺，屏息靜氣，目睹爸爸把身穿睡衣但失去知覺的黃老師拖到五樓至六樓之間的側梯裡。雖然看不到他對她做的事，但不難猜到，這種事連小六學生也猜到。

文虎沒有大驚小叫，也沒有下去看，而是一手緊握樓梯的扶手，另一手掩著嘴巴。

雖然有心理準備，但看到爸爸行動時的冷靜和俐落，仍然感到震撼。原來幹這種事就和做裝修工程差不多，黃老師就跟電鑽和電鋸一樣，只是滿足爸爸需求的工具。

爸爸很快完事，他的身影準備上來時，文虎忍不住驚叫了一聲，那個身影稍一停頓，就立刻迅速往下逃。

文虎在黑暗裡佇立了一陣，想到爸爸吃驚的表情，不禁笑了出來。

接下來他想到的，是還在梯間的黃老師。

這讓他的緊張感逐漸消散，取而代之的是懷有罪惡感的興奮，並直接改變他下體的形狀。

他摸黑走下去，在漆黑中摸索著仍未清醒的黃老師。第一個觸碰到的是她的鼻子，然後是被塞著的嘴巴，被拉高到乳上的睡衣，光滑的腹部，雙腿之間的毛髮三角和大腿。這些觸感叫他想起一起鬼混過的女同學，但黃老師擁有成熟女性的魅力和「靚絕禮義邨」的美名，如果這晚錯過，以後再也沒有機會。

他在漆黑中探索她的身體，做幾分鐘前爸爸做過的事。這個經歷對文虎來說是只此一次的體驗，他用五感來感受這個瞬間。

一個多月後，黃老師就不再去學校了。她媽媽說她搬了家，引起街坊議論紛紛。幾個月後，就連她媽媽也搬走了，說要搬回大陸居住，但沒有人相信。

黃老師的禮義邨傳奇無聲無息地結束，只有他和爸爸知道真相，因為他們兩父子都是犯人。不過，爸爸不知道，他比爸爸知道的更多。

又過了幾天，警方在禮義邨貼海報，說有色魔姦劫夜歸的女大學生。有人說，這一定和黃老師的消失有關。她收到風聲，覺得自己是目標，所以趕快搬走。

也有人說那個受害者就是黃老師，警方誤發消息，是保護受害者身分的手法，但沒有人相信黃老師成為色魔的獵物。這太破壞大家對她的美麗想像。

又過了幾個星期，警方捉到一個外號叫「化骨龍」的黑幫分子。

但司武文虎沒時間和本事去打聽黃老師的下落，因為他忙於要和爸爸一起搬去西嶼認祖歸宗。

原來他和爸爸都出生在有錢人的家族裡，但爸爸是庶出，所以被冷待。直到爺爺名媒正娶的妻子給他生下的兒子——也就是他的叔叔，那個原本會繼承司武家首領的男人——在房間裡上吊自殺後，爺爺唯一的兒子就只剩下他爸爸一個。

即使爸爸從未獲司武家承認，他的認祖歸宗也遭到其他司武家成員的反對，但爺爺的話就是一切。只要他決定好的事，就沒人能對抗。

□

爺爺司武白像一枝竹竿般高瘦，穿白色唐衫，舉手投足都很有威嚴，在西嶼的大宅裡等待司武文虎和爸爸。

文虎進入大廳時，滿目都是深色的中式木頭家具，有些他連名堂也說不出來。他的目光很快被一個製作精美的神龕所吸引，上面擺放著一系列他們從未見過的祖先黑白照，每一張照片前都有粗大的香燭和水果。香燭的味道填滿整個房間，煙霧在精緻的卷軸中升至天花板。

「各位司武家的列祖列宗，阿炎和文虎都是流落在外的子孫，現在回來認祖歸宗。請各位保佑他們為司武家添子添孫，開枝散葉。」

爺爺的聲音充滿敬意，指示兩人向照片逐一上香和跪拜。

每次跪在照片前，文虎都虔誠地低下頭，不但感受到司武家擁有古老的文化傳統，也與祖先之間有深厚的聯繫。

儀式結束後，爺爺帶他們去書房。

「司武家後繼有人。你們從外面回來，家裡的人不會給你們好臉色看。他們會討厭你們，但也懼怕你們，所以，你們不用怕他們。要記得，你們是真正姓司武的男人，以後會成為這個家族的領袖，他們須要聽從你們的話，否則，你們就在家庭會議上把他們趕出司武家。這是我定下的規矩，所有子孫都必須服從。」

司武文虎被爺爺的話大大震動。他這輩子一向只是聽從人家的話，而不是向人發號施令。

爺爺接著帶領他們認識家族祕書和律師，兩人都是中年人。祕書手持筆記簿，像隨時準備接受重要指示。律師眼神敏銳而機智。兩人都散發出自信和專業的氣場。

「他們兩人都服務了司武家很多年，非常忠心，你叫他們做什麼都會辦得妥妥當當，再過幾年也會退休，但會等阿炎你接班後。」

「什麼時候？」爸爸問。

「十年內。」爺爺指示大家坐下。

「我行嗎？」爸爸問。司武文虎從來沒聽過他說話這麼沒有自信，像個小孩子一樣。

「你們只要聽我安排就可以。阿炎和文虎，我們這個階層的人非常重視關係，特別是家庭關係，不管是真正的血緣關係，或者上契（結拜）的也一樣。沒有人幫忙，做什麼事都不會成功。所以，我們做人要留有餘地，在能力範圍內幫助他人。『積善之家，必有餘慶』。你們要記得。」

文虎和爸爸點頭。平日說話常不經大腦的爸爸，在爺爺面前變得少言寡語。

「你們不再是以前的你們，現在是重獲新生。」爺爺眼光凌厲，不容他們不服從。

「你們要認識新的朋友，用力氣和他們打交道，所以要和以前生活上有接觸的人切斷連繫，把過去全部拋棄，除非那些人能幫到你們。」

文虎和爸爸從此過跟以前差天共地的生活，不只不愁衣穿，連吃喝也不太需要考慮價錢，但也不能再過自己想過的生活。

爸爸不再需要四處找工作，爺爺頻繁地帶他認識不同的人，讓爸爸在只有三個人的家族會議上嘆氣不已。

「在他們面前，我覺得自己一點見識也沒有。」爸爸抱怨道。文虎心想真是活該，誰叫你以前只是和那些裝修佬一起胡說八道？但這也是文虎未來會面對的難題。

「見識需要時間累積。如果你怕說錯話，就盡量少說話，保持威嚴的形象。」爺爺的人生經驗和閱歷都很豐富，因此他的每一句話都帶有權威。「很多你們見過的老叔父不多話，因為他們其實是空心老倌，一開口就見底。」

原來是這樣！文虎說：「但我不能沉默是金，我們年輕人不來這套。」

「沒錯，你要去英國的寄宿學校讀書，祕書正在為你安排。」爺爺的話又讓他大吃一驚。他英文不好，怎樣去英國？爺爺根本沒有徵求過他同意。

「我不是唸書的材料。」

「你一定要唸，我不管你讀什麼，但一定要大學畢業，沒讀書和老粗沒有兩樣，沒人看得起你。」

司武文虎不知道爺爺是不是指桑罵槐批評連中學都沒畢業的爸爸，也不敢偷看爸爸。

一九八九年，香港政治動盪，風雨飄搖，大批香港人爭相移民海外，港督衛奕信

（David Wilson）提出「玫瑰園計畫」（又名「香港機場核心計畫」）去穩定民心。這計畫預算動用兩千億港元，天價不只震驚香港，也震怒中南海。北京方面認為港府會把政府儲備花光，讓中國在一九九七年接管香港時一毛錢也不剩。最終，時任英國首相馬卓安（John Major）與中國國務院總理李鵬簽署《關於香港新機場建設及有關問題的諒解備忘錄》（*Memorandum of Understanding Concerning the Construction of the New Airport in Hong Kong and Related Questions*），表明港英政府留給未來香港特區政府的儲備不少於兩百五十億港元。

九二年頭，司武文虎拿到工商管理學位回到香港。大嶼山北部發展得如火如荼，日後青馬大橋會把大嶼山連接到九龍半島，地鐵也會開到大嶼山。

不只大嶼山，整個香港都翻天覆地，就像他的人生。司武文虎的整個青春歲月，包括禮義邨裡發生過的事，就像一場不真實的夢境，離他愈來愈遠。特別是對黃老師做過的事，有時他甚至懷疑自己是不是真的做過，或者那只是存在於腦海裡的一場春夢。

□

很多事情小孩子不懂，所以想得很簡單。可是成年後，事情會想得愈複雜愈精密，也會愈擔驚受怕。

就像他後來發現，就算事隔多年，警方的法證部門仍然可以利用基因技術，從現場遺留的精液去指證色魔。

這個聞所未聞的方式嚇壞了他。他在她體內留下基因時，並不知道科技會大幅進步，以為只要不被警方抓到就可以瞞天過海，但原來只要你犯過案，警方總會有一天用你意想不到的方法把你找出來。

黃老師在天主教小學任教，很有可能是天主教徒，不願意墮胎，當年搬走，就是方便她把孩子生下來。

他和爸爸先後侵犯過黃老師，那個孩子擁有爸爸或者他的基因？

他的生物科成績從來沒有及格過，但成年後一直留意生物科技的新聞，特別是利用基因找出疑犯的報導。

他不敢捐血，不敢驗身，怕政府用他所不知道的途徑拿到他的基因資料。

多年後，他在《國家地理雜誌》的節目裡找到那個他一直很想找到的答案。陰莖呈蘑菇狀，是方便插入後，把其他男性留下的精液移走，讓女性懷上自己的孩子。

科技發展已經遠遠超出了他的預期。人類基因圖譜建立後，警方可以利用親屬的基因找出真凶。

就算他不捐血，也不代表他當年做過的事不會被發現。

那個擁有他基因的孩子是誰？是男是女？現在在哪裡？是在黃老師身邊？或者被她送去孤兒院？

他不知道黃老師的全名，也查不到。

在八、九十年代，未婚產子為社會不容，她一定把孩子送走，就算問她也不知道孩子的下落。

那個下落不明的孩子現在已成年，是否知道自己的身世？若他知道，會不會去追查？那個不知道在哪裡的司武家後裔，成為司武文虎最擔心的不定時炸彈，隨時可以把他的人生炸爛。

司武文虎覺得，在另一個平行宇宙裡，他當年被捕，由於不到十八歲，可能在九七年前獲得特赦、出獄、重過新生，加上司武家男丁不多，只要他坦白認錯而改過，說不定司武家的人會接納他。

有些錯誤，愈早面對愈好，就算要翻身也較容易。嚴重案件不設追訴期限，現在他強暴黃老師的事一旦被發現，即使委託最好的辯護律師，對方也只會教他認罪和求情，那起碼要坐五年牢，年過半百的他，家庭、聲譽和社會地位都會蕩然無存。沒人會再給他機會。

如果當年爸爸或者他事後殺掉黃老師，把事情做得乾乾淨淨，就沒有後來的麻煩。

為什麼他們沒有那個狠心？

他不能讓當年的事被發現。他早就跟過去的自己一刀兩斷。那個在禮義邨打滾的司武文虎，只是另一個同名同姓的人。

當志慧說要用基因檢測試劑盒去測試家族基因時，他沒多想，就下了這輩子最大的決定。

永遠不能讓外人拿到司武家的基因。

除了他以外，其他有司武家基因的人，都要死去。

他不相信天理循環。那種說法是古時的政治家用來安撫學識不多的蟻民，洗腦要他們安分守紀，不會尋求用暴力手段解決問題。

他在家宴裡成功地消滅了大部分司武家的成員，可是，長年擔驚受怕，最終令他身心勞損，患上絕症，壽命只剩下半年。

79

司武志信把車停在欣澳海堤後，沒有離開車廂，也沒有開燈，靜靜凝視擋風玻璃外的風景。

海水與天空漆黑一片，看不出分界，只有偶爾飛過的飛機和遠處的小船燈光，為這片無盡的黑暗帶來一絲生命的跡象。

這裡在冬天的夜晚很寒冷，遊人不多。

司武志愛和戚守仁先後開車來到。他們上車時，冷空氣伴隨海浪聲從車門灌入車廂，但很快又消失，讓車廂保持在安靜平和的氛圍，這也是司武志信目前最需要的。

他用手機播出盜錄的錄音。

「你們聊了很久。」是阿德的聲音。

「對，但意見很分歧。他考慮回司武家，我稍後會介紹女人給他，保證夠他忙到沒力氣下床。」

司武志愛聽了這句話，笑了起來，但看到司武志信嚴肅的表情，笑容很快就消失。

司武志信覺得文虎也太小看自己的體能。

「他是私家偵探，會不會很麻煩？」阿德問。

「不會啦！他不是那麼聰明的人，以前只是娛樂記者，也就是跟蹤名人明星去扒糞的狗仔，後來那個媒體集團倒下來，一無所長的他找不到工作，就去做私家偵探招搖撞騙，沒多大本事。替我們做事的黑社會怎樣？」

「應該會在這幾天行動，保證他們出不了墳場。」

「對，把所有線頭剪掉。就算我走了，也沒有人會懷疑到你身上。」

「謝謝老爺的關照。」

司武志信放下手機後，志愛好奇地問：「『出不了墳場』是什麼意思？」

「估計是阿德找黑幫在宴會裡下毒，現在要在墳場裡把那些人滅口。」戚守仁淡淡地道。「黑社會不講親情不講義氣，只要有錢，父母兄弟都可以殺掉。」

司武志信默默無言，回想那天他在日月樓發現文虎吃過炸河豚後，戚守仁再次介入，去醫院要求拿文虎的血液樣本去做基因分析。本來病人私隱很重要，但獨眼神探要調查凶殺案，院長只能答應。

最後證實曾尚文和司武文虎是貨真價實的父子關係。

洞悉真相後，司武志信已經沒有興趣再探訪文虎，也不再關心他的狀況，但仍然去醫院把竊聽器安裝在文虎床底下，偷聽文虎和阿德私下的對話。

如果有個年輕的私家偵探做這種事，司武志信會告訴他，既然關鍵的人證兼物證已經找到了，偷聽是沒有自信的表現。

可是，如果你不是偵探而是當事人，就會知道，這個看似多此一舉的竊聽行動並不是要找出證據證明自己的推理正確，而是希望發現司武文虎為當年的罪行感到懊悔，甚至嘗試去贖罪。

然而，這個奇跡沒有出現，就像文虎的健康狀況。

戚守仁打開車門，靜靜地站在海風中，好像要讓自己冷靜下來。

志愛坐在原位上一言不發，雙目無神，陷入沉思。

志信沒再開口。如果不是他介入，她會一直活在文虎的謊言裡，認為文虎雖然霸道，但也是只能再活幾個月的好人，對他的離去依依不捨，現在等於提前把這個畜生不如的人在她心裡殺死。

80

自從文虎住院後，司武謝舞儀就把手機放床邊，隨時有心理準備收到醫院打來的電話。

因此她睡得很淺，即使手機響起「噹」的清脆一聲，也可以把她喚醒。

但這個在早上七點半收到的不是來自WhatsApp的短訊，而是簡訊，而且並不是來自醫院或文虎。

「打給我！義」

這訊息嚇壞了她，讓她心驚膽顫。司武志義沒用過這電話號碼和這種方法聯絡過她。

她和志義的祕密聯絡和見面從來沒中斷過，只是一直在地下，就像以前她在電影發行公司工作時所看到的一樣，年輕的歌影視三棲年輕女藝人公開說和男朋友分手，說以後連朋友也做不成，但兩人只是轉為在酒店見面的固定炮友，直到女藝人找到新男朋友後才分道揚鑣。

以前她覺得這很虛偽，分手就分手，為什麼還要留個炮友？只是用來排解生理需要嗎？後來她才懂，生理需要確是很重要，把對方從男友降格為炮友，等於定下界線。我們只是互取所需，不會復合，不會死灰復燃，不會有路線圖，你不要破壞我的未來發展。

這也是她和志義之間的關係。

她沒告訴志義，她確是喜歡他。他和司武志信一樣敢於追求自由，但比志信更了解怎樣對付那些他討厭的親朋戚友，知道怎樣耍壞，叫她們主動和他保持距離。

她多希望自己能做到像他一樣令人神憎鬼厭。

「什麼事？」她打電話過去給志義。她一直以為毒殺司武家是他做的好事。畢竟只要司武文虎死了，他就會接手成為司武家的老大。雖然這不符合他吊兒郎當的人設，但誰說人設是真的？誰說人設不會變？

「妳和志慧要盡快離開司武家。」他的語氣很急。

「為什麼？」

「志信告訴了我。」

「你說志信和你聯絡？」她從來沒聽過兩人提到對方。他們就像鯊魚和獅子般活在不同的世界裡。

「對。」

「他告訴了你什麼？」他們知道對方都內射過自己嗎？那麼荒唐的事，她不想回想，那只是她逼於無奈的做法。

「司武家集體中毒，是文虎指使阿德找黑社會動手。」

「為什麼？」她問。文虎是一家之主，沒人能挑戰他的地位。「你們搞錯了什麼？」

「沒有搞錯。警方等下要上門拘捕阿德。他們說不要讓志慧看到，所以我現在去接你們。」

司武謝舞儀趕緊喊醒志慧，但那小子睡眼惺忪，怎也不願起床。

「今天是星期六，我要再睡一會。」他抱怨著。

「不行，馬上醒來。」司武謝舞儀毫不妥協。

這會是她人生另一個重要的一天。

志義的電話改變了她對未來的想法。

本來她打算在文虎死後，繼續和志義以不見光的方式保持關係，但她現在決定要和志義光明正大走在一起，不管司武家的人反對，反正那人也只有志愛一個。

和他的關係，是她這輩子最大的祕密。這個祕密讓他們擁有外人無法想像的堅實關係，所以他們看待彼此的眼神也不同，很容易被外人發現。

「怎會有這樣的事？」他和她泡在酒店的浴缸裡時發問。

「相信我，女人能夠感受到這種細微的事情。」她抓起泡沫丟向他。「因為女人需要透過身體語言和五官表情來了解嬰兒的需求。」

「好像有點道理。志愛也有這種直覺嗎？」他抓起泡沫回丟她。

「當然有，即使她沒有生過孩子，直覺是女人的本能。」

因此，只要志愛出現的場合，志義會盡量避免出現。如果避不開，就用吵架來掩飾。志義信任她，信任到她火力全開去罵他和羞辱他，他也不會介意。

除了有一次，他在生日那天帶了一個年輕貌美的女伴回家玩，她把他臭罵一遍，可以用狗血淋頭來形容，連文虎也嚇了一跳，忍不住叫她閉嘴。

那天深夜，志義發短訊給她。「雖然我知道是做戲，但妳剛才罵得太凶了。」

「就當這是我祝你生日快樂的方式。」她回道，然後他傳了個哈哈笑的表情給她。

從此，他沒再帶女伴回來過夜。

她和志義之間有很多祕密，像叫阿德作「陳公公」或「公公」。阿德那種會不合常理對文虎唯唯是諾的人，一定替他守護很多祕密，不一定只是女人，還有其他不能見光的事。

雖然她沒有表現出來，但像公公這種擅長看人眉頭眼額的人，一定能夠察覺到她對他不存好感。

81

「司武白先生是我的大恩人。」

阿德從小就聽爸爸講這個故事。

爸爸從中國偷渡到香港時，雖然是大學生，卻連廣東話都不太懂，更不要說英文了。他輾轉做過多種職業後，轉往報館任職編輯。

十多年後，他的廣東話雖然鄉音不改，但說得很流利，也因為吃苦耐勞，孜孜不倦在夜校進修，可以讀寫簡單英文。

有一天，他去新光戲院欣賞香港粵劇名伶新馬師曾和京劇名家袁世海合演的《華容道》時，和坐在旁邊的另一個觀眾攀談起來。兩人一見如故，交換電話號碼，並經常通電話保持聯絡。

那人就是司武白先生，頗有貲財，覺得爸爸學問不少，各方面的人都認識一些，在報館裡擔任收入不多的編輯工作是大材小用，所以邀請爸爸出任他的私人祕書，也就是管家兼私人助理。

這種看大戲能找到工作的機會，只有在那個沒有網路和普遍學歷都不高、經濟高速增長而求才若渴的年代才會發生。

爸爸一邊學習私人祕書的基本課，一邊幫忙打理家裡的各種雜務。阿德回想那時司武白先生的處境，他在家族裡雖然有兩個姊姊兩個妹妹，但都看他這個唯一的兄弟不順眼。他須要可靠的親信。際遇不順但老實的爸爸，自然會報答他的知遇之恩，因此忠心耿耿，使命必達。

爸爸去到司武家工作後，家裡的經濟情況大大改善，開始帶家人去酒店吃自助餐。阿德和弟弟阿行從小被教育要繼承爸爸衣缽，視服務司武家為己任，以報答司武家的恩情。

阿行比阿德小五歲，不信奉爸爸那一套，認為那些傳統已經不合時宜。他中學畢業後拿到獎學金去英國升學，從此沒再回來香港。

阿德身為長子，認為傳統不能被輕視。他堅信著古老的價值，包括絕對服從。在當代社會，工作能力再高超，頂多只能成為幕僚，只有忠心，揣摸主子的心思，替他解決各種問題，才能成為心腹。

這是為人臣的最高境界。

司武文虎常向他抱怨司武家的基因有毒，志信是叛徒、志愛不聽話、志義遊手好閒，這個家族裡的人都有罪……阿德不完全認同文虎的看法，但文虎指派他做的事，他從來不反對。他的工作不需要問為什麼，只需要按吩咐辦事。這不是愚忠，而是為自己爭取最大利益，努力讓自己成為最好的心腹。

就像文虎說要幹掉其他司武家的成員，他也沒有反對。很多司武家的成員雖然沒有表現出來，但他明明白白感到他們對自己不滿，不滿他事事都聽從文虎指示，以文虎為尊，唯命是從。

阿德透過江湖朋友，找到一個黑幫分子做代表，那人會找一個中介人去聯絡，後面的事就由其他人打點。這個一層又一層的聯絡鏈連他也不知道有多少人，就算實際下手的人被抓到，也不會追蹤到文虎和他身上。

沒想到任務順利完成不久，文虎身體就垮了，雖然說在遺囑裡指示不能解僱他，但阿德認為司武謝舞儀一定不會答應，可以開月會的司武志義也不會答應，就連沒資格開月會的司武志愛也不會答應。家族律師為自保，一定會聽他們的話，把他犧牲掉。

阿德一如以往在早上六點醒來。身為心腹，他睜開眼後第一件要做的不是去廁所，而是檢查手機訊息，特別是來自文虎的，聽他的吩咐。

雖然文虎住在醫院，但司武家採取以不變應萬變的business as usual指導原則運作。只要司武文虎認識的朋友家裡有紅白二事，禮數仍然不能少。

這天早上十一點，阿德須要去殯儀館出席一個鄉紳的喪禮，代表司武文虎去鞠躬和慰問家屬。文虎交遊廣闊，喜慶場合的話，可以禮到人不到，但喪禮一定要出席。

這是司武白先生留下的家訓。

「沒人記得你錦上添花，但一定記得你雪中送炭。」

阿德在八點打電話給司武文虎，詢問他的情況，萬一他感到不適，就要取消前往喪禮。

「我沒事，但太太今天早上沒發短訊給我。」

「也許她忘了，或者還沒有醒來。」

「怎可能？她是晨型人。還有，志愛和志信超過二十四小時沒有回我的短訊。」

文虎自從確診癌症後，就變得神經質，懷疑有人用不知道什麼方法害他得癌症，有時又會說奇怪的夢話：「所有司武家的人都得死。」幸好沒人聽到。

「大家都在忙。」阿德試圖安慰他。有些人臨終時很擔心被遺忘，會聯絡不同的親友希望見最後一面。

阿德突然聽到外面有車聲，探頭到窗邊看，發現司武志義開車回來。

這傢伙一大早回來幹嘛？

更讓他驚訝的是，司武謝舞儀和志慧站在他們大宅的門口，等待他的車接近。

司武志義和司武謝舞儀不和，在司武家人所盡知，他開車接她，好比貓和老鼠成為一家人一樣不尋常。

司武志義把車緩緩開進司武文虎大宅前的空地。他打開車門，志慧站在車外，即使司武謝舞儀鼓勵，志慧還是不願意上車。

「為什麼要上叔叔的車？」志慧鬧彆扭問道。

「叫你上去就上去。」司武謝舞儀不解釋，只是發號施令。

「妳平日不斷罵叔叔，為什麼現在要上他的車？」

這句話給司武謝舞儀不小的衝擊。她罵志義時，怎麼會想到會有這一天？她面對的，正是因果，但知道時已經太遲。如果沒有生下志慧，她現在可以一走了之。如果發現文虎有無可救藥的固執時就當機立斷離婚，或者和志信結婚，甚至，一直留在會計師事務所工作，她過的是截然不同的人生。

志慧是小胖子，司武謝舞儀拉不動他，司武志義下車幫忙時，發現她的視線轉向他的左邊。

「太太，妳和志慧要去哪裡？」是阿德的聲音。他還是穿著長袖睡衣褲，站在車頭的位置，露出他那對招牌的勢利眼。

「志慧不舒服，我帶他去看醫生。」司武謝舞儀想也不想就回答，聽不出是講大話。

「為什麼不叫救護車？這不是比找志義回來簡單直接？」阿德的銳利目光射向志義，不懷好意。

志義一向討厭這個講話冠冕堂皇但毫不真誠的混蛋，早就想向他飽以老拳，知道他是文虎的殺人工具後就更不用客氣。

「我們知道你們做過的好事。」志義說得不拐彎抹角，順便拖時間，不讓阿德接近司武謝舞儀。「文虎有報應，你也一樣，而且很快。」

阿德皺起眉頭，伸手進褲袋裡抽出一把槍，再雙手握槍對著司武志義的胸膛。

司武志義腦袋一片空白，一時反應不過來。

他剛說出一個「你」字，阿德就扣下扳機。

「砰！」槍聲衝擊他雙耳。

戚守仁把車停在司武家大宅五十公尺外，司武志信以特別關係人的身分坐在副座上。他們後面是三台警車，等司武志義載著謝舞儀和志慧離開後，就會開進司武家進行搜查，並把陳德偉帶返警署盤問。

戚守仁和司武志信都用望遠鏡觀察司武家的動靜，阿德開槍這舉動結結實實嚇壞了他們。槍並不在他們期望之內。

「槍從哪裡來？」司武志信的手指幾乎鬆開。

「不知道。」戚守仁用對講機問同僚：「你們看到嗎？」

「看到，但我們沒有避彈衣，須要增援。」

「增你條毛！」戚守仁踏下油門，向司武家的大宅衝過去。「當年我中槍後，有個鬼佬警司對我說：『我們警察和軍人的職責一樣，站在死亡和市民之間，應該以犧牲為榮，否則連農場裡的動物也不如。』」

司武志信的身體被一道力量往後拉。「你有槍嗎？」

「沒有。我怎會想到這天需要用槍？裡面又沒有黑社會！」

司武志信想說他們衝上去和送死沒有兩樣。「可是你死掉的話，手上那三宗cold case怎樣？」

「沒辦法，只能向他們說抱歉，現在前面有人性命危在旦夕。」

陳德偉送了三顆子彈給司武志義後，把槍口瞄向擋在自己面前驚惶失色的司武謝舞儀。

這女人一向不喜歡自己，因為老爺相信自己多於她。

老爺說過，把其他司武家的成員全殺光，一個不留，包括司武謝舞儀和志慧兩母子。老爺所做的一切，無論是好是壞，他都沒有缺席。警方一定有方法向他逼供，給他定罪，刑期也不會短，那不如拖這些他討厭的人下水，一同下地獄。

「志慧，快跑！」司武謝舞儀用力推開志慧，那小子馬上頭也不回跑離大宅。

陳德偉對她扣下扳機，三下槍聲後，司武謝舞儀倒地不起，三個血洞在她身上逐漸形成。

陳德偉準備追向志慧時，一台私家車衝過來，在兩公尺外剎停，阻擋他的去路。

車門很快打開，下車的是獨眼神探，在另一邊下車的是志信，還有三台警車從遠處開過來。

陳德偉直到這時才知道原來志義的出現只是為警方的行動開路，但回不了頭了。

他一直以為，只要對老爺言聽計從，就可以通向榮華富貴，一世無憂，豈料最後為他打開的，是通往地獄之門。

他的槍管裡只剩下兩顆子彈，可以送給獨眼神探和志信一人一顆，但獨眼神探是連子彈也打不死的，幾十年前證明過。獨眼神探不會眼睜睜地等著被開槍打死，也不會開槍射殺他，而是想辦法拘捕他，把他押往警局，錄口供，要他站在法庭的被告席，接受審判，坐牢，面對無期徒刑，直到死亡降臨。

那多累人。

漫長的折磨。

他把槍管伸進自己嘴巴裡後，眼前所有人都停止動作。

他們不是關心他的生死，而是怕他把所有司武家的祕密帶走。

從什麼時候開始，司武家的祕密比他的性命重要得多？

司武志信剛看到血柱從阿德頭後噴出來，就立刻跑向倒地的志義和謝舞儀。

他常聽到人說，好人命不長，壞人活千年，所以希望志義從頭到腳每一個細胞都是屬於壞人的基因，希望志義壞到靈魂深處，希望志義比他認識過的壞人還要壞十倍一百倍一千倍，但阿德太狠，兩人都身中三槍，其中一槍在頭，是行刑式的做法。

司武志信回想起最後一次見謝舞儀時還不歡而散，但她不應該這樣死去。他揮不去以前和她一起看電影和聊天的時光。她喜歡劇情片，她的人生也像劇情片那樣充滿戲劇性。

只要他一息尚存，就會永遠記得仍然叫「謝舞儀」的她。

他也忘不了和志義一起去泳池的時光，不是幾個星期前，而是志義提醒他那次，兩人都是小孩子，第一次去泳池玩，志義因為抓破水泡而哭起來。那傢伙會因為傷心和不高興而哭，但後來他把這一面收起來，只讓人看到他的嬉皮笑臉。

司武志信一直以為自己不喜歡志義和謝舞儀，但這時他覺得失去生命裡兩個重要的組成部分，也永遠也無法填補。

唯一慶幸的是，志慧毫髮無損，跪在謝舞儀前面，抓著她的手痛哭。

「媽媽，我以後會聽話，快點醒過來。妳不是說要帶我去迪士尼樂園玩的嗎……」

82

電視新聞頭條是司武家槍擊案，事件造成三人死亡，三名死者據報分別是三十八歲的管家、四十二歲姓謝的女人，還有三十五歲姓司武的男人，案件由西嶼重案組接手調查。

第二宗新聞也非常血腥，一男一女在跑馬地墳場被槍殺。男死者四十五歲，女死者三十九歲，兩人都有黑社會背景，警方的「有組織罪案及三合會調查科」正進行調查。

司武文虎坐在床上，放心下來，沒有證據或證人能夠指向他。阿德忠誠可靠，直到生命盡頭仍然努力把事情辦好。

文虎本來以為阿德不會惹上麻煩。他在遺囑裡指定要從他的個人戶口裡餽贈兩百萬現金給阿德，感激對方的忠心，當然也可以算是遮口費。文虎希望可以像朱之文那樣留芳後世，而不是遺臭萬年。

沒想到阿德沒命去領。

醫護人員特地來安慰司武文虎。他裝作掬起一把辛酸淚。

「我很快就會和他們會合。我知道去哪裡找到他們，是天堂。」

警方來找過他，打算展開盤問，他說什麼也不知道，「身為末期癌症病患者，『人之將死，其言也善』。我沒什麼要騙你們。」

警方很快收隊，大概沒人想對著一個骷髏頭講話。

志愛沒有來，志慧也沒有來。五百多平方呎的私家病房長期只有他一個人，非常冷清。他關上電視機後，房內只剩下醫療儀器發出的機械聲，但他已經習慣了。

他的主診醫生最後才出現，安慰他後道：「我們終於找到一個適合捐骨髓給你的人。」

這消息非常驚人。「我現在這樣還來得及嗎？」

「不試過就不知道，但情況有點複雜，你須要說服他。」

「這難不倒我。」

司武文虎從沒見過不會為錢屈服的人，反正他最不缺的，就是錢。

司武志信告訴自己，這會是最後一次見司武文虎。

兩星期不見，文虎已經頂著一張死人的臉。他只是在人間苟延殘喘，半條腿已經伸進棺材裡。這個人渣每天花過萬元住私家病房，但一般人就只能去公立醫院，十個人擠在一個大病房裡，沒有私隱，甚至要睡走廊。在疫情第五波時，由於醫療資源不足，許多老人要冒著低溫在戶外停車場留宿，或者更可怕的，在病房裡被逼和已離世但無法安置而打包好的屍體為伴。

這個人渣應該被送到孤老院，和那些孤苦無依的老人交換位置才對。

「你是和醫生合謀來耍我嗎？」司武文虎一見到他出現就問，臉孔被死亡氣息籠罩。

「我想呀，但你的醫生不同意。」司武志信回答。「不是因為他騙你的話會被釘牌，而是他秉持『醫者父母心』的仁愛精神，就算你是個混蛋，也要盡力救回來。我只聽過『虎毒不食兒』，你連禽獸也不如。」

「自然界的動物餓起來時，會把幼兒吃掉，包括老虎，你看多點《國家地理雜誌》吧！」

「我會，我來日方長，但你卻不是。你會一個人孤獨地死在這裡，再直接給送去焚化燼。剩下的骨灰交給食環署處理。我們不會為你舉辦喪禮，不會讓你葬在司武家的墓地，你的行徑對不起司武家的列祖列宗，沒有資格和族人躺在家族的墓園裡。」

「我有立遺囑的！」司武文虎瞪大一雙死人般的眼睛。

「對，但在謝舞儀死後，你的家人就剩下志愛和我負責，我們會解散你的治喪委員會，也會把你做過的好事告訴志慧。」

「你敢？他只是個孩子，無法承受。」

「我和你的想法不一樣。在你和你爸和你爺爺這些擁有司武家父系基因的人領導下的司武家，需要所有成員都要像小孩子般聽話，用家規控制所有成員，用生活費約束所有人的心靈，讓他們失去在社會上的生存能力。我不相信這一套。志慧不會永遠都是小孩子。他到十五歲時，我不管他能不能接受，都會告訴他真相。他須要知道這個家裡發生過的事，知道這個家族是如何不堪，知道你並不是他父親，知道他的生父是個男子漢大丈夫，願意犧牲性命去救他兩母子。只有面對這一切，他才會成長。我有信心，他會成為司武家裡最優秀最正直的一個。」

「我沒興趣和時間聽你講廢話。」司武文虎下逐客令。

司武志信站起來，居高臨下注視這個生命在倒數的人。

「我很久沒出席過司武家成員的喪禮，本來也不打算出席你的，但我決定這次破例，確定你給燒成灰燼。」

第十六章

83

目睹文虎的骨灰龕被倒進堆填區後，司武志信開始盤算怎樣和身兼會計師的洪律師商量司武家的財務安排。

司武文虎本來指示洪律師處理志信回歸司武家，但後來叫停。志愛雖是領取零用錢的女性成員，但沒資格開月會。志慧是唯一領錢的男性成員，也是長子嫡孫，卻尚未成年。現在司武家裡沒有一個成員符合開月會的資格。只要想到這點，司武志信就覺得活該。一個會殺子的家族果然沒有前途。

不過，這也可能是司武文虎刻意留下的爛攤子，讓司武家陷入群龍無首的混亂狀況，直到志慧滿十八歲可以召開月會為止。

司武志信無法容忍這種事要拖上幾年才能解決，他萬萬沒想到，是洪律師主動約他上在中環的律師樓見面。

「司武家的家規不能輕易改動，要等到志慧十八歲時提出修改。不過，家規是死的，人是活的，我會替你們安排，一定能辦理好。」

這話教司武志信喜出望外。「真的能做到嗎？」

「當然，我只和活人做生意。司武文虎先生生前最後一個月指示我把家族資產包括股票、基金和物業全部賤價拋售，付我一億元行政費，我都沒有同意。我答應他的話，只會給自己找麻煩。我寧願和你們司武家再做幾十年生意。」

司武志信看透洪律師，這個老江湖口中的「只和活人做生意」其實就是見風轉舵。既然司武家的首領要換人，當然是支持新人。

不過，不是所有見風轉舵都是壞事，這次他就很欣賞洪律師的決定。

「我們非常需要你的專業服務，謝謝你幫我們守護司武家的資產。」司武志信覺得這種門面話很不像自己會說，要是志愛和方雨晴聽到，一定會笑翻天。

「這是我的職責。不過，我很遺憾告訴你，司武文虎先生最後繞過我，把不少司武家的產業捐給慈善機構。他犧牲了你們的利益，成就他這個遺愛人間的善長仁翁。你們可以訴諸民事方式追討，但勝算的機會不大，反而會招致社會對你們家產生巨大的負面觀感。我勸你們審慎考慮再下決定。」

84

曾尚文離開荔枝角收押所，暫時呼吸到自由的空氣。白雲在他頭頂飄蕩，宛如一位面露笑容的女人。他沒有宗教信仰，不確定那個女人像觀音或者聖母多一點。

到底是哪個大佬能保釋他？一定要好好感謝。

在荔枝角收押所外面，他沒有見到自己的兄弟，也不見社團律師，但那個在會議室見過的獨眼神探戚守仁向他走過來。

警方常會在收押所外等候獲釋的人，再以另一條罪名進行拘捕。黑道中人對此習以為常，曾尚文覺得警方這次會以「強姦」的罪名拘捕自己。

他不怕坐牢，但不希望因為自己沒做過的事而失去自由。

「怎麼只有你一個警察？」他對獨眼神探說：「不是說我是連阿婆也不放過的變態嗎？」

「那是一場誤會。我現在不是用警察的身分來找你。」

獨眼神探的話不再咄咄逼人，但他那隻真眼的眼神仍然非常淩厲。他把手搭在曾尚文肩上。

「跟我來。」

曾尚文討厭警方來這一套。他們這動作並不代表和你友好，而是要你跟著他走。

獨眼神探帶他上了一台黑色家庭車，前排除了司機，還坐著一個他沒見過的年輕女子，從坐姿判斷，她身高至少一百七十。她回頭看了他一眼，沒有多話。兩人都戴上口罩。

曾尚文在車上一路無話，直到車開上青馬大橋前往大嶼山時才開口：「前往西嶼？」

「對。」獨眼神探簡單回答。

曾尚文發現司機和女子同時從倒後鏡注視自己。

「你們兩個是司武家的人？」

「對。」司機說：「我們是司武家僅存的兩位成年成員，也知道你發現自己和司武家的連結。我一向討厭輩分，你可以直接叫我志信。」

「你可以直接叫我志愛。」女子笑得很爽朗。「名字很俗氣，對嗎？」

曾尚文感到一陣電流從頭到腳經過全身。這是他這輩子第一次和有血緣關係的親人交談。

當下他腦裡所知道的事情非常破碎。先是司武家遭遇大屠殺，自己被捕和被誣蔑強暴，後來司武家祕書開槍殺了兩個成員，首領病死，司武家可以說是多災多難，但現在這兩個成員看來非常平和，就連他身邊的獨眼神探也一樣。

他努力在腦裡把千頭萬緒組織起來，但仍然辦不到，只確定這些人沒有惡意。

「可以告訴我發生什麼一回事嗎？」

「等下我們會一五一十告訴你。」司武志信回答。「你提出的問題，我們都會盡量回答。」

司武志信和志愛在大廳脫下口罩，曾尚文仔細打量他們的容貌，和他們坐在一桌不會像是搭枱（拼桌）。他們三人還有個共同點，就是比大部分人要高的身高。志信就幾乎和他平頭。

志信準備了午飯和他一起吃。「放心，沒有炸河豚。不說你不會知道，其實這天是我十多年來第一次在這裡吃飯。」

「怎會這樣？」曾尚文驚問。「你不是司武家成員嗎？」

「這是一個很長的故事。我們邊吃邊聊。」

端上桌的不是山珍海味，只是普通的家常菜，卻給曾尚文一種家庭溫暖的感覺，除了不該出現的獨眼神探。

志信把在司武家這幾十年之間發生的事扼要告訴他，包括司武家的森嚴家規、他跟司武家決裂、和幾個月前文虎為了掩飾當年在禮義邨犯下的罪行，而對自己的親友做出更令人髮指和冷血的罪行。

曾尚文倒抽一口涼氣。難怪志愛和獨眼神探沒有食慾。

「本來戚sir說不該告訴你。」志信繼續說：「但我認為，不管你有沒有司武家的基因，也不管你現在的背景，我們都該向你坦承相告，也欠你個道歉。這是應有的道義。」

曾尚文沒有領情。「你們是想向我招安，找我幫你們開枝散葉吧！」

「我們和上一代不一樣，沒有這種想法。」志愛急忙回應。

「對，就算我也沒有生兒育女的打算。」志信補充道：「這樣一個千瘡百孔的家庭，我也想不到用什麼理由去說服你回來認祖歸宗。不過，如果你需要幫忙，請盡管開口。很多事情不能用錢解決，但我會盡量在能力範圍內幫助你。」

「我真的沒興趣回到司武家，也不接受你們任何金援，只有一個要求，就是不要讓我坐牢，那是栽贓嫁禍。」曾尚文提出自己的條件。

志信望向戚守仁。「這個忙可以幫他嗎？」

戚守仁輕輕搖頭。「有點難，但我可以試試跟〇記說說看。」

「你們這個幫忙有條件嗎？」曾尚文問道。

「沒有，一點也沒有。」志信急忙搖手道。「我們不求回報，反而希望你能原諒我們。」

「沒有原不原諒，又不是你們兩位做的。」曾尚文無奈地說。「你們也算是這個家族的受害者。」

志愛問：「你可以離開黑社會嗎？在我們這裡住，每個月可以領生活費。」

「黑社會不是主題樂園，不能說來就來，說走就走。」曾尚文苦笑。「對嗎，神探？」

「對，要徹底脫離黑社會，比離開監獄更艱離。」戚守仁肯定地回答。

「不是有些黑幫人物能夠洗底改邪歸正嗎？」志愛追問。

「他們不是改邪歸正，而是失勢，也就是失去利用價值。」曾尚文的目光掃向志信和志愛。「雖然我和你們只是第一次見面，但你們來找我，坦白告訴我所有事情，也願意接納我，願意幫助我，我對你們有莫名的好感，也知道自己並不孤單。如果你們在我十多歲時聯絡我，也許我不會多加考慮就答應你們，但我選擇走了另一條路，無法回頭。如果我認祖歸宗，不但無法離開黑社會，反而會吸引更多人找我拿好處。除了基因以外，我不想和你們有任何聯繫。你們就當我沒來過也不會存在，這是為我們大家著想。我不想連累你們，就像我不想連累我母親。你們沒聯絡過她吧？」

「很抱歉，我們聯絡過她。」志信回答得很有歉意。

曾尚文皺起眉頭。「你們找她做什麼？」

「只是告訴她，我們找到當年侵犯她的人，但沒有把你現在的狀況透露給她。她只知道你過得很好。」

「對，我過得很好。我那個沒有血緣關係的大哥當我是親弟弟來照顧，不像你們的老大連有血緣關係的家人也不放過，比黑社會更凶狠。可是我的大哥和其他江湖朋友一樣都死於非命，在我面前的是腥風血雨。我是個不能見光的人，永遠只能活在黑夜裡。」

「不，你母親說過，不管你是怎樣的人，她都會當你是她的孩子。」志愛語帶哽咽。

「她只是說說而已，沒想到我是這麼壞的人。我不知道哪一天會坐牢，甚至在路上被人砍死。如果她不知道我的狀況，還可以有各種美好的幻想。很多人都需要幻想給他們生存的勇氣。我不想讓她知道沒墮胎寧願生下來的兒子是我這個樣子。」

「不是每個人都有選擇自己人生的自由。」一道女聲從曾尚文身後出現。「就像我生下你後，沒有勇氣把你留在我身邊一樣。」

曾尚文馬上回頭。一個初老的婦人，像一尊觀音像一樣佇立在那裡，容貌慈祥，兩行淚水滑過臉龐。

他花了很多時間千方百計去解開自己的人生謎團，沒想到最終發現自己正是母親的祕密，他的存在讓她的人生蒙上污點。

他找到她後，開始偷偷跟蹤她，跟她一起搭地鐵和巴士，在快餐店坐在她附近，在超級市場裡看她購物，希望從點點滴滴湊出她的生活，了解她是個怎樣的人。

他多希望和她交談，甚至和她相認，但自知和她之間有一道無法逾越的透明圍牆，所以從來沒有和她交換過眼神和話語。

他只希望她好好活下去，不用再面對年輕時的悲慘遭遇。

如果可以的話，他寧願自己從來沒有來到這個世界上。這樣她就不會孤身，無兒無女地面對自己的老去。

「我人生最大的遺憾，不是生下你，而是只看了你一眼後就失去了你，也沒有你的照片。可以讓我看清楚你嗎？」

她用一句話，就把過去三十多年他想聽過卻沒有的話濃縮起來，也把兩人之間三十多年的空白填補。

曾尚文覺得這天自己如在夢中，他終於可以擁抱他的母親，甚至親吻她。能夠和母親相認，他告訴自己這輩子可以死而無憾。

他可以放心去坐牢，但又不想坐牢，希望可以多陪母親，相信她也一樣。

85

司武志信沒有勉強曾尚文回歸司武家，就算他拒絕，他們也永遠不會放棄他，如同他母親一樣。

戚守仁上〇記打探口風，對方堅拒放曾尚文一馬，但歡迎曾尚文和警方合作，轉做污點證人[36]或「超級金手指」[37]供出黑幫的情報以換取減刑。

「我不會轉做證人，不是因為義氣，而是不想出獄後提心吊膽。」曾尚文回答。

「警方可以用保護證人計畫，讓你改名換姓，離開香港。」戚守仁補充道：「如果你怕被認出來，我可以介紹一個不錯的整容醫生給你，保證連你也認不出自己。」

曾尚文笑出來。「不用了。我適應不了外國生活，也不想離開我母親。」他深呼吸了一口氣後繼續說：「我另外有件事希望你們幫我忙，應該在你們的能力範圍以內。」

阿化坐了好多年苦牢後，再次回到他討厭的法庭。

法官宣布由於新證據出現，他從當年的強姦案脫罪，因此當庭釋放。

阿化的代表律師告訴他說，政府為冤獄受害者設立了特惠補償機制，提供賠償，但這個機制極少行使。

阿化管不了，只要能夠離開監獄呼吸自由的空氣，就算只有一天，他也求之不得。

阿化剛過六十歲，無親無故。當年和他一起混的那十來個蠱惑仔都夢想成為威風八面的大佬，但過了這麼多年，他們不是成為監獄常客，就是死掉，也許在街頭，也許是藥物過量，無一例外。

「一將功成萬骨枯」是他在監獄裡常聽到的一句話。所有蠱惑仔都希望成為萬中無一的前者，但無一例外都成為了後者。

司武志信坐在公眾上聽法官宣判，看著重獲自由的阿化，感受到他心中複雜的情感，除了欣喜若狂外，還有無名的恐懼。

阿化在重獲自由前一點心理準備也沒有，現在他重回自由世界，他的全部財產都在懲教署職員塞給他的信封裡，只有幾百多元工資。在百物騰貴的香港，連一個自助晚餐也吃不到。

阿化在獄中度過了三十多年，信用卡、手機、八達通、網路……全部他都沒用過，只在監獄裡的電視上看到。

這個習慣了規條的男人，不知道怎樣適應這個他非常陌生的世界？

「恭喜你重獲自由。」司武志信上前迎接他。

「你是社會福利署的人？」阿化的眼角露出笑意，但更吸引司武志信注意的是他的缺牙。

「不，我們是個私人慈善組織。」

司武志信成立了一間非營利機構，可以應付阿化和其他人的疑惑，也可以解決曾尚文出給他們的難題。

阿化坐在私家車副座，像遊客般抬頭注視車窗外既熟悉又陌生的香港街景，常常回過

36 污點證人：tainted witness，指的是被告認罪，並同意以控方證人的身分，去指證其他被告。一般來說，法庭也會因此在判刑時作額外扣減（可達量刑起點的一半）。

37 超級金手指：即supergrass，若是污點證人提供了重大協助，使自身與其家人因此而對極高的安全風險，法庭可給予三分之二的刑期扣減。

頭來，目光停留在某座建築物上。

司武志信帶阿化去酒樓飲茶。阿化不僅狼吞虎嚥，也一直盯著穿短裙的女人。在他坐牢這三十多年間，急速變化的不只科技，還有裙子和褲子的長度，後面這兩樣給他更大的視覺衝擊，也讓他不知所措。

司武志信沒有打斷他的雅興，讓他看個飽。直到她們都離開了，阿化的魂魄才歸位。

「世界進步了很多，只有我仍然停留在過去。」

「我相信你很快就可以適應這個世界。」

「希望吧！雖然出來了，但我的人生已經被毀滅，誰會給我這個有案底的人工作？我沒有家人，沒有前途，以後的生活不知怎辦？」阿化的話充滿了絕望和無助。

司武志信心想，這天他出現，就是為了解決這問題。

「有間在大嶼山的大宅一年前發生過嚴重凶案，現在還閒置，不知道你有沒有聽說過？」

「我當然知道，屬於姓司武那家人，我和囚友熱烈討論過。」

那個地方曾像牢獄般囚禁每一個司武家成員的靈魂，現在司武志信要改變它的用途。

「如果不介意的話，你可以去住，也幫我們打理，我們可以聘用幾個僕人幫你，希望你們為大宅沾點陽氣。」

司武志信跟志愛和曾尚文商量好了，阿化和很多人一樣，不是天真無邪，也不是大奸大惡，卻不明不白地為司武家的人坐了一輩子牢。現在司武家能為阿化做的事，就是讓一無所有的他住在西嶼司武家的大宅裡，慢慢融入這個他極其陌生的社會，過回正常人的生活，在無後顧之憂下度過餘生，安享晚年。

「開玩笑，我怎會怕？」阿化露出和年輕人一樣的爽朗笑容。「監獄比死過人的大宅可怕得多了。」

阿化渴望擁有自己的家庭，和一個可以視為家的地方。司武志信覺得他安定下來後運氣又好，說不定會找到合適的人一起組織他這輩子不曾擁有過的家庭。他值得擁有溫馨的家庭生活，和願意與他分享笑聲的家人。

不是所有家族都像司武家那樣如怪物般吞噬成員，如果不幸身處這樣的家庭，司武志信會跟他們說，不用害怕，只要敢於反抗，一定可以把怪物擊倒。

《姓司武的都得死》完

後記——丁權、性、不可深究的祕密

世界各國有不少奇怪的法律，像「在印度，放風箏須要取得許可」、「在瑞士，群居動物禁止單養一隻」、「在阿拉伯聯合大公國，禁止在公共地方接吻」等。

有些法律歧視女性，如韓國在二〇〇五才廢除實行百餘年的戶主制：「若男戶主去世，家中的女性無繼承的權力。」沙烏地阿拉伯在二〇一六年才解除「女性開車禁令」。

在印度，女性來經被視為污穢，期間須要被隔離，不能住在自宅內，必須搬到外面的小屋或草堆裡居住，不少女性因此凍死或被蛇咬死。

這些針對女性的不平等法律或陋習，難以想像在二十一世紀仍然存在。

即使香港在亞洲來說，已經是女權意識高的社會，不再流行女性婚後冠夫姓，不少女性都能躋身大企業的管理層，在台灣流行的「媳婦熬成婆」也由於香港的婆媳往往分開居住而不常見，但在這個國際大都會也有一條性別不平等的丁屋政策。

這個「丁權」先不論是否賦與新界原居民優於其他香港人的法律地位，這是在香港非常敏感甚至不能碰觸的話題，但它肯定歧視女性。為什麼兒子可以申請蓋房子免補地價而女兒不可以？難道女兒不用找地方住嗎？大英帝國連皇位都可以傳給女性。

丁權在香港人人皆知，但我的外國人朋友覺得非常不可思議。That's ridiculous。

我一直都很想寫關於丁權的故事，但不知道從何入手。

二〇一九年，我參與「偵探冰室」推理小說合集系列。這系列打正旗號創作以香港為背景的故事。

什麼是以香港為背景？只是單純在香港發生？以香港人為主角？

我認為要寫香港的推理故事，應該抓緊香港獨一無二的元素，像：

一、曾經是英國殖民地，糅合中英兩方面的文化成為香港的獨特文化。如講廣東話，用語夾雜英語。

二、視多元文化為核心價值，就像茶餐廳供應的食物一樣種類繁多。

三、市區裡高樓大廈很多，人口密度很高，房價也很高，加上社會步調急速，香港人長期處於高壓狀態。

四、香港人重視ＳＯＰ、專業和效率，因此常被誤會為不近人情。

五、由於沒有退休金保障，所以香港人努力賺錢，希望老來活得有尊嚴，賺錢無可避免成為香港人信奉的信條。

以上說的香港人當然不可能是「全部」，理所當然有人追求不一樣的生活態度。我更有興趣寫這些少數派的故事。

為找題材，我做了很多資料搜集，最後，想起香港中文大學人類學教授麥高登（Gordon Mathews）的著作《重慶大廈：世界中心的貧民窟》（*Ghetto at the Center of the World:*

Chungking Mansions, Hong Kong）。他指出在這個以少數族裔為主、分散到有一百二十九個不同國籍的大廈裡，有一個很特別的廉價手機轉運業務。香港的南亞裔商人從中國買來廉價手機，在大廈裡的商店裡出售做批發生意，然後非洲商人不遠千里來港，把手機運回非洲販賣。

在高峰期時，整個非洲撒哈拉沙漠以南地區有兩成的手機是經重慶大廈轉運過去。麥高登教授因此認為重慶大廈是「低端全球化」（low-end globalization）的代表。

我回去找資料，重慶大廈曾被《時代》雜誌（2007）選為「全球一體化最佳例子」，指其充分體現文化多元及民族平等。

這麼大的事，大部分香港人都不知道，也不感興趣，因為香港人一直引以自豪的文化薈萃是指和歐美的白人文化，而不是和發展中國家。

這顯然是對少數族裔的隱性歧視。

我以此為故事主題，並參考美國中情局職員史諾登（Edward Snowden）來香港披露稜鏡計畫的經過，寫一個革命失敗的非洲叛軍領袖逃亡到重慶大廈藏匿，做黑市廚師謀生，卻又被祖國的僱傭兵不遠千里來港追殺的故事，成為〈重慶大廈的非洲雄獅〉。

這是我寫作幾十年來第一篇純推理小說，本來只當是練筆，沒想到大受歡迎，雖然裡面的敍述性詭計有很多人看不懂，特別是對推理小說外行的讀者，但這篇小說後來（二〇二三年）獲改編為音樂劇在香港上演。

《偵探冰室》系列化後，我在接下來的三篇故事分別圍繞公屋、疫情、社區變遷的議題，並以偵探Max為主角，在《偵探冰室》系列裡夾帶私貨，發展我的偵探系列。

雖然只是四篇，但花了四年，逐漸摸熟推理小說的寫作技巧，甚至和我另一系列《貓語人》結合，把主角從台南請到香港協助調查。Max在短篇裡難以充分發揮他的偵探頭腦，需要更廣闊的空間。

這時正值世紀疫情，期間我心情鬱悶，找了不少書來看，其中兩本是日本作家村田沙耶香的《便利店人間》和韓國作家趙南柱的《八二年生的金智英》。兩位女主角都要面對社會加諸女性身上的種種性別定型和規限，如安分守紀、服從男性、固守家庭崗位等。

在現實社會，有些定型同樣針對男性，如外向、陽剛、拚事業、指揮女性等。這些男女角色定型，存在於世界各國的文化。

我無意進行學術探討，只覺得這是值得寫成推理小說的題材。在腦海盤踞多時的丁權故事大綱，逐漸清晰。每個人物的容貌和功能，也一一成形。

以前有幾個同事擁有丁權，他們的經歷和性格都給我不少啟發，即使並非都是正面。

由於丁權始終是敏感題目，為免惹出大麻煩，我把故事背景設定在離島大嶼山的虛構地點「西嶼」，而且採用虛構姓氏「司武」。

為了設身處地去想活在一個丁權家族裡各成員的感受，做了不少資料蒐集。此外，故事裡有很多不便透露是什麼的細節，都用同樣不便透露的方法去搜集回來，因此，不少看起來是虛構的部分，其實都真有其事。我在交稿時，就把部分資料連結放在內文裡，和編輯部分享。

但請不要問我們某個細節是不是真的，恕不回答。

可以透露的是，樂景灣就是我住的社區，只是換過名字。Leo是洋人鄰居的愛犬，品種一樣是巴哥，也非常受小朋友歡迎，會到處向人討食物。

本來《姓司武的都得死》的主角是《偵探冰室》裡的系列偵探Max，可是寫好故事大綱後發現，他如果身兼這個家族的成員，要查案的理由不是接受委託，而是這根本就是自己家裡的事，並且被懷疑，故事的壓迫感就會非常巨大。

可是，一個人如果和家庭的關係不好，必然討厭體制，也不會去大企業或紀律部隊工作，因此，曾經成為警察後來辭職不幹的Max並不符合故事主角的人設。

我不得不另外設計一個主角司武志信。

他追求自由，甚至會找一份工作去控訴體制，因此偵查記者是最理想的職業，後來他供職的媒體倒下（原因就是紙媒衰落，不是其他），他很自然轉職為私家偵探。

這也是我所知的真實情況。大部分警察離職後，是轉行做保鑣或保安員，而不是私家偵探，除非是高級警務人員，就會轉去大企業的管理層工作。

不過，我有另一個難題。故事裡的案件被我設計得愈來愈複雜，不再是一個私家偵探甚至偵探社可以應付得來，需要警察幫忙。不過，如果這個警察在體制內安分守紀，就是打臉故事的主題。

所以我參考已故的「無味神探」陳思祺（1964-2015）而設計了「獨眼神探」戚守仁。他雖然披上警察制服，能夠運用警隊的資源和人脈，卻是特立獨行，也能夠不按牌理出牌，不過，由於曾經為救同僚而和悍匪駁火，並失去一眼，因此備受同僚和市民敬重。

我認為推理小說首先必須是關於人物的小說，所以非常重視人物設計，接下來，借用日本推理的說法，再加入本格和社會派成分。前者透過與時並進的科技，增加推理趣味，後者緊扣社會發展，反映時代脈膊。這個組合是我寫作推理的配方。我在《偵探冰室》的短篇都是盡量按此調製出來。

《姓司武的都得死》也不例外，故事本來只有目前的第一部，可是完成後，發現人物不夠立體，故事太單薄，也毫無驚喜。

如果只是這種貨色，有必要寫一個九萬字的長篇嗎？長篇不是字數比短篇多而已，而是在內涵上和短篇相比，是幾何級數的上升。

苦思一個多月後，我構思出第二部的劇情，也對第一部進行大規模的改動，把第一部的謎團扭到一個新方向。

由於字數多了，我除了有更多篇幅去把核心謎底埋得更深，把真相不斷反轉，讓主角和讀者一次又一次幾乎找到答案時發現出錯，也可以花費更多筆墨去描寫人物的不同面相，特別是他們的男女關係。

我在《黑夜旋律》裡毫不掩飾地描寫人物的性生活和性癖好，而且非常露骨。不只一個作家朋友坦誠告訴我說，讀後要去ＤＩＹ。那個小說要訴說的是人物的慾望，含蓄地寫反而虛偽。

相比之下，我在《姓司武的都得死》裡寫得非常含蓄，因為性在這個長篇裡的功能不一樣。

很多人都戴假面具做人，但跑到床上赤身裸體做運動時，就可能表現真性情，或者反過來，用性來進行欺騙或交易。

性很隱密很個人，所以很適宜用來揭露一個人最不想公開的祕密，可能是他的癖好，可能是他的身體狀況，可能是不可告人的關係。

就像「家家有本難唸的經」那句老話，這個長篇推理小說要揭開的是「司武家那些難以公開的祕密」。

希望讀者能從《姓司武的都得死》去思考「家」在華人社會裡的功能和意義，不管你在原生家庭裡擔綱哪幾個角色。

最後要說的是，《姓司武的都得死》為「復仇」三部曲裡的第一部，第二部《復仇女神的正義》（暫名）已在修稿階段，第三部也寫了一大半，希望能在二〇二四年出完。

我不是寫得特別快，而是在世紀疫情的第一年，期間面對不可知的未來，加上長達半年無法探訪年邁的父母，我承受巨大的精神壓力，唯一紓壓的方式就是寫小說，因此累積了超過六十萬字的稿量，這還不計算《偵探冰室》的短篇。

在出版崩壞的時代，我相信仍然有人喜歡讀書，特別是推理小說。感謝蓋亞文化和我一起走上這趟冒險之旅，特別是總編育如和責編亘亘。身為細節控，有時連我也討厭自己龜毛的個性。

如果你喜歡本書，請告訴朋友，讓這場旅程可以走得更遠。謝謝！

譚劍

2023.7.29

國家圖書館出版品預行編目資料

姓司武的都得死／ 譚劍 著.
——初版.——台北市：蓋亞文化，2023.08
面；公分.（故事集；31）

ISBN 978-986-319-934-2（平裝）

857.7 112012295

故事集 031

姓司武的都得死

作　　者　譚劍
封面插畫　森森
裝幀設計　張巖
責任編輯　盧韻亘
總 編 輯　沈育如
發 行 人　陳常智
出 版 社　蓋亞文化有限公司
地址：台北市103承德路二段75巷35號1樓
電話：02-2558-5438　傳真：02-2558-5439
電子信箱：gaea@gaeabooks.com.tw
投稿信箱：editor@gaeabooks.com.tw
郵撥帳號 19769541　戶名：蓋亞文化有限公司
法律顧問　宇達經貿法律事務所
總 經 銷　聯合發行股份有限公司
地址：新北市新店區寶橋路二三五巷六弄六號二樓
電話：02-2917-8022　傳真：02-2915-6275
港澳地區　一代匯集
地址：九龍旺角塘尾道64號龍駒企業大廈10樓B&D室
電話：+852-2783-8102　傳真：+852-2396-0050
初版三刷　2024年1月
定　　價　新台幣399元
Published and printed in Taiwan

ISBN 978-986-319-934-2

GAEA

GAEA